THE SIGMA FORCE SERIES ⑫

スミソニアンの王冠

［上］

ジェームズ・ロリンズ

桑田 健［訳］

The Demon Crown

James Rollins

シグマフォース シリーズ⑫

竹書房文庫

目次

短編

スミソニアンの王冠　上巻

主な登場人物

〈ゴーストシップ〉

グレイソン（グレイ）・ピアース……米国国防総省の秘密特殊部隊シグマの隊員
セイチャン……ギルドの元工作員。グレイの恋人
ベンジャミン（ベン）・ブラスト……オーストラリア人の男性

〈スミソニアンの王冠〉

グレイソン（グレイ）・ピアース……米国国防総省の秘密特殊部隊シグマの隊員
ペインター・クロウ……シグマの司令官
モンク・コッカリス……シグマの隊員
キャスリン（キャット）・ブライアント……シグマの隊員。モンクの妻
ジョー・コワルスキ……シグマの隊員
セイチャン……ギルドの元工作員。グレイの恋人
ケン・マツイ……日系アメリカ人の毒性学者
伊藤隆志……フェニックス研究所の代表。「影」の総帥
伊藤正博……隆志の孫。「影」の実行部隊の長
東藍子……日本の公安調査庁の調査官
ハニ・パル……マウイ島の消防士
サイモン・ライト……スミソニアン・キャッスルの学芸員
エレナ・デルガド……アメリカ議会図書館の館長
サミュエル（サム）・ベネット……米国の昆虫学者

ゴーストシップ

シグマフォース シリーズ 11・5

一月二十一日　午前九時七分
オーストラリア　クイーンズランド州

〈あれはめったに見られるものじゃない……〉

馬の背中に揺られながら、グレイ・ピアース隊長は全長四メートル弱のイリエワニが砂浜を悠然と横切る様子に見入っていた。少し前に熱帯雨林の中から姿を現したワニは、すぐ近くに立ち止まった三頭の馬には目もくれずに、砂浜の先の海を目指している。

興奮と畏怖の念を覚えつつ、グレイはワニの動きを目で追った。黄色い牙が朝の陽光を浴びて光り輝いている。分厚い装甲を施したかのような太い尾が、左右に揺れながら進む巨体のバランスを取っている。イリエワニの存在は、オーストラリア北部に広がるこの辺鄙な一帯に先史時代が今もなお息づいていることを再認識させてくれる。背後にそびえる熱帯雨林もかつてこの大陸全体を覆っていたジャングルの名残で、約一億四千万年前の断片が時の流れから取り残され、ほぼ手つかずの状態で存在している。

　イリエワニがようやく波間に消えると、馬にまたがったセイチャンがグレイに向かって顔をしかめた。「それでもあんたはこの海でダイビングをしたいわけ？」

　一行のうちの残る一人――ガイド役を務める男性が、日に焼けた手を振って彼女の懸念を打ち消した。「心配はいらないよ。今のはまだまだちびっ子さ。かなり小さかっただろう？」

「小さかった？」セイチャンはいぶかしげに片方の眉を吊り上げた。

　オーストラリア人のガイドはにやにや笑った。「オスの中には体長七メートルかそれ以上、体重が一トンを上回るほどにまで成長するやつもいる」男性は馬に合図を送り、先頭に立って砂浜を横切った。「だが、さっきも言ったように、心配はいらない。イリエワニは平均して年に二人しか人間を殺さないから」

　セイチャンが険しい眼差しをグレイの方に向けると、エメラルドグリーンの瞳が太陽の光を浴びて輝いた。自分たちが今日、その一年分の数を満たすようなことはごめんだと考えているのは明らかだ。いらだちもあらわに頭を振ってポニーテールにまとめた黒髪を片方の肩の前に垂らすと、セイチャンはガイドの後を追って馬を進めた。

　前を行くセイチャンの姿を眺めながら、グレイはほんの一瞬、そのしなやかな動作に見とれた。うだるような暑さの中できらきらと輝くアーモンド色の肌に引き寄せられるかのように、グレイもその後を追う。

グレイが隣に並ぶと、セイチャンは熱帯雨林の方に視線を向けた。「今ならまだ引き返せる。最初の計画通り、一日中ロッジのスパで過ごせばいいじゃない」

グレイはセイチャンに笑みを見せた。「何だって？　わざわざここまで来たっていうのに？」

その言葉は、この人気のない砂浜にたどり着くため長々と馬に揺られたことだけを指しているのではない。

この半年間、シグマフォースに断りなく長期休暇を取得して連絡を絶った二人は、ゆっくりと世界各地を巡っていた。特に決まった計画はなく、気の向くままに移動を続ける旅だった。ワシントンＤＣを発って最初の一カ月は中世の趣が残るフランスの村に滞在した後、ケニアに飛んでキャンプ生活を送りながら、現地の動物たちとともに時の流れを忘れて過ごした。その次は成長著しいインドのムンバイに移り、大都会の喧騒と大勢の人々に囲まれる日々を満喫した。三週間前からはオーストラリア大陸を車で横断していて、パースから出発して「アウトバック」と呼ばれる広大な乾燥した土地に延びる道路を東に向かって走りながら、ようやくオーストラリア北東岸の熱帯の町ポートダグラスに到着したところだった。

セイチャンがガイドに向かって顎をしゃくった。「あの男が私たちをどこに連れていこうとしているのか、怪しいものね」

「彼のことは信頼できると思う」

二人は身分を偽って世界を渡り歩いていたものの、グレイはシグマが自分たちの居場所を密かに追っているに違いないと確信していた。その予感が正しかったことは、昨日の夜に明らかになった。デインツリー熱帯雨林への日帰りの散策を終えて戻ると、ホテルのバーでさりげない風を装ってウイスキーをあおっている見覚えのある人物に出くわしたのだ。

グレイは精悍(せいかん)なオーストラリア人ガイドの大きな背中を見つめた。男性の名前はベンジャミン・ブラスト。五十歳のオーストラリア人はシグマの若き情報分析官ジェイソン・カーターの継父に当たる人物で、二年半ほど前の南極大陸でのある出来事以来、シグマとは協力関係にある。

そんな男性がホテルのバーにいたということは……

ベンは偶然ホテルに居合わせただけだと言い張り、映画『カサブランカ』の台詞(せりふ)を引用した。「世界には星の数ほど酒場があるというのに……」

グレイはそんな説明を信じなかった。

ベンもはぐらかすのは無理だと気づいたようで、「ばれたのなら仕方ない」とでも言うかのように肩をすくめた。

ベンの存在から、グレイはシグマの司令官がかつての仲間や協力者のつてを頼って、自分たちの半年間に及ぶ行動を監視していたのだと悟った。

その現実を受け入れたグレイは、ベンを問い詰めたりはしなかった。密かに監視しているところを見つかり、そんな行為に加担したことへのお詫びのしるしのつもりなのか、ベンは地元の人だけが知っているようなこのあたりの素敵な場所を案内すると申し出てくれたのだった。

スキューバダイビング用の装備を持参していることから、グレイは観光客のいないダイビングスポットのような場所に向かうのだろうと予想していた。ベンはそれ以上の詳細については語ろうとしなかったが、青い瞳がいたずらを企む子供のように輝いているところを見る限りでは、何らかのサプライズを用意しているのだろう。

「馬はあそこの木陰につなげばいい」ベンがヤシの木立の間にある岩場の方を指し示した。

グレイはセイチャンに体を寄せた。「ほら、もう着いたじゃないか」

セイチャンは小声で何事かつぶやきつつ、砂浜と森への監視の目を怠らなかった。グレイは彼女の背中から緊張を感じ取った。旅に出て数カ月が経過した後も、セイチャンは警戒を緩めようとしない。グレイもそのことを受け入れるようになった。子供の頃から暗殺者になるべく訓練を受けたため、セイチャンのＤＮＡには被害妄想と疑いの念が刷り込まれてしまっている。

陸軍のレンジャー部隊に在籍し、その後はシグマフォースで任務に就いているグレイも、同じ遺伝コードを持ち合わせていると言えなくもない。シグマフォースは国防総省の研究開発機関である国防高等研究計画局（ＤＡＲＰＡ）傘下の組織だ。隊員たちは各種の新たな脅威から地球を守るために、ＤＡＲＰＡの秘密実戦部隊として活動している。

そのような職種においては、被害妄想こそが生き延びるための術（すべ）になる。

そうは言っても……

「この冒険を楽しむことだけを考えようじゃないか」グレイは言った。

セイチャンは肩をすくめた。「私にはホットストーンマッサージくらいがちょうどいい冒険なんだけれど」

三人は岩場のところまでたどり着き、馬を降りた。手際よく馬をつなぐ。

ベンが大きなため息を漏らしつつ背中の凝りをほぐしてから、青海原に向かって延びる森に覆われた岬を指差した。「ケープ・トリビュレーションにようこそ。熱帯雨林と珊瑚（さんご）礁（しょう）が出合う地だ」

「目を奪われるような景色ね」そう認めたものの、セイチャンの言葉からは気の進まない様子がはっきりとうかがえる。

「世界で唯一、ユネスコの世界遺産二つが隣り合って存在しているところなのさ」ベンは森を指差した。「あちら側はクイーンズランドの湿潤熱帯地域」続いてまぶしい光に目を細めながら海の方を見つめる。「こちら側のはるか彼方（かなた）まで広がっているのはグレート・

バリア・リーフ」

セイチャンがサンダルを脱ぎ捨て、砂浜に沿って歩き始めた。その視線の先ではジャングルに覆われた断崖が打ち寄せる波に洗われている。砂浜には鳥のさえずりが響き渡り、かぐわしい森のにおいと珊瑚海の強烈な潮の香りが入り混じっている。

グレイがセイチャンの後ろ姿に見とれていると、ベンがそのことに気づいた。

「けっこうな眺めじゃないか」ベンはにやにやと笑いながら言った。「機を逸する前に指輪を渡してやらないといけないぞ」

グレイはベンをにらみつけ、荷物を背負った馬の方を指差した。「装備の用意をしよう」

作業を進めながら、グレイは岬の方に向かって顎をしゃくった。「どうしてこの場所はトリビュレーション（受難）なんていう名前になったんだ？　ずいぶんと穏やかそうに見えるんだが」

「ああ、そいつはジェームズ・クック船長の下手くそな操船技術のせいだ。十八世紀のこと、彼は船をエンデヴァー・リーフに座礁させてしまった」ベンは海の方を指差した。「竜骨の一部が破損し、危うく船を失うところだった。懸命な作業のおかげでどうにか船を沈めることなく、修理を終えることができた。クックは航海日誌に『ここは我々のすべてのトラブルのもとだ』と記し、この場所をケープ・トリビュレーション、すなわち『受難岬』と命名したのさ」

「大変な目に遭ったのはクック船長だけじゃないみたいね」そう二人に呼びかけたセイチャンにも、ベンの説明が聞こえていたようだ。砂浜の先を指差しているセイチャンを見て、グレイとベンは彼女のもとに向かった。

岩場を回り込んだグレイは、何かが半ば砂に埋もれ、海藻に覆われていることに気づいた。青白い腕が一本、砂の上に投げ出されているのが見える。

死体だ。

三人は現場に急いだ。死んでいるのは男性で、もはや何も映っていない両目を開いたまま仰向(あおむ)けに横たわっている。両足は濡れた砂に覆われているが、露出した胸部には火のついた鞭(むち)で打たれたかのような黒っぽい筋状の跡が何本もある。

ベンが強い口調で悪態をつきながらひざまずいた。「サイモン……」

グレイは眉間(みけん)にしわを寄せた。「この男性を知っているのか？」

「彼がいるから我々はここに来たんだ」ベンが海の方に視線を向けた。海面に何かを探している様子だ。「彼はオーストラリア研究会議に所属する生物学者だ。珊瑚礁学習プログラムの一環として、ここで珊瑚の白化現象の拡散を監視していたんだ。珊瑚礁の三分の二が白化でやられてしまっている。国際的などえらい問題だよ。サイモンはこれ以上の拡散を食い止めようとしていた」

体全体に付いた何本もの黒っぽい筋を見ながら、セイチャンが顔をしかめた。「彼の身に何が起きたの？」

ベンは砂に向かって吐き捨てるようにつぶやきながら立ち上がった。「キロネックス・フレッケリ」

「それはつまり、何なんだ？」グレイは問い詰めた。

「オーストラリアウンバチクラゲだ。地球上で最も毒性の強い生物の一つに数えられる。体はバスケットボール大で、長さ三メートルの触手には刺胞がびっしりと付いている。『海のスズメバチ』の異名があって、刺胞のうちの一つにでも刺されたりしたら、岸にたどり着く前に苦しみ悶えながら死を迎えることになる」ベンは海の方を見つめたまま頭を左右に振った。「こいつらは酸素の少なくなった海中でも平気だから、珊瑚の白化が進行して以来、すさまじい勢いで数が増えているのさ」

クラゲにやられた死体を観察しながら、グレイは男性の顔が苦痛に歪んだままだということに気づいた。セイチャンも男性の手をそっと持ち上げ、指が容易に曲がるのを確認している。グレイの方に向けられた視線には、何か言いたげな表情が浮かんでいた。

このように温度が高く、しかも直射日光を浴びている状態だと、四時間もしないうちに死後硬直が始まる。それがまだだということは、この男性は死んで間もないということを意味する。

「どうも納得できない」顎と頬に伸びた無精ひげをさすってつぶやきながら、ベンが死体から離れた。

その言葉に不安の響きを聞き取り、グレイはベンの後を追った。「何が納得できないいんだ？」

ベンは砂の上に広げた装備を指し示した。「私がウェットスーツ一式を用意したのはそのためなのさ。このあたりの海は素っ裸でも泳げるくらい水温が高いんだが、全身をしっかりと保護せずにダイビングをするのは危険だ」

グレイも装備を荷物から取り出しながら、ダイバーの顔面と頭部をすっぽりと覆うオーシャンリーフ・ネプチューンのマスクまでもが揃っていることに気づいていた。これは水中で互いに交信できるような通信機能の備わったフルフェイスマスクだ。

「きちんとした保護なしでこのあたりの海に入るような真似をサイモンがするはずはないんだが」ベンは再び頭を左右に振った。「明らかに何かがおかしい。彼の双胴船はどこにあるんだ？　ほかの人たちはどこにいるんだ？」

「ほかの人たちだって？」グレイは聞き返した。

「サイモンはＡＮＦＯＧの少人数のチームとともに作業を進めていた」ベンはグレイが困惑していることに気づいたようだ。「ＡＮＦＯＧというのは、オーストラリア国立海洋グライダー施設のことだ。海洋学者のグループで、珊瑚礁を巡回するドローンとして水中グライダーを取り入れている。グライダーを使って絶えず海水のサンプルを採取しながら、水温、塩分濃度、光度をモニターしているのさ」

「珊瑚の白化の研究のためだな」グレイは言った。

「サイモンの船には西オーストラリア大学の科学者が四人と、大学院生が一人乗ってい

た」グレイに向けるベンの眼差しからは不安が読み取れる。「その大学院生というのは、

サイモンの娘のケリーだ」

グレイは理解した。

〈ほかの人たちがサイモンの死体を放置するはずはない。娘が一緒ならなおさらだ〉

グレイの隣に並んだセイチャンの顔には、疑いの表情が浮かんでいる。「さっきあんた

は、私たちがここに来た理由はあの死んだ男にあると言っていたけど、どういう意味？」

「サイモンは私がクイーンズランドに来ていることを知っていた。謎の解明を手伝う気は

ないかという誘いがあったんだ。私のスキルにぴったりの仕事でね」

グレイは眉をひそめた。「君のスキルというのは？」

「複雑な洞窟群の地図作成と踏破だ」

グレイはこの男性の経歴を知っていた。ベンはかつてオーストラリア陸軍に所属してい

て、主に潜入と奪還の任務に就いていたという。二十年ほど前、軍の刑務所に服役してい

た時、南極大陸でのある作戦のためにスカウトされた。未踏の洞窟群と行方不明になった

科学者のチームに関係する任務だったという。

「サイモンはなぜここで君のスキルを必要としていたんだ？」グレイは質問した。

「三日前、グループの所有するグライダーのうちの一機が海中洞窟の入口を発見した。先月この沿岸を襲ったサイクロンの影響で開口部があらわになったんだろう」

セイチャンが両腕を組んだ。「そして彼はあんたに洞窟探検の手伝いを求めた、というわけね。どうして？」

「その理由は入口近くの砂の中でサイモンが見つけたものにある。古い手枷と、砂に半ば埋もれた号鐘だ。それらを回収したところ、号鐘には船名が刻まれていた。『トライデント』だ」

名前を聞いてぴんと来たのではないかという顔つきで、ベンが二人を交互に見た。

グレイは肩をすくめた。

「トライデント号はイギリスからオーストラリアに囚人を輸送するための船だった。メルボルンに停泊中だった一八五二年、囚人の一団が不満を抱えた乗組員の一部と手を組んだ。彼らはトライデント号を乗っ取り、ヴィクトリア州の金鉱から採掘された数箱分の金とともに逃亡した。その後、船はどこへともなく消えてしまった」

「その船が発見された」セイチャンが淡々と述べた。

グレイは海に突き出た岬の方を見やった。「この海域での航行に苦労したのはクック船長だけではなかったようだな」

「まさしくそういうことだ。このあたりでは数多くの難破船が見つかっている。もう少し南に行けば、約百年前にサイクロンに遭って沈んだ豪華客船ヨンガラの残骸がある」

セイチャンがため息をついた。「つまり、あんたは私たちを船の墓場の入口に連れてきたというわけね」

「君たちも我々と一緒にちょっとした宝探しを楽しみたいんじゃないかと思ったのさ。まさかこんな……」友人の死体に目を向けながら、ベンの言葉が途切れる。

「本当にこれが何者かの仕業だとすれば」グレイは切り出した。「ほかにもサイモンの発見を聞きつけた人物がいるに違いない。君は友人からほかにどんな話を聞いたんだ?」

「ここで落ち合うということと、もし彼が遅れた場合にはグライダーの発見地点の座標まで来てくれということだけだ」

グレイは顔をしかめた。「その座標はどこなんだ?」

ベンはケープ・トリビュレーションの方を指差した。「あの岬の反対側だ」

ベンが腕を下ろすよりも早く、その方角から一発の鋭い銃声が鳴り響いた。音に驚いた鳥の群れが、その近くの森からいっせいに飛び立つ。

銃声が何を意味するのか悟ったグレイは、衛星電話をワシントンに置いてきたことを悔やんだものの、あれはシグマの支給品だった。あの時は誰にも知られることなく行動したいと思っていて、衛星電話を持っていると居場所を突き止められるおそれがあると考えたのだ。

「ここには携帯電話の電波が届かないし、俺たちは無線も持っていない」グレイは言った。「つまり、警察に連絡を入れることはできない」

「だったらどうすればいいんだ?」ベンが訊ねた。

グレイは海に背を向け、断固とした足取りで装備の方に向かった。「準備をして行動を起こすまでだ」

午前九時五十一分

浅瀬から水深のある地点に向かって泳ぐうちに、セイチャンの体からこの数カ月間ののどかな生活リズムが消え始めた。水を腕でかき、足で蹴るごとに、氷のような冷たさが全身を満たしていく。それが彼女の感覚を研ぎ澄まし、本能を高めていく。穏やかな日々は夢と消え、そうした時間が幻想にすぎなかったという事実を痛感させられる。

セイチャンはその冷たさに全神経を集中させた。本当の自分は冷たい存在。この温暖な海に潜むサメのように、動き続けなければ生きていけない捕食者。

それは痛いほどよく知っているはずの教訓だった。

セイチャンは太陽の光が明るく差し込む珊瑚礁の上を泳ぐグレイとベンの後を追った。グレイの肉体を観察する。水を蹴る筋肉質の脚を、大きく弧を描く腕をじっと見つめる。このダイビングの準備のために海から視線をそらした時の、グレイの瞳の輝きを思い出す。

自分と同じように、これがグレイのあるべき姿なのだ。

昨年のアメリカでの出来事を受けて、二人はどこかに逃げようと考えた。一時的に姿をくらまし、その間に傷を癒し、新しい目で互いを見つめ直すために。二人はそれを実行に移した。けれども、そんな旅路が長くは続かないだろうということは、二人とも心のどこかで感じていた。

〈永遠には続かない〉

二人にはそんな生き方はできない。

今、そのことをこれまでにないほど強く感じている。

そんな現実を受け入れ、セイチャンは周囲の様子に目を配った。深いジャングルの中と同じように、どこに目を向けても生き物が豊かに暮らしている。艶（つや）のある白と黒の縞（しま）模様をしたカマスの群れに三人が突っ込むと、飛び立つ鳥のように魚たちが散り散りになって逃げていく。数匹のウミガメが水中で静止したまま、泳ぐ三人をまばたき一つせずに見つめている。かたい珊瑚礁の上でウミトサカがゆらゆらと揺れている。トビエイやオニイトマキエイが海中を優雅に泳ぐ姿には、どこか神秘的なものが感じられる。フォルクスワーゲンのバンほどの大きさがある巨大なハタが一匹、数メートルほど三人と並んで泳いでいたが、興味を失ったのか離れていった。

そんな驚異の世界を横切りながら、三人はゆっくりと岬に沿って泳いだ。岬の先端を回り込んで向こう側に進む予定だ。各自がダイビング用のナイフを一本ずつ携帯しているが、それ以外の攻撃手段は相手の不意を突くことくらいしかない。セイチャンは武器が足りないことを痛感していた。ライフルの銃声を聞いた後ではなおさらその思いが強い。

「速度を落とそう」通信装置からベンの声が聞こえた。

三人でひとかたまりになると、セイチャンは手袋をはめた手を砂に覆われた海底へと伸ばし、体を支えようとした。だが、手のひらが底に触れるより先に、ベンがセイチャンの腕を払った。

「気をつけろ」ベンが警告する。

セイチャンが手のひらを置こうとしていた砂の間から、不意に何本もの棘が現れた。砂の下から生き物が勢いよく飛び出し、泳ぎ去っていく。

「オニダルマオコゼだ」ベンが説明した。「世界で最も強い毒を持つ魚だよ。あの棘に刺されたら、下手をすると数秒で死に至る。そのあまりの痛みで絶命することもある。手でつかんでも安全なのは尾だけだ」

セイチャンは伸ばした手を引っ込め、胸を押さえた。

〈試そうとは思わない〉

「岬の先端を通過したところだ」ベンは手首に装着したＧＰＳで位置を確認しながら伝えた。「ここからは私が先頭に立って岬のこちら側を進み、サイモンの座標を目指す」

〈死んだ男が残した座標〉

それだけでも十分に不吉だというのに、三人の周囲の地形までもが瞬く間に一変した——色鮮やかな光景が灰色の砂漠に変わってしまったのだ。三人は珊瑚が白化した一帯に入り込んでいた。海の生き物たちが荒れ果てた海底からいっせいに逃げ出してしまったかのように見える。

「ひどいな……」グレイがつぶやいた。

岸に向かって戻りながら、ベンが緊張を和らげようと状況の説明を始めた。「見た目ほど絶望的なわけではない。白化した珊瑚はまだ生きているのさ。高い海水温によるストレスから、共生関係にあって珊瑚礁に鮮やかな彩りを添えてくれる褐虫藻を追い出してしまっただけだ。このまま放置していたら、珊瑚のポリプはいずれ死に絶えてしまう。しかし、手遅れになる前にストレスの要因を除去できれば、珊瑚礁が活気を取り戻す可能性はある。残念ながら、グレート・バリア・リーフは立て続けの白化現象に見舞われてしまった。ある推測によると、今の状態が続いた場合、このあたりの珊瑚礁は今後二十年以内に死滅してしまうそうだ」

「その危険の解決策については、ひとまず後回しにしないといけないな」グレイが前方を指差した。

三十メートルほど離れた海面に二つの大きな影が浮かんでいて、ぴんと張った錨(いかり)の鎖が海底に通じている。片方の船は竜骨が一本しかない。二つの船体を持つもう一隻は科学者のチームの双胴船だ。

ベンは双胴船よりも大きい、船体が一つの船の方を見つめている。「あちらが招かれざる客なのは間違いないな」

グレイがガイドに近づいた。「サイモンが教えてくれた海底洞窟の座標までの距離はあとどのくらいだ?」

ベンは岬の海岸線の方を指差した。「この先五十メートルの地点だ」

グレイがうなずき、海面に注意を戻した。

セイチャンにはグレイの頭を悩ませている疑問が手に取るようにわかった。海上の状況がつかめないため、難しい選択を迫られている。

〈最初にどちらの船に乗り込むべきか?〉

答えを考える時間は三人から奪われた――唐突に、荒っぽいやり方で。

双胴船の下部の暗い影が赤い炎を伴っていきなり爆発した。ほんの一瞬、船体が海面から浮き上がり、再び着水する。砕けた船体が重みでつぶれ、船室に海水が侵入するのに合わせて、ゆっくりと沈み始める。

セイチャンは息を吐き出しながら頭を振った。

爆発の衝撃で耳と胸が痛む。

〈あと少しでもあの近くにいたら……〉

沈みゆく船の残骸を呆然と見つめながら、ベンが悪態をついた。

セイチャンの目は、破壊された甲板から死体が一つ、血の帯を引きながら離れていく姿をとらえた。

海洋学者の一人だ。

さっきの銃声が頭によみがえる。セイチャンはベンの友人の痛ましい死体を思い浮かべた。正体不明の海賊たちは、すでに囚人たちの処刑からその次の段階に移っている。後始末を始めているのだ。

しかし、それは何を意味するのだろうか？　ほかの科学者たちはまだ生きているのだろうか？　サイモンの娘はどうなったのだろうか？

〈すでに手遅れだったのか？〉

それを確かめる方法は一つしかない。

「行くぞ」グレイが感情を殺した声で告げた。

午前十時十分

グレイはベンとともに船体の陰の水中にいた。どうやら古い釣り船らしく、広々とした後部甲板とこぢんまりとした操舵室を備え、船首部分の下には狭い船室がある。

グレイとベンは船尾にある鋼鉄製のダイブデッキの下で身を潜めていた。セイチャンは長さ約六メートルの船体を挟んで船首近くの水中にいて、片手で錨の鎖を握っている。彼女の頭上で海面から出た鎖は、ローラーとウインチにつながっていた。セイチャンは鎖をロープ代わりに使用して、船首側から船に乗り込む計画になっている。

この段階での無線の使用は控えなければならない。ここまで近い距離だと敵に聞かれるおそれがある。手持ちのいちばんの武器を失う危険は冒せない。

〈相手の不意を突く〉

グレイは片方の手のひらがダイブデッキの右舷側に触れるところまで浮上した。ベンもグレイの動きに合わせ、左舷側で配置に就く。

準備が整うと、グレイはセイチャンに目で合図を送った――もう一方の腕を水中で横に動かす。

三人は同時に行動を開始した。

グレイはダイブデッキの端をつかみ、難なく海中から体を引き上げると、鋼鉄製の甲板上に仰向けに寝転がった。船尾の手すり越しに姿を見られないように、頭は低く下げたままだ。ベンもグレイの動きにならい、左舷側から船に乗り込んだ。警戒を促す音は聞こえてこない。二人はしゃがんだ姿勢になり、ダイビングナイフを手に取った。

うずくまったままのグレイの耳に、数人のかすかな話し声、一人の太い笑い声、誰かの小さな泣き声が聞こえた。いずれの声の持ち主も後部甲板上にいるようだ――だが、船の操舵室や甲板下の船室にも人がいるのだろうか？

〈それを突き止める方法は一つしかない〉

グレイは機をうかがった――それは甲板からの驚きの叫び声とともに訪れた。その合図を受けて、グレイとベンは勢いよく立ち上がり、船尾の手すりを乗り越えた。船体を挟んだ向こう側の船首甲板に立つ人影が見える。

水中にいる間に、セイチャンはウェットスーツのジッパーを下ろし、上半身をあらわにしていた。身に着けているのはビキニのブラだけで、片手をすぐそばの手すりに添えながら、腰をさりげなく片側に突き出した姿勢で立っている。下半身は黒のウェットスーツに覆われたままなので、あたかも人魚が船に乗り込んできたかのように見える。

セイチャンの突然の登場――さらには退屈し切ったようなその表情に、ひざまずいた一組の囚人を見張る二人の武装した男たちは、一瞬目を奪われた。二人がセイチャンの方に武器を向けるよりも早く、グレイは一方の見張りの背後に忍び寄り、喉の横にナイフを突き刺した。ベンはそれよりも穏やかな手段を選び、もう一人の見張りの左耳の後ろをナイフの柄でしたたかに殴りつけた。骨にひびが入る音とともに、意識を失った男は甲板上に崩れ落ちた。

グレイは自分の殺害した見張りが持っていたデザートイーグルを確保し、操舵室に銃口を向けた。中に人の姿はなく、甲板下の船室に通じる扉は閉まったままだ。グレイがもう一人の武器も回収して放り投げると、セイチャンは銃を片手でキャッチした。

セイチャンは素早く船室の扉に歩み寄り、勢いよく蹴り開けると甲板下の狭い空間を調べた。「誰もいない」そう告げると、後ずさりしながらグレイとベンに合流する。

囚人の一人は赤毛の若い男性、もう一人は四十代後半と思われる女性だ。

ベンが二人の前に膝を突いた。突然の襲撃に、二人とも目を見開いて呆然としている。「我々はサイモンの友人だ」オーストラリア人は二人を安心させた。「君たちは彼と一緒に作業をしていたＡＮＦＯＧのチームの人だね？」

女性は体を震わせながら息を吐き出し、頬を濡らした涙をぬぐってからうなずいた。

「ここで何が起きたんだ？」グレイは訊ねた。

二人の生存者――マギーとウェンデルは、言葉に詰まりながらも事の次第を話してくれた。三時間前、襲撃者たちは釣り船を装って接近してきた。偽装に気づいた時にはすでに遅く、武装した男たちが双胴船に襲いかかってきたという。サイモンは抵抗を試みたものの、力で押さえつけられ、服を脱がされ、船外に放り出されてしまった。

「なぜだ?」ベンが訊ねた。「どうしてただ撃ち殺さずにそんなことを?」

経緯を振り返って話すうちに、マギーはショックで今にも気を失いそうになっていた。

「娘さんから協力を取りつけようとして」

「ケリーか?」

マギーはうなずいた。「トライデント号の遺物が発見された座標を知っているのはケリーだけだったの。その日、私たちは全員が海に潜っていて、経験の浅い学生の彼女だけが船に残り、グライダーによるいつもの調査の監視という雑用をこなしていた。退屈極まりない作業だわ。映像を見ていたケリーは、偶然に号鐘と手枷を発見した。興奮した彼女は一人で海に潜り、戦利品を回収した。でも、号鐘に記された船名――それとその船の発見が何を意味するのかに気づき、グライダーの映像を削除したのよ。発見については私たちに教えてくれたけれど、正確な場所については明かそうとしなかった」

「けれども、父親には明かした」ベンが付け加えた。

赤毛の若者――ウェンデルが驚きの表情を浮かべた。「何だって?」

「ケリーはサイモンに話した」ベンは言った。「そしてサイモンが私に教えてくれた」

サイモンがベンにこの情報を伝えた裏には個人的な思いがあるのではないか、グレイはそんな気がした。サイモンはおそらく、娘が無茶な真似を、例えば一人で洞窟群の捜索を始めようとする前に、ベンを仲間に引き入れたかったのだろう。

「結局、ケリーは隠し切れず、銃を持った男たちに座標を教えた」マギーが説明した。「でも、その後でサイモンを海中から引き上げようとした時には……」

ベンが顔をしかめた。「すでにオーストラリアウンバチクラゲの毒にやられた後だった、ということか」

マギーはうなずいた。「ケリーは一部始終を見ていたの。かわいそうに」

「今、彼女はどこにいるの？」セイチャンが訊ねた。

女性は森に覆われた断崖の方に視線を向けた。「男たちは力ずくでケリーを同行させた。最初、彼女は拒んだんだけど、あいつらはまずタイラーを撃ち殺したうえで、言うことを聞かないなら私たちも殺すと脅したのよ」

グレイは残骸の間に漂う死体を思い出した。「彼女と一緒にいるのは何人だ？」

「六人。ドクター・ホフマイスターを含めて」

ベンが眉をひそめた。「ドクター・ホフマイスター？」

「僕たちのチームのリーダー」ウェンデルが苦々しげな表情を浮かべながら説明した。「僕たちを裏切ってあの殺し屋連中を呼び寄せた人物さ」

セイチャンが鼻を鳴らした。「純粋に科学的な調査ではなかったということね」

マギーがうつむいた。「ドクターがギャンブルにはまっているとの噂は聞いていたけれど、まさかこんなひどいことをするなんて思いもよらなかった。しかも、一緒に働いている仲間を相手に」

説明を聞いても、グレイはそれほど驚かなかった。私欲が友情や忠誠心にまさることは珍しい話ではない。

「何とかしてくれよ」ウェンデルが訴えた。「探し物を見つけたら、あいつらはきっとケリーを殺してしまう」

グレイは若者の言う通りだと思った。それに彼の声から聞き取れる絶望の響きは、ケリーへの思いが単なる同僚に対する心配以上のものだということを示している。

セイチャンが海岸の方を見やりながら肩をすくめた。「こっちは三人、相手は六人。そんなに分が悪いとは思わないけれど」

「しかも、我々にはまだ相手の不意を突けるという強みがある」ベンが付け加えた。

うなずきかけたグレイは、パチパチという雑音を耳にして甲板上の死んだ襲撃者に注意を向けた。音は無線のヘッドセットから聞こえている。

グレイは急いで男からヘッドセットを取り外し、自分の耳と口に当てた。相手の言葉が届く。

「……報告が遅れているぞ。そちらの状況は？」

グレイは一か八かの賭けに打って出るしかなかった。「こちらは異常なし」ぶっきらぼうな声で答える。

しばらくの沈黙の後、相手の声が返ってきた。怒りと疑いに満ちている。「おまえは誰だ？」

セイチャンがじっと見つめる中、グレイは無線を顔から離した。

首を左右に振る。

〈これで不意を突くことはできなくなったな〉

午前十時二十五分

「あいつらからは距離を置く方がよさそうだ」ベンが無線を通じて知らせた。

グレイとベンの後を追うセイチャンもその意見に賛成だった。オオメジロザメが三匹、双胴船の残骸の周囲を泳いでいる。殺害された海洋学者の血のにおいに引き寄せられているのだろう。三人は残骸を大きく迂回して岸を目指した。

再び海に潜る前、セイチャンたちは手早く見張りの所持品を調べ、船のキーを探したが、見つからなかった。船の無線もロックがかかっていて使用できない状態で、解除するにはデジタルコードを入力しなければならなかった。そのため、マギーとウェンデルにはウェットスーツを着用して岸まで泳ぐように指示した。二人を危険から遠ざけると同時に、警察に通報してここの状況を知らせてもらう必要があったからだ。

だが、セイチャンはすぐに助けが駆けつけてくれるとは期待していなかった。

〈私たちだけで対応しないと〉

出発前、マギーはこれから立ち向かうことになる敵の情報も教えてくれた。船を離れる時、相手のグループは水中銃を携帯していたほか、爆破装置の入ったバッグをいくつも持っていたという。

セイチャンは双胴船の残骸の方を振り返り、あれもそんな爆薬の仕業なのだろうと推測した。泥棒どもは大量の金を捜索するために洞窟群を爆破しながら進入しなければならない可能性を考え、十分な準備を整えてやってきたのだろう。

セイチャンは一八五二年に反乱を起こした乗組員と囚人たちのことを思い浮かべた。トライデント号がイギリス軍に捕獲されることを恐れて、戦利品を隠そうとこのあたりの洞窟群に近づいたに違いない。だが、それから長い年月が経過した今、金はまだここにあるのだろうか？

サイモンの残した座標に近づくと、ベンが手で合図を送り、左右に広がるように指示した。そうすれば敵から狙われにくくなる。三人は突き出た珊瑚礁の陰に身を隠しながら慎重に進み続けた。無線での会話から襲撃者たちが異変を察知したとすれば、仲間の一人を洞窟群の入口近くの物陰に見張りとして配置している可能性がある。三人のうちの誰かが見つかって見張りに襲われたとしても、残る二人でそいつを始末することができる。

あいにく、座標までさらに近づいた三人は、入口付近の見張りの姿が予想とは異なっていることに気づいた。海岸線にそびえる断崖に叩きつける波で砂と泥が舞い上がり、透明度が低くなっているせいで、危うくその存在を見落とすところだった。

濁った海水の先、真っ暗な洞窟の入口の手前数メートルのあたりに、ひれ付きの魚雷のような形をした黄色い筒状の物体が浮かんでいた。円錐形の頭部は海の方を向いていて、浮力のある細長い本体が流れの中で静かに上下している。

「ANFOGのグライダーのうちの一機だ」ベンがささやき声で伝えた。

泥棒どもは洞窟群の入口の監視役として、この電子的な番犬を残したに違いない。海中洞窟の内部でグライダーから送られる映像を監視している人間がいるのだろう。

「グライダーのセンサーに引っかからないように通り抜けるのは無理だ」ベンが指摘した。「近くに寄ったら、我々が中に入ろうとしていることを敵に感づかれてしまう」

「だったら、あいつの目をくらます方法を見つけるしかない」グレイが言った。

「どうやって？」

グレイがウエイトベルトに吊るした小型バッグを手に取った。釣り船を捜索中に発見した二つの爆破装置のうちの一つを取り出す。

「グライダーを爆破しようとしても」ベンが警告した。「見つかるのと同じことだぞ。我々が進入しようとしていると気づかれてしまう」

「そんなことをするつもりはないよ」

グレイは数メートルほど引き返してから、使用されているプラスチック爆薬の四分の三をダイビングナイフで取り除き、爆破装置の威力を弱めた。続いて白化してもろくなった珊瑚礁の真下の砂の、深さ三十センチほどのところに手早く装置を仕掛ける。

「もっと離れろ」グレイが海岸線から距離を置くように手を振った。「タイマーを三十秒にセットした。俺の合図に合わせて突入する」

爆破装置の準備が完了すると、三人は後退した。

セイチャンは泳ぎながら頭の中でカウントダウンを続けた。数字がゼロになるのに合わせて、こもった爆発音が耳に届き、胸を震わせる。セイチャンが体をひねると同時に、グレイが爆破装置を埋めたあたりの海底から砂と砕けた珊瑚が巨大な柱と化して噴き上がり、流れに乗って瞬く間に岸の方へと運ばれていく。

「今だ！」無線を通してグレイの声が聞こえた。「あの渦の中に紛れて、ひとかたまりになって進め」

セイチャンは理解した。二人と並んで泳ぎ、巻き上がった堆積物（たいせき）の雲の中に突っ込む。

隣の仲間の肘や足ひれの端をつかめるような距離にもかかわらず、すぐにその姿が見えなくなる。そんな状態でも、ベンは手首に装着したGPSの数字だけを頼りに、正しく目的地まで導いてくれた。視界が遮られた電子的な番犬の脇をすり抜けた後、断崖の方に向かっていく。

その直後、オーストラリア人を先頭に、三人は洞窟の入口を通過した。洞窟内からも、舞い上がったシルトが妨げになってグライダーの姿を確認することができない。あたかも洞窟の外の世界が消え去ってしまったかのようだ。

ベンがセイチャンの手を取り、海底に張られた一本のロープを握らせてくれた。ロープはトンネルの奥に通じている。

セイチャンは意図を理解した。

〈あとはロープを伝っていけばいい〉

ベンが先頭に立ち、その後ろをセイチャンが続き、グレイが最後尾に就いた。進み始めて間もなく、セイチャンは敵が目印代わりにロープを残してくれたことに感謝した。水を手でかいたり足で蹴ったりするたびに、その動きで洞窟内の堆積物がさらに舞い上がる。すぐ前を進むベンの足ひれすらもかろうじて見えるだけなうえに、水中だと身に着けた装備の重さも感じないために方向感覚が失われてしまう。どちらが上でどちらが下なのかもわからない状態だ。

グライダーのセンサーから十分に距離を置くと、ベンがフェイスマスクの両側にある小型ライトのスイッチを入れた。「いいかい、私はケイビングもスキューバダイビングも大好きだが、その二つを一つにしたケイブダイビングになると、これは死と隣り合わせのスポーツだ。この状況だとなおさらその危険が高いことになる」

ベンが速度を落とし、トンネルの片側の壁面で点滅する赤い光を指差した。爆破装置だ。敵は宝物を確保した後、帰り際に入口を破壊する計画でいるに違いない。

ロープをたどって先に進むうちに方向感覚を取り戻したセイチャンは、トンネルはかたい岩盤を貫いたものではなく、崩れた岩の間を縫ったり割れた石板を迂回したりしながら延びている曲がりくねった通路だということに気づいた。

「かつて岩石の崩落があったところのようだな」セイチャンの予想が正しかったことを指摘しながら、ベンは周囲をライトの光で照らし、互いに支え合う形になっている二つの花崗岩（かこうがん）の塊の隙間をくぐり抜けた。

その後に続きながら、セイチャンは岩の塊が不安定な状態になっていることに気づいた。小規模な爆発の衝撃でも簡単に崩れてしまいそうだ。

さらに一分間ほど、水を蹴ったり体をよじったりしながら進んだ後、ベンが声を落としてささやいた。「前方に光を確認」

ベンは自分のライトのスイッチを切り、這（は）うような速度に落として進み続けた。通路の幅が広くなり、三人が横に並べるくらいの余裕がある。真正面に広い空間があり、トンネルの出口の向こうで光に照らされながら水中に浮かんでいるのはスキューバダイビングの装備に身を包んだ人影だ。こちらに背を向けた男の注意は、両手で抱えた装置に向けられている。暗い海中で装置の画面が照明のようにまばゆい光を放っていた。

ベンが向ける視線から、何を言いたいのかは明らかだ。

あの装置は入口の外のグライダーの監視および操縦用の機器に違いない。

グレイが片方の手のひらを向け、二人に対して動かないように合図した。

トンネルの床を蹴り、背後から男にそっと近づく。だが、海流の変化で相手は異変を察知したに違いない。

ダイバーは振り向きながら、肩に掛けた水中銃をつかもうとした――しかし、すでにグレイは男のもとに達していた。

グレイはダイビングナイフを相手の顎の下に突き刺し、もう片方の腕で身動きできないように押さえつけた。男は数秒間もがいたものの、すぐにその体から力が抜ける。水中銃とグライダーの操縦装置を回収してから、グレイは浮力ベルトの空気を抜いて男の死体を暗い深みに沈めた。

ベンとセイチャンが近づくと、グレイは装置のスイッチを切った。海中が光の届かない暗闇に包まれる――当然そうなると思ったのだが。

全員が顔を上に向けた。

頭上の水を通して、やわらかいきらめきが手招きをするかのように差し込んでいる。ちらちらと揺れる光が周囲の広大な空間に立体感を与えてくれる。アメリカンフットボールのスタジアム半分ほどの広さがありそうだ。明かりはこの内部にある湖の水面も示していた。三人の頭上約十メートルのあたりに湖面がある。

三人はゆっくりと光に向かって浮上した。

慎重を期しながらも、危険を冒してフェイスマスクの端を水面にのぞかせる。

セイチャンの隣でベンが息をのんだ。「こいつは驚いた……」

午前十時四十二分

グレイはオーストラリア人の唖然(あぜん)とした様子を理解できた。

広々とした空間の天井は星が連なっているかのように光り輝いていて、濃い青緑から明るい銀まで、様々な色合いの光が踊っている。天井からは細長い糸のようなものが垂れ下がり、それぞれに光沢のある水滴がいくつも連なっていた。

「グローワームだ」ベンが説明した。

グレイはオーストラリアやニュージーランドの洞窟にヒカリキノコバエの生物発光性の幼虫が生息しているという話を聞いたことがあったものの、これほどまでに明るい光を放つとは想像すらしていなかった。ここでは数百万匹もの幼虫が輝きを発しながら、光で獲物をおびき寄せ、粘液の罠で捕捉しようとしているのだ。

けれども、真の驚異は天井の光ではなかった。

グローワームは天井よりも便利な拠点を見つけていた。

トライデント号の船体だ。

三本マストの帆船は空洞の奥にある砂州に座礁して、斜めに傾いている。船体のすべての表面からグローワームと細い糸のようなネットが垂れ下がっていた。沈没したトライデント号が生物発光性の海藻に覆われたまま、幻の海から浮かび上がったかのように見える。目に映る驚きの光景にもかかわらず、砂州と甲板上での動きを察知して、グレイはほかの二人を促しながら水中に戻った。

「船の帆を巻いて縛ってあったことに気づいたかい？」グレイのもとに近づきながらベンが問いかけた。「かつてこの空洞は海とつながっていたに違いない。乗組員たちは嵐の間、ここに避難していたのだろう。ここならばサイクロンが来ても安全だと思ったのかもしれないな」

グレイは途中にあった岩が崩れた地点を思い浮かべた。「そうしている間に、ここに閉じ込められてしまったわけだ」

「同じ運命をたどらないようにしないといけない」セイチャンが二人に言い聞かせた。

グレイはうなずいた。「サイモンの娘を見つけて、身柄を確保して、ここから脱出するとしよう」

「砂州の上にいた人たちの中に、金髪の女性が見えた」セイチャンが言った。

「それがケリーだ」ベンが断言した。

グレイは岸に向かって移動を開始した。「彼女を連れ戻すぞ」

三人は水中深くを進みながら湖を横断した。向こう岸に近づくにつれて、下の湖底が緩やかな上り勾配（こうばい）になる。このあたりでも生き物たちが豊かに暮らしていた。数百年前から存在していると思われる珊瑚の表面で、ウミトサカが揺れている。鮮やかな色の魚たちが三人の進路からあわてて逃げていく一方で、大人の前腕部ほどの長さのあるアルビノ種のロブスターが岩礁の上を悠然と歩いている。

すぐ隣を泳ぐセイチャンは、砂や岩場を注意深く観察しながら脅威を警戒している。何かが彼女の目に留まったらしく、グレイのそばから離れていく。

どうかしたのかとグレイが問いただすよりも早く、三人はトライデント号のもとにたどり着いた。ここからは手際よく作業を進めなければならない。さっき倒したばかりの見張りに対して、敵が今にも連絡を入れようとするかもしれない。この空洞内での自分たちの存在に敵が感づくのも時間の問題だろう。

座礁した船体の陰に隠れながら、グレイは二人とともに素早く作業を行ない、全員の準備ができていることを確認した。状況に満足すると、再び移動を開始する。三人はトライデント号の船体を回り込み、湖底を這うように進みながら砂州に接近した。グレイは暗い湖面に反射するグローワームの光が、水中の三人の存在をできるだけ長く隠してくれることを期待していた。

浅瀬に近づくにつれて、砂州の上の人影が確認できるようになった。船が座礁した地点からそれほど遠くないところに集まっている。ひとかたまりになった人たちを見下ろすように船がそびえていて、その船体には大きな亀裂が入っていた。近くには木箱が三つ置いてある。砂の上に引きずった跡があることから、木箱は船の壊れた貨物室から持ち出したものだろう。

木箱の中身が何か、疑問の余地はない。

トライデント号の失われた財宝だ。

木箱の中にある宝物のことは無視して、グレイは水を通して見える人影に神経を集中させた。傭兵が三人、財宝を見張っている――それと、若い女性が一人。

ケリーは砂の上にひざまずいていた。肩を落とし、表情はうつろだ。

男たちのうちの一人が彼女の後頭部に拳銃の銃口を向けている。この目撃者を消せという命令があるのを待っているのだろう。ほかの二人の男たちも同じように武装していた。水中銃は背後の岩に立てかけてある。どうやら追加の武器を防水ケースに入れて持ち運んでいたようだ。

グレイは敵の用意周到さに舌打ちをしたが、それに対して今さらどうすることもできない。もはや引き返せないところまで来てしまっている。グレイは体を丸め、両脚に力を込めた。左右を見て、二人も準備ができていることを確認する。

頭の中ではセットしたタイマーに合わせて、さっきからカウントダウンが続いている。残ったもう一つの爆破装置はトライデント号の船体の反対側にすでに設置済みだ。さっきの爆破で余った爆薬も足してある。

頭の中でのカウントダウンがゼロになるのに合わせて、グレイは水中から飛び出した。それと同時に、耳をつんざくような大音響とともに、爆発が広い空洞内を揺さぶる。背後で水と木片が空中高く噴き上がった。

グレイは奪い取った水中銃をすでに構えていた。狙いを定め、引き金を引く。鋼鉄製の銛（もり）が空気を切り裂き、ケリーのすぐそばにいた見張りの目に命中した。銛が頭蓋骨を貫通し、男の体が後方に飛ばされる。

グレイの左手でセイチャンが腕を一振りしたかと思うと、指先からダイビングナイフが放たれた。武器としてのナイフの扱いの巧みさに関して、セイチャンの右に出る者はいない。ナイフは狙い通り相手の喉仏に突き刺さり、男はゴボゴボという声を漏らしながらその場に崩れ落ちた。

グレイの右手ではナイフを手にしたベンが水中から走り出た。水際にいちばん近いところに立つ三人目の襲撃者がターゲットだ。爆発音と突然の攻撃に呆然としていたものの、男は銃をベンの方に向けた。

見張りが引き金を引くよりも早く、砂にうずくまっていたケリーが立ち上がり、男の腕を上に払った。大きな発砲音がとどろいたものの、弾は大きく外れた。ベンは銃を持つ男に強烈な体当たりを食らわしたが、敵もその攻撃をかわす。ベンが最初に繰り出したナイフの一突きは肘でブロックされた。

ベンの攻撃はそれで終わりではなかった。

オーストラリア人は相手を思い切り突き飛ばした。バランスを崩した男が後方によろめく――その体が背後の岩に立てかけてあった水中銃に激しくぶつかった。そのはずみでセットしてあった銛が背中に刺さり、先端が胸から突き出る。男は尻もちをつき、陸に打ち上げられた魚のように何度か口を開いたり閉じたりしてあえいでいたが、やがてその動きも止まり、脇腹を下にした姿勢で砂の上に倒れた。

一瞬の沈黙の後、うめき声に似た大きな音が聞こえ、全員が湖の方に注意を向けた。スローモーションの映像を見ているかのようにゆっくりと、トライデント号の光り輝く船体がグレイの仕掛けた爆破装置で破壊された側を下にして斜めに傾き、水中に沈み始めた。

「あれを見て！」ケリーが叫んだ。

人影が二つ——細身で年配の男と、鍛え上げた筋肉を持つ男が、向こう側の手すりを乗り越え、湖に飛び込んだ。二人は同時に着水し、真っ暗な水中に姿を消す。あの二人はおそらく、船内にほかにも財宝が残っていないか、探していたのだろう。

「ああ、だめ、このままじゃ……」ケリーが訴えた。

女性の方を振り返ったグレイは、その表情に恐怖が色濃く浮かんでいることに気づいた。

「あれはこいつらのリーダー格の男」ケリーが説明した。「もう一人はドクター・ホフマイスター」

〈裏切り者〉

「遠くまで逃げられれやしない」ベンが安心させようとした。「我々が捕まえてみせる」

「違う、そういうことじゃないの」ケリーは言った。「ホフマイスターは爆破装置用の送信器を持っているの」

グレイは状況を理解した。「安全なところまで逃げてから、この場所を吹き飛ばすつもりなんだな」

ベンが光り輝く天井からひときわ明るい太陽光線が筋状に差し込んでいる地点を指差した。天井に亀裂が入っているのだ。「ここが完全に埋もれてしまうぞ」

オーストラリア人の言う通りで、しかも残り時間が少ないことを悟ったグレイは、余分な装備を取り外して水中銃を手に取ると、湖に向かって走った。

セイチャンもグレイにならい、すぐ後から飛び込む。

二人は並んで泳ぎ、逃げる男たちを追った。すでに相手はかなり先行しているので、追跡が無駄に終わる可能性は高い。それでも、あきらめるわけにはいかない。

グレイはセイチャンの方に視線を向けた。

彼女の肩越しに見えるのは湖の深みに沈んでいくトライデント号だ。まだ船体から光を発しながら、最期の時を迎えようとしている。

前に向き直ったグレイの鼻先を、銀色の物体がかすめた。

〈銛だ〉

水中銃から放たれた銛が、二人の間を通り過ぎる。

前方の珊瑚礁の陰から人影が姿を現した。傭兵のリーダー格の男だ。すでにもう一挺(ちょう)の水中銃を構えている。その先の暗闇の中で、かすかな光が上下に揺れていた。

〈ホフマイスター〉

裏切り者が逃げようとしている。

午前十時五十五分

セイチャンにはチャンスは一度しかないとわかっていた。

片手で水中銃を構え、足でしっかりと水を蹴る。追い越しながら、空いている手でグレイの肩を突き飛ばす。「早く行って！　私がこいつの相手をするから」

グレイは拒まなかったし、迷いも見せなかった。セイチャンがグレイを愛している理由の一つはそこにある。時にはいらつく言動を取ることがあるものの、グレイはセイチャンに全幅の信頼を置いている。男の意地にこだわって判断が曇るようなことはない。二人は一つのチームとして機能している。互いの強みと弱みを心得ている――泳ぎに関してはグレイの方が優れているのだ。

そのことを証明するかのように、グレイは体を横にひねり、泳ぎ去った。前方の脅威から距離を取りながら、瞬く間に姿を消す。

セイチャンは真っ直ぐに泳ぎ続けた。

水中銃の狙いを定める。

敵も同じ動きを見せる。

〈いい覚悟ね〉

ほんの数メートルの距離から、二人は同時に引き金を引いた。銛が暗い水中を貫く。セイチャンは体をひねってよけたが、銛が太腿をかすめてウェットスーツを切り裂くと同時に、脚に焼けるような痛みが走った。

狙いはセイチャンの方が正確だった。しかし、命中する寸前に敵のリーダーが水中銃の鋼鉄製の銃床（じゅうしょう）で払ったため、銛は脇にそれた。

〈それなら仕方がない〉

セイチャンは相手との距離を詰めた。最初からずっと、この勝負はナイフで決着をつけることになるだろうという予感がしていた。

セイチャンは腰の鞘（さや）に手を伸ばした——だが、指先がつかむはずのものがない。

心の中で毒づきながら、セイチャンは砂浜に倒れた男の喉に刺さったままのナイフを思い浮かべた。出発を急いだせいで、ナイフを回収し忘れていたのだ。

一方、敵は怠りなく準備をしていた。

リーダーは刃渡り三十センチのダガーナイフを抜いた。

午前十時五十八分

湖の先ではグレイが逃げる光を追い続けていた。暗闇の中の目印に全神経を集中させ、懸命に手足を動かす。光のことだけを考え、セイチャンへの不安を頭から振り払う。

　前方に見える光の点が次第に大きくなるにつれて、意気込みと期待が高まっていく。水中銃はまだ無造作に片方の肩に掛けたままだ。

〈もう少し近づいてから……〉

　突然、前方の光がかき消え、まったく見えなくなった。想定外の事態に、泳ぐ速度が落ちる――その時、グレイは光の消滅が何を意味するのか理解した。

　ホフマイスターがトンネル内に入ったのだ。

〈時間切れだ〉

午前十一時一分

　武器を持たないセイチャンは敵から逃げた。

　グレイと同じように、彼女も現実的な判断ができる。自らの限界を知っているし、敵の技量も認めている。望みがあるとすれば、筋肉の塊のような巨体に追いつかれないようにすることだけだ。その目標を念頭に置いて、セイチャンはさっき二人で泳いだルートをたどりながら再び砂州の方を目指した。

暗殺者になるべく受けた厳しい訓練を通じて、セイチャンは常に周囲の状況を記憶し、手近な要素のすべてを検討するようにとの教えを受けた。

そのおかげで、先ほどのルートを正確にたどることができる。

セイチャンは砂浜に置き去りにしたダイビングナイフを思い浮かべた。

あってはならないミスだ。

〈この先、二度と繰り返してはならない〉

けれども、そのためにはまず生き延びなければならない。

すでに速度が落ち始めていた。疲労のせいでもあるし、銛で切り裂かれた太腿からの出血の影響もある。痛めた脚で水を蹴るのがつらくなりつつある。そればかりか、彼女の負傷に気づいた敵が、傷ついた鳥を追う猟犬のごとく迫ってくる。

肩越しに振り返ると、男は今にも追いつきそうな距離にいる。

〈ちょうどいい〉

心の目にとどめておいた地点に近づくと、セイチャンはさらに速度を落とした。ここは砂州を目指していた途中であるものに注意が向き、グレイから離れたところだ。

セイチャンは高く盛り上がった珊瑚礁を乗り越え、海底の砂地に向かった。

さっき、ここに武器が存在することに気づいていた。

〈数多くの要素のうちの一つ〉

手袋をはめた手で武器に手を伸ばす――それと同時に、上から影が忍び寄る。

ベンから受けた忠告に従って、セイチャンは武器の尾をつかんだ。体を反転させると、敵が背中にナイフを突き刺そうと構えているところだ。勝利を確信した相手の油断につけ込み、セイチャンは難なく攻撃をかわした。

つかんだオニダルマオコゼを振り回し、男の首に叩きつける。棘が相手の肉を貫いた。毒素が注入される。効果は即座に現れた。男が体をこわばらせる。ダガーナイフを離し、首筋をかきむしり、刺さった魚を払いのける――だが、すでに手遅れだった。

男が水中で手足をばたつかせた。あまりの痛みに正気を失ったのか、フェイスマスクとレギュレーターをもぎ取る。爪で顔面を引っかく。次の瞬間、男の手足から力が抜け、だらりと垂れ下がった。その体が力なく水中に浮かぶ。両目はセイチャンのことを見つめているが、そこにはもはや何も映っていない。男が死んだのは痛みのせいなのか、毒のせいなのか、それとも溺れ死んだだけなのか、セイチャンにはわからない。

ケリーの父親の無残な死体を思い出しながら、セイチャンにははっきりと言えることが一つだけあった。

〈当然の報い〉

午前十一時五分

グレイはかつて岩石が崩れた間を縫ってジグザグに延びるロープを伝いながら先を急いでいた。両手でロープを引っ張り、両足で岩を蹴りながら進んでいく。左右の肩から緊張が抜けることはない。通路沿いに隠された爆破装置が今にも作動して、大量の岩に押しつぶされるかと思うと気が気ではない。

ホフマイスターが送信機を使用する気になるのは、海岸沿いの断崖から十分に距離を置いた後だろうと期待するしかない。爆発で巨大な岩の塊が大量に吹き飛び、水中に降り注ぐ危険があることくらい、海洋学者も承知しているはずだ。

だが、パニックに陥った人間が、そこまで慎重になるだろうか？

グレイはロープを両手でしっかりと握り締めると、体を引き上げてトンネルのカーブを曲がった。進み続けるうちに、ぴんと張っていたロープが唐突にたるんだ。もう一度引っ張ると、ロープがこちら側に動く。

それが何を意味するのかを悟り、グレイは舌打ちをした。

〈ホフマイスターがロープを切断した〉

グレイはそれ以上ロープを引っ張らないようにした。ここから脱出するためには、ロープをたどっていく必要がある。しかも、舞い上がった砂や泥で海水が濁り、ロープが見づらくなっている。グレイは今まで以上に慎重な動きを強いられた——そのせいで速度が大幅に落ちる。

〈これでは間に合わない〉

その時、前方の暗がりから思いがけなく光が差し込んだ。

トンネルの出口だ。

グレイは再び速度を速め、残りの距離を一気に踏破した。トンネルの外に飛び出すと、ホフマイスターは十メートルも離れていない地点にいる。海洋学者は海底付近にうずくまっていた。

相手がこんなにも近くにいるとは予想外だった。グレイは水中銃を素早く肩から外した。ホフマイスターはもうどこにも逃げられやしない。

グレイの判断は間違っていた。

海底から黄色い魚雷が上に向かって飛び出し、高速で海洋学者から離れていく。

ＡＮＦＯＧのグライダーだ。

次の瞬間、ホフマイスターの体が勢いよく海底から浮かび上がった。グライダーの後に続いて飛ぶように水中を進んでいく。海洋学者は切断したロープでグライダーと自分の体を結んだのだ。自らの道具を使って逃亡しようという腹積もりだろう。グライダーのモーターの出力は手動で最大に切り替えたに違いない。

グレイは遠ざかる目標に向かって水中銃を放ったが、銛はかすりもしなかった。泳いで後を追おうとしたものの、すぐにそんなことをしても無駄だと判断する。一分もしないうちに、ホフマイスターは安全な海域まで達し、爆破装置を作動させてしまうだろう。

〈もうおしまいだ〉

だが、グレイの見ている目の前で、黄色いグライダーが不意に向きを変え、左に急カーブした。その動きに合わせて、ホフマイスターの体がぬいぐるみのように水中で激しく揺さぶられる。

当惑しながらも、グレイはトンネルから泳ぎ出てグライダーの針路を追った。

グライダーが向かっているのは双胴船の残骸の方だ――その周囲には殺害されたホフマイスターの同僚の血に誘われたオオメジロザメが群がっている。海洋学者も脅威を認識したに違いない。残骸に近づくにつれてグライダーが速度を落とし始めたから、気づかないはずはない。

ホフマイスターはあわてふためき、サメの群れの中に引きずり込まれないうちにグライダーからロープを外そうとした。さらに速度が落ちる中、海洋学者はようやくグライダーから自由の身になり、必死に危険から逃れようとした。

だが、海中に潜む肉食動物はサメだけではなかった。

船の残骸の下から、黒っぽい影がありえないほど大きく口を開きながら急浮上した。黄色い歯がホフマイスターの左腕と肩に食い込む。分厚い装甲を施したかのような太い尾を振り回すと、イリエワニは体重五百キロの巨体を回転させた。

左腕を嚙みちぎられたホフマイスターの体が水中を舞う。

それでも、裏切り者はまだ生きていた。肩から血を噴き出しながらも、ホフマイスターは両足で水を蹴り、片腕を懸命に回した。そこに一頭のオオメジロザメが襲いかかり、海洋学者をくわえると、力強い尾を一振りしてどこかに運び去った。

グレイは啞然としながら海中洞窟に引き返した。通路の奥に目を向ける。ふとグレイは、グライダーがいきなり方向転換した理由に思い当たった。

グライダーの操作方法を心得ているのはホフマイスターだけではない。

調査団の下っ端の大学院生でも知っている。

午前十一時十一分

〈かわいそうに……〉

セイチャンはグライダーの操縦装置を砂の上に置くケリーの様子を見つめていた。ホフマイスターを追って水に飛び込む前、グレイは機器をここに残していった。水中ドローンの操作経験があるケリーに対して、洞窟の外の海を監視したらどうかと提案したのはベンだった。

その提案がこんな好結果をもたらすとは、オーストラリア人も予想していなかっただろう。

ケリーは砂の上でひざまずいたままだ。隣に寄り添うベンは、片腕を彼女の肩に回し、胸に抱き寄せた。

「よくやったな、ケリー……よくやった」

その言葉に対して、ケリーは細い肩を震わせながら、ベンの胸に顔をうずめてすすり泣くばかりだった。娘は復讐を果たしたものの、それで父親が戻ってくるわけではない。悲しみに暮れる娘を残して、セイチャンは水際に近づいた。彼女のつらさを癒せる言葉があるとは思えない。

セイチャンは天井に輝く光を見上げ、そこから何らかの意味を読み取ろうとした。はるか昔、欲に目がくらんで反乱を起こした乗組員と囚人たちは、この空洞内で悲劇的な最期を遂げた。それから百五十年以上が経過した後、再び欲のせいで血が流れ、死者が出た。

この世の中には呪われた場所というものが存在するのだろうか？

セイチャンはクック船長がこの地に付けた名前を思い返した。

〈受難岬〉

セイチャンは頭を左右に振った。

この場所は呪われてこそいないかもしれないが、その名前がふさわしいことは間違いない。

午後七時五十六分

低いうめき声を耳にして、グレイは左に注意を向けた。マッサージテーブル上のドーナツ型のクッションから顔を上げ、声の主の方を眺める。

隣のテーブルにはセイチャンが横たわっていた。全裸でうつ伏せになっていて、体を隠しているのは臀部(でんぶ)を覆う小さなタオルと、背骨に沿って置かれた高温の石だけだ。グレイは太腿上部の切り傷を閉じたステリストリップのテープに目を向けた。

「大丈夫か?」

「もちろん」セイチャンは満ち足りたため息を漏らした。「前にも言ったけど、私にはこのくらいがちょうどいい冒険だから」

グレイは笑みを浮かべ、再びテーブルに顔を戻した。

熱した石が一つ、腰の中央にそっと載せられる。

今度はグレイがうめき声をあげる番だった。

グレイは施術の心地よさに浸ることにした。ベンの手配ですぐにケープ・トリビュレーションを後にしたので、二人はその後の余計な注目を浴びずにすんだ。また、ベンはしばらくケリーを見守ると約束し、トライデント号の発見がケリーと彼女の父親の功績として認められるよう手を尽くすと言っていた——発見の功績にはもちろん、金の分も含まれる。

一方ケリーは、財宝の使い道は父親が情熱を捧げていたことへの資金にあてたいとの意思を表明した。

〈珊瑚礁の保護〉

サイモンの犠牲を忘れないようにするには、それが最適な方法だ。

セイチャンがまた声を漏らした——今度は考え込むような口調だ。

グレイは再び彼女の方を見た。「今度はどうした？」

セイチャンはテーブルに頬をくっつけ、グレイの方に顔を向けていた。「次はどこに行こうかと考えていただけ」

「希望は？」

「暖かい熱帯をもう少し楽しみたい気分ね」セイチャンはテーブルから頬を離し、グレイの方を鋭い眼差しで見つめた。「でも、ウンバチクラゲやイリエワニやオニダルマオコゼのいないところがいい」

「具体的には？」

「ハワイを考えていたんだけど……マウイ島とか」

「本気か？　あそこは観光地だからおまえには退屈すぎるんじゃないのか？」

セイチャンが肩をすくめた。「行ったことがないもの。それに今の気分だと、退屈なくらいがちょうどいいし」

「それなら、ハワイでの休暇に決まりだ」グレイはドーナツ型のクッションに顔をうずめた。「あそこなら何も問題など起きるはずがない」

著者から読者へ：事実かフィクションか

長編小説の最後ではいつも、物語中の事実の部分とフィクションの部分を明記するようにしている。ここでも同じ作業をしようと思う。

ケープ・トリビュレーション（受難岬）

幸運なことに、私はクイーンズランド州ポートダグラスの近くにあるこのあたりで過ごす機会があり、ここを舞台にした物語を書きたいと以前から思っていた。実に神秘的な場所で、熱帯雨林と珊瑚海が隣り合っている。本書に出てきたような砂浜での乗馬も体験し、巨大なイリエワニが悠然と砂の上を横切って海に入る姿も目にした。滞在中にはこの地の歴史にも魅了された。近くの珊瑚礁で船が事故を起こした後にクック船長が命名したのも事実である。そういうわけで、それと同じような、もっと悲劇的な運命に見舞われた船についての物語を書くのも悪くないと思ったのである。

トライデント号

この短編中に登場した船は想像の産物だが、それにまつわる悲劇の話はサクセス号とハイヴ号という実在した二隻の囚人船に基づいている。乗組員による反乱、金、遭難にまつわる二隻の話をこの冒険に取り入れさせてもらった。

グレート・バリア・リーフ

物語の舞台をここに設定したからには、現在この地の珊瑚礁の三分の二に影響を与え、その規模が長さ千五百キロ近くにもわたっている悲惨な白化現象について触れないわけにはいかない。グレート・バリア・リーフには多くの絶滅危惧(きぐ)種のほか、四百種の珊瑚、千五百種の魚が暮らしている。計り知れない価値を持つ生息地であり、三億人以上の人々が食料、雇用、生計を頼っている。ここを失うようなことがあってはならない。

ANFOGのグライダー

もちろん、調査用の黄色い魚雷は実在する……ただし、いくらか性能を高めさせてもらったが、決して大幅に向上させたわけではない。

この物語の最後で、セイチャンはハワイのマウイ島に向かうという運命的な決断を下した。グレイが「何も問題など起きるはずがない」と断言したことも、何やら不吉なことを予感させる。二人のシグマからの長期休暇は、間もなく突然の終わりを迎えることになる――同時に、二人の関係も大きく変わろうとしている。すでに企みは進行中で、「悪魔の王冠」としてのみ知られる古代の恐怖がその原動力となっている。しっかりと何かにつかまって、これから訪れる大冒険を楽しんでいただきたい。

スミソニアンの王冠　上

シグマフォース シリーズ⑫

ママ・キャロルへ

その生涯を通じて献身的に、あふれる愛をもって、まわりの人たちに尽くしてきたすべてのことに。

歴史的事実から

シグマフォースの司令部は、小塔を備えた赤い砂岩の巨大な建造物「スミソニアン・キャッスル」の地下に埋まっている。一八四九年にナショナルモールの端に建設されたこの由緒ある建物から、数多くの博物館や研究所を擁するスミソニアン協会が誕生した。しかし、そうした施設が建造される以前の南北戦争当時は、この一棟の建物内にスミソニアンのコレクションのすべてが所蔵されていた。

ところで、科学に対するこの輝かしい功績の真のルーツはどこにあるのだろうか？

奇妙なことに、協会を創設したのはアメリカ人ではなく、ジェームズ・スミソンとい

う変わり者のイギリス人化学者兼鉱物学者だった。一八二九年の死に際して、スミソンは五十万ドル（現在の価値に換算すると千二百万ドル、当時の連邦政府の国家予算の約六十六分の一に相当する額）の遺産をアメリカ合衆国に寄付し、「人々の知識の拡大と普及のための機関」を創設するように言い残した。

けれども、今日に至るまで、この寄贈者は多くの謎に包まれた存在だ。例えば、ジェームズ・スミソンはその生涯で一度もアメリカを訪れたことがないにもかかわらず、全財産と膨大な量の鉱物コレクションを建国間もない新国家に託した。そればかりか、アメリカにそのような気前のいい贈り物をするという意思を存命中に表明したことがなかった。また、不思議なことに、スミソンは死後、甥によってイギリスではなくイタリアのジェノヴァに埋葬された。今日、この男性に関して詳しいことがほとんどわかっていない理由の一つは、南北戦争末期の一八六五年にスミソニアン・キャッスルが大火に見舞われたためだ。低層階は被害を免れ、放水による影響を受けた程度だったが、上層階は焼失した。スミソンの手による文書は、日記や調査日誌を含めて、ほとんどが燃えてしまった。たった一度の火災で、スミソンの生涯の記録は永遠に失われてしまったのだ。

しかし、スミソンにまつわる陰謀じみた話は、彼の死や火災で幕を閉じたわけではなかった。一九〇三年の冬、著名なアメリカ人発明家のアレクサンダー・グラハム・ベルは、スミソニアンの理事会がはっきりと反対の意を表明したにもかかわらず、イタリアに赴いてジェノヴァにあるスミソンの墓を暴いた。そしてスミソンの遺骨を亜鉛でできた棺(ひつぎ)に納め、蒸気船でアメリカに持ち帰った。帰国後、スミソンの遺骨はベルによってキャッスル内に埋葬され、今日に至っている。

電話の発明者でもあるベルが、どうして仲間のスミソニアンの理事たちの反対を押し切ってまで、スミソンの遺骨をそのようなやり方で確保したのだろうか？　隣接する石切り場の拡張でスミソンの墓が失われてしまう危険があったためとする説が有力だが、本当にそれだけの理由なのだろうか？　それとも、変わり者のジェームズ・スミソンに関しては、青天の霹靂(へきれき)とも言える寄付、生涯の記録を焼き尽くした謎の火災、アレクサンダー・グラハム・ベルによる遺骨回収のための奇妙な旅行以外にも、何らかの秘密が隠されているのだろうか？

アメリカの闇の秘密に関する衝撃的な真実を知りたいのならば、このまま読み続けることだ。

科学的事実から

地球上で人間が最も命の危険にさらされている動物は何だろうか？　数字を比較してみよう。サメによる死者は平均して年間六人ほど、ライオンによる犠牲はほぼ二十二人だ。意外なことに、ゾウの攻撃では毎年五百人もの死者が出ている。ヘビに嚙まれたことが原因の死者はその倍で、年間千人に達する。言うまでもなく、我々人間はその数字を大きく上回り、同じ人間を年間四十万人も殺している。しかし、動物界における真の殺し屋ははるかに体が小さく、はるかに脅威が大きい。その正体は蚊――マラリア、黄熱病、西ナイル熱、最近ではジカ熱などの病気を媒介するこの空飛ぶ吸血動物のせいで、毎年百万人以上の犠牲者が出ている。五歳以下の子供に限ると、蚊に刺されることが死因のトップに

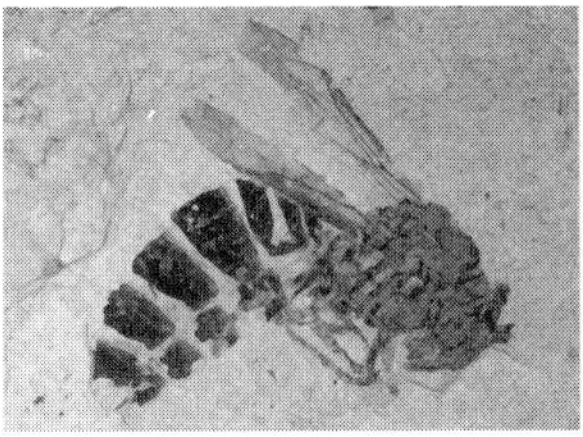
三千四百万年前に生息していたアシナガバチ *Palaeovespa florissantia*。
写真提供：アメリカ合衆国国立公園局

立っている。

このような死因の王座を蚊と争っている小さな動物は少なくない。ツェツェバエによる死者は年間一万人。英語で assassin bug（暗殺虫）と呼ばれるサシガメは、それをやや上回る一万二千人。いずれは昆虫によって毎年六十人に一人が命を落とすことになるとの予測もある。

そのことがなぜ重要なのだろうか？　我々が「人間の時代」を生きているのではないという教訓を示しているからで、四億年以上にわたってずっと、地球は「昆虫の時代」なのだ。人間がこの惑星に登場したのはほんの三十万年前なのに対して、昆虫は恐竜よりもはるかに昔から地球上に存在し、繁殖と拡散を続け、ありとあらゆる環境において生息している。事実、昆虫が恐竜絶滅の主要原因とまではいかないにしても、その一因だったのではないかとの仮説が、現在では提唱されている。どうしてそんなことがわかるのだろうか？　最近の化石記録の分析から、これらの微小な肉食動物たちが白亜紀末期の気候変動の影響で衰退が始まっていた巨大な恐竜を攻撃し、捕食や病気の感染を通じて絶滅に大きく寄与していたらしいことが明らかになっている。先史時代におけるその機会に乗じて、昆虫は新しい植物や花をめぐる主要な競争相手をこの惑星から駆逐させることに成功し、ひと刺しで恐竜の時代に幕を下ろしたのだ。

そう考えると、地球上の減少する一方の自然資源をめぐる現在の競争相手に関して、当然の疑問が浮かんでくる。我々は昆虫たちの次のターゲットなのだろうか？

恵み深い全能の神が、イモムシの生体の中で養分を得るようにという明確な意図のもとにわざわざヒメバチ類を造られたのだとは、私にはとうてい納得できないのです。

——チャールズ・ダーウィン

植物学者エイサ・グレイに宛てた一八六〇年五月二十二日付の手紙より

彼らはひどく誤解されている生き物だ。

——J・K・ローリング『ハリー・ポッターと炎のゴブレット』より

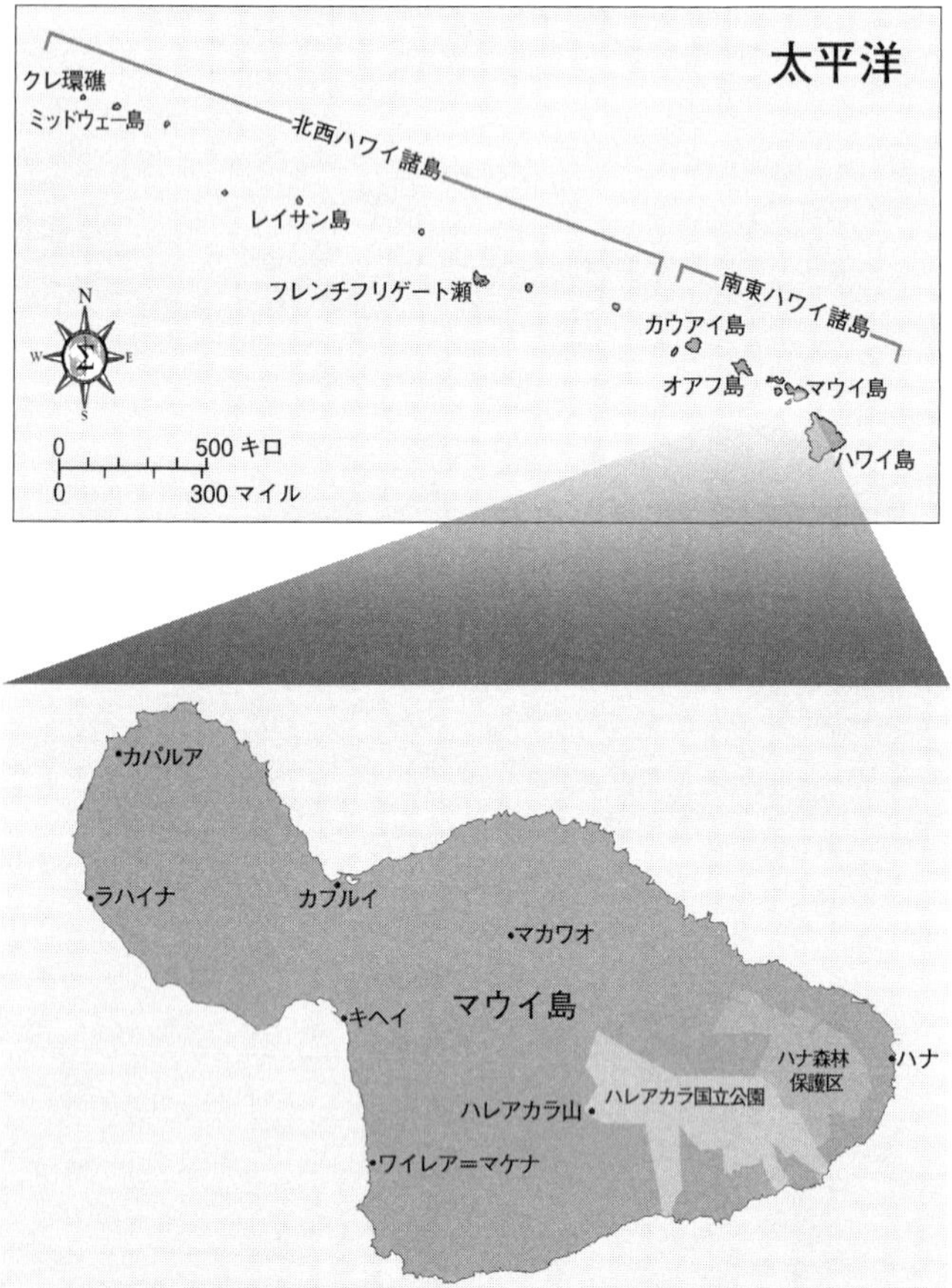
太平洋
クレ環礁
ミッドウェー島
北西ハワイ諸島
レイサン島
フレンチフリゲート瀬
南東ハワイ諸島
カウアイ島
オアフ島
マウイ島
ハワイ島
N
W
E
S
0
500 キロ
0
300 マイル
カパルア
ラハイナ
カフルイ
マカワオ
マウイ島
キヘイ
ハナ森林
保護区
ハナ
ハレアカラ国立公園
ハレアカラ山
ワイレア＝マケナ

プロローグ

一九〇三年十二月三十一日　中央ヨーロッパ時間午前十一時七分
イタリア　ジェノヴァ

時間に追われる客を乗せた馬車は、雪が降り積もったジェノヴァ市街からの上り坂を無謀とも思える速度で飛ばしていた。狭い路地で急カーブを切ると、車体がガタガタと振動する。

アレクサンダー・グラハム・ベルは後部座席でうめき声をあげた。妻とともに大西洋を船で横断した後に熱を出してしまい、まだ万全の体調には戻っていない。そればかりか、二週間前にイタリアに到着して以降、何もかもが思うようには進まなかった。スミソニアン協会の創設者ジェームズ・スミソンの遺骨をアメリカに持ち帰ろうという計画に対して、ことあるごとにイタリアの当局が横槍（よこやり）を入れてくる。この盗掘作業を滞りなく進めるために、アレクサンダーはスパイと親善大使という二つの顔を使い分け、賄賂（わいろ）と策略を駆使しなければならなかった。これはもっと若い人間が行なうべきことで、五十代の半ばになる男がするような仕事ではない。ストレスがアレクサンダーの心身に影響を与え始めていた。

妻が手首をしっかりと握った。「アレック、御者に速度を落とすよう頼んだ方がいいんじゃないの？」

アレクサンダーは妻の手にそっと触れた。「いいや、メイベル、天候が悪化している。それにフランス人どもが躍起になって私たちを追っている。今を逃したらおしまいだ」

三日前、ようやくすべての許可を取りつけたところで、スミソンの遠い親戚とかいうフランス人が突如として名乗り出て、どれほどの大きな危険が関係しているのかも知らないくせに、遺骨の所有権を主張したのだ。このフランスからの邪魔者が割り込んでくる前に、アレクサンダーはイタリアの当局と話し合い、スミソンが財産のすべてをアメリカに寄贈すると言い残したからには、その中に本人の遺骨も含まれるはずだと言い張った。また、自らの立場を確固たるものとするため、必要な人間の手にリラを握らせると同時に、セオドア・ルーズヴェルト大統領もこの任務を後押ししていると断言した――もちろん、それは偽りだ。

どうにかごまかし切ることができたものの、いつまでもそれが通用するとは思えない。

〈今を逃したらすべてがおしまいだ〉

アレクサンダーは手のひらで胸ポケットを押さえた。ポケットの中には端の焼け焦げた紙の断片が折りたたんで入っている。

メイベルがその手の動きに気づいた。「それがまだそこにあると信じているの？　墓の中に、遺骨と一緒に埋められていると？」

「きちんと確かめなければならない。五十年前、何者かによってこの秘密はあわや永遠に失われるところだった。イタリア人にその続きをさせるわけにはいかないのだよ」

一八二九年、ジェームズ・スミソンは甥の手により、ジェノヴァの海沿いの断崖上にある小さな墓地に埋葬された。その当時、墓地はイギリス人が保有していたが、土地の権利はイタリアが所有していた。この数年ほど、墓地に隣接する石切り場が徐々に断崖を侵食しつつあり、会社は墓地も含めた全体での作業の展開を希望していた。

スミソニアン協会の創設者の遺骨に脅威が迫っていることを知り、理事たちは遺骨が発破で海の藻屑と消える前に回収するべきかを議論した。そんな時、アレクサンダーはある古い書簡を手にすることになった。それを書いたのはスミソニアン協会の初代会長ジョセフ・ヘンリーで、彼はキャッスルの建造を見守り、建物の中でその生涯を終えた人物だった。

「ヘンリーは信頼のおける人間だ」アレクサンダーは濃い顎ひげをさすりながらつぶやいた。

「あなたが彼のことをどれほど敬愛していたのかは知っている」メイベルが慰めた。「どれほど大切な友人だったのかも」

　アレクサンダーはうなずいた。

〈だから彼の指示に従い、こうしてイタリアの墓地を訪れているのだ〉

　死の一年前に書き残した手紙の中で、ヘンリーは南北戦争時代の話について記していた。南軍に不利な戦況になりつつあった頃の出来事だ。ヘンリーはスミソンの古い日記のうちの一冊に、奇妙な記述を発見した。一度たりとも訪れたことのない国に対してなぜあんなにも惜しみなく財産を残したのか、その理由を突き止めようとスミソンによる寄付に関する新たな文書を探していた時、偶然に見つけたものだ。調査中にヘンリーは、スミソンの財産の中で一つだけ、アメリカに遺贈されなかったものがあることに気づいた。彼が生涯を捧げて収集した鉱物コレクションは、すべてキャッスルで保管されていると思われていたものの、実はある一つの遺物だけがアメリカに渡らなかったのだ。スミソンは甥に対して、自分が死んだ時にはそれを遺体と一緒に埋葬するよう指示していた。

　そのことを不思議に思ったヘンリーは興味をそそられ、彼の日記や調査日誌を丹念に調べた。そしてついに一つだけ、その遺物に関する記述を見つけることができた。スミソン自身はそれを「悪魔の王冠」と呼び、バルト海近くの岩塩坑に赴いた際にそれを掘り出してしまったことへの後悔の念を表していた。恐ろしい何かを解き放つことになりかねない、彼はそう主張していた。

「『地獄の大群をこの世界に……』」アレクサンダーはスミソンの日記に書かれていた言葉を小声でささやいた。

「本当にそんなことが起こりうると信じているの？」メイベルが訊ねた。

「それを信じた人間がいて、南北戦争中にスミソニアンを焼き払おうとした」

〈少なくとも、ヘンリーはそう考えた〉

スミソンの秘密を発見したヘンリーは理事会のメンバーの一部とそのことについて話し合い、この遺物はある種の武器として活用できるのではないかという踏み込んだ発言もした。ところがそのわずか三日後、原因不明の火災がスミソニアン・キャッスルで発生した。スミソンが残した文書と鉱物コレクションを狙ったかのような火災だったという。

火災発生のタイミングから、ヘンリーはスミソニアン内の何者かが自分の発言を南部連合に漏らしたのではないかと疑った。幸運にも、ヘンリーは遺物についての記述があるスミソンの日記を自分のオフィス内に保管しておいたため、火災による焼失は免れたものの、表紙が焦げてしまったし、中身も一部が失われてしまった。だが、ヘンリーは日記が無事だった事実を隠すことにして、信頼のおける数人の仲間にしか伝えなかった。彼らは博物館内で影の一派を結成し、その後もスミソニアンが抱える闇の秘密の数々を守り続けた。その情報は大統領にさえも明かされなかったという。

そんな秘密の一つに、火災に関係があるのではないかとヘンリーがにらんだ不審人物の手首に刺青(いれずみ)として彫られていた謎の記号がある。男は尋問を受ける前に、自らの喉を短剣で切り裂いて命を断った。ヘンリーはその記号を手紙に書き写し、将来の世代への警告として残した。

フリーメイソンの記号の一種のように見えるが、この図柄がどんな一団を表しているのかは誰一人としてわからなかった。それから数十年が経過し、スミソンの墓が危険にさらされていることを知ったヘンリーの一派は、アレクサンダーに声をかけ、ヘンリーが残した手紙を見せた。彼らが目的遂行のためにアレクサンダーを引き込んだのは、イタリア国内でこのような企みを成功させるには彼のような実績と名声の持ち主でなければ無理だと考えたからだ。

スミソンの墓で自分が何を発見することになるのか――そもそも何かが見つかるのかどうかすらも確信が持てなかったものの、アレクサンダーはこの任務を引き受けることに同意し、その費用を自ら負担するとまで申し出た。結果はどうあれ、彼には拒むことなどできなかった。

〈ヘンリーには借りがある〉

馬車が大きく揺れながら最後のカーブを曲がり、断崖の最高地点に到着した。そこからはジェノヴァの市街地と港が一望できる。港内には石炭を満載したはしけがあふれていて、船から船へと伝いながら港を横断できそうだ。断崖上には小さな墓地があり、その周囲は割れたガラスの破片を上部に埋め込んだ白い壁で囲まれている。

「間に合わなかったの？」メイベルが訊ねた。

妻が懸念するのも無理はない。墓地の一角はすでに失われていて、隣接する大理石の石切り場に蝕まれてしまっている。馬車を降りて寒風の吹きすさぶ中に立ったアレクサンダーは、墓地が崩れた下で棺としか見えないものが二つ、粉々になっていることに気づいた。体に震えが走るが、それは寒さのせいではない。

「早いところ終わらせよう」アレクサンダーは促した。

妻を伴って墓地の門を通り抜ける。前方に厚手のコートを着込んだ男たちの姿が見える。政府関係者が数人と、作業者が三人、先端のとがった鉄柵で仕切られた立派な石棺の近くに集まっている。アレクサンダーは向かい風に体を折り曲げ、片腕を妻の腰に回しながら、男たちのもとに急いだ。

アメリカ領事のウィリアム・ビショップの姿に気づき、彼に向かってうなずく。

ビショップが歩み寄り、指先で腕時計を軽く叩いた。「フランス側の弁護士がパリ発の列車でこちらに向かっていると聞いた。ここでの作業を急がないといけない」

「私もそれに賛成だ。我々の尊敬すべき仲間の遺骨とともにプリンセス・アイリーン号に乗り込み、アメリカへの帰国の途に就くのが早ければ早いほどありがたい」

雪が舞い始める中、アレクサンダーは墓に近づいた。灰色の大理石の台座には短い碑文が刻まれている。

ジェームズ・スミソン氏の
思い出を記念して。
王立協会の会員だった彼は
一八二九年六月二十七日
ジェノヴァにて死去する。
享年七十五歳。

ビショップがイタリア人の役人の一人に歩み寄り、短く言葉を交わした。作業者のうちの二人がすぐにバールを手に取る。二人は大理石でできた墓のふたの封を切り、こじ開けた。その傍らではもう一人の作業者が亜鉛の棺を準備しているところだ。スミソンの遺骨を移した後、大西洋横断の船旅に備えて棺ははんだで密封される手筈になっている。

男たちが作業を進める間、再び碑文を見つめていたアレクサンダーは眉をひそめた。「変だな」

「どうかしたの？」メイベルが訊ねた。

「それが何か？」

「ここにはスミソンが七十五歳で亡くなったと記されている」

アレクサンダーは首を横に振った。「スミソンは一七六五年六月五日生まれだ。そこから計算すれば、スミソンが亡くなったのはまだ六十四歳の時のはずだ。碑文の年齢は十一歳も間違っている」

「そのことが重要なの？」

アレクサンダーは肩をすくめた。「さっぱりわからないが、彼の甥は当然おじの本当の年齢を知っていたはずだ。甥がここの石に碑文を残したのだからな」

ビショップがアレクサンダーを墓の方に手招きした。石棺のふたがようやく運び去られたところだ。「最初の作業は君が行なうべきじゃないかな」

そのような気遣いをありがたく思う一方で、アレクサンダーは遠慮しようかとも考えた。けれども、わざわざここまで来たのだから、今さら尻込みするわけにもいかない。

〈最後までやり通さなければ〉

アレクサンダーはビショップの隣に立ち、ふたの開いた石棺の内部をのぞき込んだ。中にあった木製の棺はとうに腐って原形をとどめておらず、明らかに骨と思われるものを毛布のように厚く覆っているだけだ。アレクサンダーはうやうやしく中に手を伸ばし、木くずを払うと頭蓋骨を持ち上げた。意外なことに、まったく損傷が見られない。頭蓋骨をつかみながら、アレクサンダーは今にも粉々に崩れてしまうのではないかと思った。

石棺から後ずさりしながら、スミソニアン協会の創設者の眼窩（がんか）を見つめる。

碑文に記されていた通り、スミソンは世界有数の科学団体である王立協会の会員として尊敬を集めていた。大学を卒業したその年に、協会への加入を認められたほどだ。そのような若い頃から、科学の方面での彼の才能は高く評価されていた。スミソンはその後の人生の大半を化学者および鉱物学者として、ヨーロッパ各地を巡りながら鉱物や鉱石の収集に費やした。

けれども、この男性については多くが今もなお謎のままだ。

例えば、どうして彼は財産とコレクションをアメリカに遺贈したのか？

それでも、ある一つの事実に関しては議論の余地がない。

「我々はあなたから大いなる恩恵を授かった」アレクサンダーは頭蓋骨に向かってつぶやいた。「建国間もない我が国の道筋を変えたのは、あなたの寛容の精神だった。公益のためにはつまらない野望を捨て、互いに手を携えるべきだということをアメリカの偉大なる人たちに教えたのは、あなたの遺産だった」

「立派な演説だな」そう言うと、ビショップが手袋をはめた両手を差し出した。天候が刻一刻と悪化しつつあるし、領事がさっさとこの件を片付けてしまいたいと考えているのは明らかだった。

アレクサンダーもそのことに異存はなかった。亜鉛の棺に移すために頭蓋骨を手渡してから、再び墓に注意を戻す。石棺の片隅に長方形の物体が安置されていることには、すでに気づいていた。

再び手を伸ばして木くずを払うと、小さな金属製の箱があらわになる。

この容器がこれほどまでの大騒ぎの原因なのだろうか？

墓から箱を持ち上げるには、かなりの力を込めなければならなかった。思いのほか重量がある。アレクサンダーは箱を取り出し、近くの墓石の上に置いた。作業員たちに遺骨をすべて移すように指示してから、ビショップがアレクサンダーのもとに戻ってきた。メイベルも隣に並ぶ。

「これがそうなの？」妻が訊ねた。

アレクサンダーはビショップの方を見た。「もう一度、確認させてもらう。この物体に関しては、公式にも非公式にも、一切触れないこと。わかっているな？」

ビショップはうなずき、ほかの関係者の方に視線を向けた。全員が一心に作業を進めている。「あれだけの金を受け取れば、彼らも口をつぐんでいるだろう」

満足すると、アレクサンダーは掛け金を外し、箱のふたを開いた。中には砂が敷き詰めてあり、その上にオレンジ色をしたカボチャほどの大きさのものが載っている。ほんの一瞬、アレクサンダーは息を殺してその物体を見つめた。

「それは何なの？」メイベルが訊ねた。

「たぶん……琥珀の塊のようだな」

「琥珀だって？」ビショップが物欲しそうな声をあげた。「価値があるのか？」

「それなりにはある。ただし、計り知れない価値というわけでもない。基本的には化石化した樹液にすぎないのだからな」アレクサンダーは眉間にしわを寄せ、琥珀に顔を近づけた。「ビショップ、作業員からランタンを借りてきてもらえないか？」

「なぜ――？」

「いいから頼む。時間がたっぷりあるわけではないのだ」

ビショップはあわてて走り去った。

メイベルが肩越しにのぞき込んだ。「何を考えているの、アレック？」

「何かが見える。琥珀の中に。かろうじて見える程度だが」

ビショップが明かりを手に戻ってきた。

アレクサンダーはランタンを受け取り、つまみをひねって火力を強めると、半透明の琥珀の塊に近づけた。琥珀が濃いはちみつ色に輝き、中心部に隠れていたものの正体が明らかになる。

メイベルがはっと息をのんだ。「あれは骨なの？」

「そうだと思う」

どうやらスミソンの墓に納められていた骨は、自らの朽ちかけた遺骨だけではなかったようだ。

「しかし、それは何なのだ？」ビショップが問いただした。

「見当もつかない。だが、先史時代の生き物のようだ」

アレクサンダーは目を細めながらさらに顔を近づけた。琥珀の中心にあるのは小さな三角形の頭蓋骨だ。拳ほどの大きさで、鋭い歯が連なっている。爬虫類（はちゅうるい）の骨のようで、小型の恐竜のものかもしれない。光り輝く琥珀の内部には、いくつものさらに小さな骨が円を描くように浮かんでいる。アレクサンダーは古代の木々の樹液がこの生物の古い墓場に流れ着き、骨を包み込んでこの形のまま固まっていく様を想像した。

小さな骨は頭蓋骨の上で不気味な輪を形成している。

〈王冠のようだ〉

メイベルの方を見たアレクサンダーは、妻がはっと息をのみ、この形を認識したことに気づいた。これがスミソンの日記に書かれていたものだと——彼が「悪魔の王冠」と命名したものだと、妻にもわかったのだ。

「ありえない」妻が小声でつぶやいた。

アレクサンダーはうなずいた。ポケットの中にはスミソンの日記の焼け焦げた一ページがある。そこにはこの遺物に関する驚くべき見解が残されている。

たった今、妻が口にしたように、そんなことはありえない。

アレクサンダーはスミソンの言葉を思い返した。今は亡き男性は、この遺物に関して次のように書き記していた。

〈用心するように。悪魔の王冠の中身は今もなお生きていて……〉

アレクサンダーは背筋に寒気が走るのを感じた。

〈……地獄の大群をこの世界に解き放たんとしている〉

一九四四年十一月三日　東部夏時間午後八時三十四分
ワシントンDC

「ネズミに気をつけてください」ジェームズ・リアドンがトンネルの入口の扉の手前で注意を促した。「ここの暗闇にはかなり凶暴なやつが潜んでいます。先月には作業者の親指の先端を食いちぎってしまいましたから」

扉の脇にあるフックに上着を掛けながら、アーチボルド・マクリーシュは不快感から起こる震えを抑えつけた。これから行なう地下の探索に備えた身なりをしているわけではない。議会図書館での夕方の会議が長引いたせいで、ここに来るのが予定よりも遅れてしまったのだ。

アーチボルドは階段を見つめた。五段下りた先は、このスミソニアン・キャッスルとナショナルモールを挟んだ向かい側の建物を結ぶ古い地下トンネルに通じている。国立自然史博物館が竣工したのは一九一〇年のことで、それに合わせて一千万点以上の所蔵品が荷馬車でキャッスルから今の新しい保管場所に運搬された。それから十年間、二つの建物はこの長さ約二百三十メートルのトンネルを通じて一部の設備を共有していたが、改装の際に通路は閉鎖され、以後はほとんど立ち入る人もなく、まれに点検のスタッフが通行するくらいだった。

〈どうやら大きく育った害獣も行き来しているようだな〉

そんな状態にもかかわらず、アーチボルドはこの忘れ去られたトンネルに新たな利用価値があるかもしれないと考えていた。議会図書館の館長および文化資源保全委員会の委員長だった彼は、第二次世界大戦の勃発と同時に、国家の貴重な品々の安全確保を託された。ロンドンを襲った「ザ・ブリッツ」のような空襲を危惧したアーチボルドは、独立宣言や合衆国憲法、さらにはグーテンベルク聖書といった値段の付けられないほどの価値がある資料のフォート・ノックスへの移送に際して、自らが陣頭に立って指揮を執った。それと同じように、ナショナル・ギャラリー・オブ・アートからは貴重な美術品の数々がノースカロライナ州のビルトモア・ハウスに運ばれ、スミソニアン協会も星条旗をシェナンドー国立公園内に隠した。

その一方で、アーチボルドはこうした重要な取り組みを場当たり的な対応で進めることに不満を抱いていた。一九四〇年にはナショナルモールの地下に防空壕を建設して恒久的な解決策にしてはどうかと提案したこともある。残念ながら、議会は費用を理由にアーチボルドの意見を却下した。

壁にぶつかりはしたものの、アーチボルドは決してあきらめなかった――こうしてスミソニアン・キャッスルの地下を訪れているのはそのためだ。ここは博物館の職員のためめの仮設の防空壕として使用されている。三週間前、アーチボルドは二人の技師に依頼して、このトンネルから分岐する形で秘密裏に防空壕を掘り進めていくことが現実的に可能かどうか、調査してもらっていた。そして二日前のこと、調査を進めていた二人の技師は、モールを半分ほど横切った地点の側面の壁に扉があるのを発見した。扉は複数のパイプの陰にあり、煉瓦で覆われていた。

アーチボルドはすぐさまスミソニアン協会の副会長のジェームズ・リアドンに連絡を入れた。旧知の仲であるジェームズは、アーチボルドによる防空壕建設計画の支持者でもあった。二人はこの発見が防空壕への新たな関心を呼び起こすことになってほしいと願っていた。この部屋を隠した人物が誰なのかを考えると、その期待がいっそう高まる。煉瓦を除去した後に現れた鋼鉄製の扉には銘板が取り付けてあり、そこにはその人物の名前が刻まれていた。

アレクサンダー・グラハム・ベル。

銘板には警告文も記してあった。

この扉の先にあるのは驚異でもあり、比類のない危険でもある。人類の歩む道筋を永遠に変えてしまう可能性を秘めている一方で、間違った人間の手に渡った場合には我々に破滅をもたらすおそれもある。下に署名した我々一同は、この遺物が明るみになるのは危険すぎると判断する一方で、破壊する勇気を持ち合わせてもいない――なぜなら、その中にあるのは死後の世界を開く鍵かもしれないからだ。

突拍子もない話だが、警告文の下にはスミソニアン協会の五人の理事の署名が記されていた。全員が実際に理事だったことはジェームズが確認済みだ。ベルも含めた六人全員がすでにこの世を去っている。ベルと五人の理事がナショナルモールの地下に何かを埋めるに至った経緯に関する記録は一切見つからなかったし、そうした行為を当時のほかの理事たちに秘密にしていた理由もわからない。

そんなにも密かに事を運んでいたという事実を尊重して、アーチボルドは扉の発見を友人のジェームズだけにしか知らせなかった。秘密厳守を誓わせた二人の技師は現在トンネル内で待機していて、四十年前にそこまでの隠蔽（いんぺい）工作が必要だったものの正体を突き止めるために扉をこじ開ける準備をしているところだ。

「急がないと」ジェームズが懐中時計を確認しながら促した。

アーチボルドはうなずいた。ここに到着するのが遅れたせいで、すでに当初の予定から一時間も押している。「先に入ってくれ」

ジェームズが首をすくめながら扉をくぐり、階段を下りた。友人の身軽な動きに比べると、アーチボルドは狭くて急な階段を下りるのにもたついた。もっとも、ジェームズは十五歳も年下だし、地質学者としてのフィールドワークで普段から足腰を鍛えている。アーチボルドは五十四歳になる詩人で、フランクリン・ルーズベルト大統領の強い要請でデスクワークを引き受けることになった——就任当時のアーチボルドの言葉を借りると、「大統領は私が議会図書館の館長になりたがっていると勝手に思い込んでいた」ということらしい。

アーチボルドは暗いトンネル内に足を踏み入れた。低い天井に沿って連なる籠(かご)付きの電球が行く手を照らしている。電球が切れていたり、なくなってしまったりしていて、真っ暗な箇所がしばらく続いているところもある。

ジェームズが太い懐中電灯のスイッチを入れ、トンネルを歩き始めた。

アーチボルドはその後ろを歩いた。通路は背筋を伸ばして歩いても頭がぶつからないだけの高さがあるものの、背中を丸めて首をすくめ、天井を伝う黒いパイプから十分な間隔を取るようにする。時折、何かが爪でパイプを引っかきながら移動する音が聞こえてくるからなおさらだ。

数分後、ジェームズが不意に立ち止まった。

アーチボルドは友人の背中にぶつかりそうになった。「どうかした──？」

通路の前方から立て続けに鋭い音がとどろく。

ジェームズが不安そうに眉間にしわを寄せて振り返った。「銃声です」そう告げると懐中電灯を消し、作業着の下のホルスターからスミス&ウェッソンの拳銃を抜く。アーチボルドは友人が銃を携帯しているとは知らなかったものの、地下に巣食っている害獣の大きさを考えると、武器を所持していても不思議ではないのかもしれない。

「戻って」ジェームズはアーチボルドに懐中電灯を手渡してから、両手で拳銃のグリップを握った。「助けを呼んできてください」

「どこから？　こんな時間だからキャッスルには誰もいない。私が誰かに連絡を入れた頃にはすでに手遅れだろう」アーチボルドは持ち手部分が長い懐中電灯を棍棒のごとく握った。「一緒に行こう」

こもった爆発音がそれ以上の議論を打ち切った。

ジェームズは顔をしかめ、片側の壁に体を寄せて影になった部分を選びながら先に進んだ。アーチボルドもその動きにならう。

数歩も進まないうちに、爆発で発生した土煙が二人のもとまで押し寄せてきた。アーチボルドは咳せき込まないよう懸命にこらえたが、すぐに視界が晴れる。しかし、通路には別の何かがあふれていた。いくつもの黒っぽい塊が、床やパイプを伝って走り回っている。

〈ネズミだ……何百匹もいる〉

体を壁にぴたりとくっつけながら、アーチボルドは悲鳴をのみ込んだ。頭上から落ちてきた何かが肩に乗っかり、甲高い鳴き声をあげながら逃げていく。靴の上を何匹もの小動物が通り過ぎる。増水した川に浮かぶ木を見つけたかのように、ズボンの上から足をよじ登るやつもいる。

前を見ると、ジェームズはひるむ様子もなく歩き続けている。足もとでうごめく生き物のことなど目に入っていないかのようだ。

アーチボルドは歯を食いしばりながらネズミの大群がいくらか少なくなるまで待ち、急いで友人の後を追った。

電球が壊れていて真っ暗な箇所が続いているところまで達すると、前方にぼんやりと光が見えた。ランタンが二つ、床の上に置いてある。その光が倒れた人影を照らしていた。

技師の一人だ。

ほかの人影が通路の左側から姿を現した。

全部で三人、いずれも覆面をかぶっている。

ジェームズが片膝を突くやいなや、発砲する。大きな銃声にアーチボルドはびくっとした。銃声がすべての音をかき消す。

侵入者の一人の体が吹き飛び、壁に激突した。

ジェームズは立ち上がり、前に走り出しながら再び発砲した。ほんの一瞬、身動きのできなかったアーチボルドだったが、すぐに後を追った。それに続くあわただしい動きの中で、銃口が火を噴くたび、カメラのフラッシュをたいたかのように前方の様子が浮かび上がる。覆面姿の男の一人が、負傷した仲間を抱えて立たせようとする。ジェームズはそれを許さず、走りながら繰り返し引き金を引く。銃弾が近くのパイプやコンクリートの壁に当たって火花を散らす。

残る一人の侵入者は片手に重そうなかばんを握り締めてトンネルの先に逃げながら、肩越しに振り返っては発砲する。狙いがまったく定まっていないのは、命中させることよりも逃げることを第一に考えているためだろう。もう一人もジェームズの猛攻に観念したのか、倒れた仲間を捨ててその後を追う。

敵との距離が縮まったところで新たな爆発が起こり、ジェームズとアーチボルドは後退を余儀なくされた。左手の扉の奥から炎が噴き出し、トンネル内に広がっていく。

アーチボルドは腕を前にかざして顔を守った。

炎が治まると、ジェームズは再び走り出した。

扉のところまでたどり着いたアーチボルドは、素早く損害を調べた。扉の手前で倒れた技師は、後頭部を撃ち抜かれている。もう一人は扉の奥の室内にいて、爆発のせいで服が燃えてしまっている。小さなコンクリート製の部屋の奥では本棚やそこに保管されていた書物が燃えて一面の炎と化しており、あたかも溶鉱炉の内部を見ているかのようだ。煙でかすんだ室内を、火のついたページの断片が漂っている。

ジェームズは床に突っ伏した襲撃者を調べていた。衣服についた火を消してから、所持品の捜索を始めている。

アーチボルドは小部屋の方に注意を集中させた。中央には腰くらいの高さのある大理石の台座が置かれている。その下にはふたの開いた小さな金属製の箱がひっくり返っていた。爆発によって台座の上から吹き飛ばされたのだろう。床に落ちた拍子に中の砂がこぼれたようだが、それ以外に中身と思われるものは見当たらない。

アーチボルドは逃げる泥棒が抱えていた重そうなかばんを思い浮かべた。ベルと彼の仲間たちがここに隠しておいたものは奪われてしまったのだと悟り、敗北感に包まれる。それでも、アーチボルドは腕で口と鼻を覆いながら、灼熱（しゃくねつ）の室内をのぞき込んだ。砂の間から何かが突き出ていることに気づいたからだ。

アーチボルドは死んだ技師の体をよけ、金属製の箱に近づいた。しゃがんで手を伸ばし、砂から露出している物体をつかんで引き抜く。古い調査ノートか日誌の残骸のようだ。表紙は黒く焦げてしまっているが、今ここで燃えさかっている炎のせいではなく、もっと昔の火災が原因と思われる。ざっと見たところ、ほとんどのページは焦げたり失われたりしてしまっている――ただし、すべてのページが被害を受けているわけではない。

泥棒どもはこの古い日誌の残骸が箱の底の砂に埋もれていることを見落としたに違いない。この発見には重要な意味があるとの直感を抱きながら、アーチボルドは戦利品とともに部屋を出た。

「これを見てください」アーチボルドがトンネルに戻ると、ジェームズが声をかけた。

ジェームズは床にしゃがんでいた。死んだ泥棒の覆面が剝ぎ取られている。

その顔を見たアーチボルドは、目に映ったものに衝撃を受けた。「何と言うことだ……女じゃないか」

だが、驚きはそれだけではなかった。黒い髪、張り出した頰骨、やや吊り上がった細い目といった特徴から、この泥棒がどのような血を引いているのか疑いの余地はない。

「この女は日本人だ」アーチボルドはつぶやいた。

ジェームズもうなずいた。「たぶん日本人のスパイでしょう。でも、あなたに見てほしかったのはこれです」ジェームズが息絶えた女の腕を持ち上げると、その手首の内側に彫られた刺青が見える。「これは何だと思います？」

アーチボルドは顔を近づけ、模様を観察しながら眉をひそめた。

「いったいこれは何を意味するのでしょうか?」ジェームズが訊ねた。

アーチボルドは炎上する小部屋の方を振り返った。爆発で蝶番から外れた扉が、ねじれた状態で倒れている。文字の刻まれた金属製の銘板が炎を浴びて光り輝いていた。ここに隠されていたものについての警告を声高に主張しているかのようだ。

〈……比類のない危険……〉

「わからない」アーチボルドは問いかけに答えた。「だが、我が国のために――そしておそらくは世界のために、それを突き止める必要がある」

第一部　コロニー化

1

現在
三月八日　ブラジル時間午後三時四十五分
ブラジル　ケイマーダ・グランデ島

死体はうつ伏せの姿勢で、砂浜と草地の境目に倒れていた。

「気の毒なことだ。あともう少しで船まで戻れたというのに」ケン・マツイ教授は指摘した。

脇にどくと、チームの医師――アナ・ルイス・シャヴォスという名の若い女性に死体の調査を任せる。ブラジルの沿岸から約三十キロの沖合に位置するケイマーダ・グランデ島に上陸する者には、医師とブラジル海軍の兵士が一人ずつ付き添うように義務付けられている。

軍から派遣されたラモン・ディアス中尉が、数メートル離れた岩場の間にカムフラージュを施して隠してあるモーター付きの小船を調べていた。中尉は軽蔑もあらわに鼻を鳴らし、波に向かって唾を吐いた。「カサドル・フルティヴォ……イディオタ」

「この男は密猟者に違いないと言っている」ケンは同行している大学院生に説明した。二人はコーネル大学からはるばるこのブラジルの無人島を訪れている。

大学院生のオスカー・ホフは二十七歳、頭はスキンヘッドで、左腕には手首までびっしりとタトゥーが入っている。外見からはクールで危険な雰囲気を漂わせているが、それはあまり人数の多くない女子学生の気を引くための見せかけにすぎない。今は顔色が青ざめ、唇が不快そうに歪んでいることから察するに、この学生が死体に遭遇したのは今回が初めてに違いない。もっとも、この死体の状態を目にすれば誰だってひるむはずだ。体は鳥やカニによってついばまれ、食い荒らされていた。どす黒い液体が砂にしみ込み、死体の周囲に大きく広がっている。

ドクター・シャヴォスは死体の惨状などまったく意に介していない様子だ。しゃがんで身を乗り出し、むき出しの片腕を、続いてもう片方の腕を調べてから、体を起こす。ディアスに向かってポルトガル語で淡々と説明してから、海の方を見て話し続けている。その視線は西の空に傾きつつある太陽をとらえていた。日没まであと二時間しかない。

「少なくとも死後三日は経過している」声に出して判断を下してから、アナ・ルイスは男の左腕を指差した。肘から手首にかけて皮膚が黒ずみ、壊死してしまっている。溶けた組織の間から白い骨がのぞいていた。「ヘビに噛まれたせいね」

「ゴールデンランスヘッドだろう」そう推測しながら、ケンは砂浜に隣接する岩場を見上げた。その先には、この面積四十万平方メートルほどの島の標高の高い地点に生い茂る熱帯雨林が見える。「クサリヘビ科の毒ヘビだ」

「だから我々はここを『ヘビの島』と呼んでいる」ディアスが言った。「ここは彼らの島。それを心に留めておくのが賢明だ」

ケイマーダ・グランデ島に上陸できるのがブラジル海軍に限定されているのは、ゴールデンランスヘッドの存在と、そのヘビが絶滅危惧種に指定されているからだ。ブラジル海軍は二カ月に一度、この島に一カ所だけある灯台の点検のために訪れる。もともとは灯台守の一家――夫婦と三人の子供が暮らしていたが、ある夜に開けっ放しだった窓から数匹のヘビが建物内に入り込んだ。家族は逃げようとしたものの、砂浜に通じる森の中の道で枝からぶら下がっていたほかのヘビたちに噛まれ、全員が命を落としてしまった。それ以来、灯台の光は自動で制御されている。

その出来事があってから、観光客のこの島への立ち入りは禁止された。時折訪れる科学者のチームだけが上陸を認められているが、その場合でも血清を携帯する医師と兵士が一人ずつ、同行しなければならない。

今日のように。

日本の資金提供者による多額の支援のおかげで、ケンは明日にもこの地域を襲うと予想されている嵐に見舞われる前に、どうにか今回の訪問を実現させることができた。この機会を逃すまいと、ケンは滞在していた沿岸部の小村イタニャエンのホテルから学生と一緒に大急ぎで駆けつけ、ぎりぎりのところでボートの出発予定時刻に間に合ったのだった。

アナ・ルイスが立ち上がった。「日が落ちる前にあなたたちが必要としている標本二匹を確保して、本土に戻らないといけない」四人が使用したゾディアックのフロート付きボートは、すぐ近くの入り江の砂浜に引き上げてある。「暗くなった後までここにいたくはないでしょ」

「急いですませるよ」ケンは約束した。「この島内をうろついているゴールデンランスヘッドの数を考えれば、それほど時間はかからないはずだから」

ケンはフックの付いた長い棒を取り出してオスカーに向き直ると、学生に対して最後の指示を与えた。「この島には一平方メートル当たり一匹以上のヘビが生息している。私が前を歩くから、君は後ろからついてくるように。ただし、ほんの一歩か二歩離れた岩陰や木の間に、死の危険が隠れていることを忘れるんじゃないぞ」

オスカーは砂浜の死体をちらりと見た。慎重には慎重を期さなければならない必要性は、あの死体が如実に物語っている。「どうして……どうしてあの人は一人でここに来たりしたんですか?」

アナ・ルイスが答えた。「ゴールデンランスヘッド一匹にはブラックマーケットなら最高で二万ドルの値が付く。時にはそれ以上の金額になることも」

「野生動物の不正取引はもうかる仕事なのさ」ケンは説明した。「これまでに世界の片隅のあちこちで、ああした生物の密輸業者に幾度となく出会ったことがある」

〈しかも、そうした欲にまみれた人間のあのような末路を目にしたのも初めてではない〉

同行している大学院生との年齢差は十歳だけだが、ケンはほとんどの時間を実地調査に費やしていて、世界の様々な地域を訪れた経験がある。昆虫学と毒性学の両方で博士号を取得しており、その二つを融合させて、生物毒の化合物を研究する「ベノミクス」という分野に取り組んでいる。

自身の生い立ちを考えると、そのように二つの学問を組み合わせたことは当然の成り行きだったとも思える。ケンの父は日系一世で、幼少期をカリフォルニアの強制収容所で過ごした。一方、ドイツ人の母は第二次世界大戦直後、まだ幼かった頃にアメリカへ移住した。アメリカのど真ん中に一家で枢軸国の小さな拠点を作ることに成功したというのが、ケンが子供の頃からの家族でのお決まりのジョークだった。

二年前、両親は一カ月と間を置かずに相次いで亡くなり、二人の血を引き継いで白い肌に黒い髪、切れ長の目を持つ息子だけが残された。

二つの人種の混交――日本人が「ハーフ」と呼ぶ血筋が、現在の助成金を得るうえでケンにとって有利に働いたことは間違いない。ケイマーダ・グランデ島への調査旅行は、日本の田中製薬から資金の一部を提供してもらっている。その目的はこの島に生息する動物の毒液に含まれる有毒な成分の中に、新たな特効薬が隠れていないかを突き止めることにある。

「さあ、始めようじゃないか」ケンは促した。

　オスカーがごくりと唾を飲み込んでからうなずいた。彼がおぼつかない手つきで持っているのは、柄の長さを調節できるヘビ用のトングだ。このような道具ならばヘビをしっかりと挟むことができるが、ケンはフックだけが付いた簡単な仕組みの方を好んでいた。その方が動物に与えるストレスが少なくてすむ。トングで乱暴な挟み方をすれば、ヘビが身の危険を感じて攻撃に転じる可能性もある。

　ふくらはぎまですっぽりと覆うレザーブーツをはいた一行は、砂浜を後にして慎重に歩き始めた。足もとがすぐに砂から岩場に変わり、ところどころに丈の低い茂みが点在している。上り勾配（こうばい）の五十メートルほど先では、薄暗い熱帯雨林が四人を待ち構えていた。

〈あそこまで行かないうちに標本を確保したいものだ〉

「茂みの下を探してみよう」ケンはフックが付いた先端部分を前に差し出し、地面にいちばん近い枝をかき分けた。「だが、茂みの中で捕まえようとしてはだめだ。外に這（は）い出てくるのを待ってからつかむようにすること」

オスカーもケンを真似て近くの茂みを探ろうとするものの、トングが小刻みに震えている。

「深呼吸をしろ」ケンは励ました。「やり方はわかっているだろう。アメリカの動物園で練習した通りにやればいいいんだ」

オスカーは表情を歪ませながら最初の茂みを調べた。「何も……いません」

「それでいい。あわてずに一つずつこなすこと」

一行はケンを先頭にして先に進んだ。学生の緊張を和らげようと、ケンは軽い口調で話し続けた。「自分たちの埋めた財宝を守るために、海賊たちがこの島にゴールデンランスヘッドを持ち込んだのだと信じられていた時もあったのさ」

アナ・ルイスは笑い声をあげたが、ディアスは不機嫌そうに顔をしかめただけだ。

「つまり、海賊の仕業ではないということですね」オスカーが言った。

「そうだ。この島に生息する毒ヘビは今から約一万一千年前、海面の上昇に伴って島と本土の海岸を結んでいた陸橋が水没した結果、ここに取り残されてしまった。外の世界と隔絶されてヘビを餌とする肉食動物がいなくなったため、爆発的に数が増えたんだ。ただし、彼らにとっての食料源は木の上にしかない」

「鳥ですね」

「この島は渡り鳥の主要な経由地に当たるため、ヘビの獲物は毎年必ず補充される。ただし、陸上の餌とは違って、鳥を相手にするのは厄介だ。木に登れたとしても、嚙んだ後で鳥が飛び去ってしまえば、ヘビはその後を追うことができない。そのため、この島のヘビはより強力な毒液を持つように進化した。大陸に生息する近縁種と比べて毒の強さは五倍だ」

「鳥をもっと短時間で殺すためですね」

「その通りだ。ゴールデンランスヘッドの毒液は実にユニークで、様々な毒素をあわせ持っている。皮膚を溶かしてしまうだけでなく、肝不全や心不全、脳出血や消化管出血を引き起こす。実を言うと、心臓病の新薬開発の見込みが高いとされているのは、彼らの毒液に含まれるそうした血液毒なのさ」

「だから僕たちはここにいる」オスカーが締めくくった。「新たなカプトプリルの発見を期待して」

ケンは笑みを浮かべた。「少なくとも、田中製薬のお偉方はそうあってほしいと願っているわけだ」

実際のところ、これは企業にとって勝ち目の小さなギャンブルというわけではなかった。ブリストル・マイヤーズ スクイブが開発した降圧剤のカプトプリルは、これもブラジルに生息するクサリヘビで、ゴールデンランスヘッドの近縁種に当たるハララカの毒液から抽出されている。

「それにここで見つかる毒の中には、ほかにも何かが隠れているかもしれない」ケンは付け加えた。「エラン製薬から販売されてまだ間もない強力な鎮痛剤プリアルトは、イモガイから見つかった毒素がもとになっている。また、アメリカドクトカゲの毒液から発見された蛋白質（たんぱくしつ）は、アルツハイマー病の特効薬として研究が進められているところだ。世界各地の企業が続々と、毒液に由来する薬の開発プログラムに多額の資金を投入するようになっている」

「毒を持つ生き物が専門の毒性学者になるには絶好の機会みたいですね」オスカーが笑顔を見せた。「僕たちも起業したらいいかもしれません。会社名はベノムザラスとか」

　ケンはヘビ用のフックの先端で教え子を小突いた。「最初の標本を捕まえることに集中しろ。ビジネスパートナーの話をするのはそれからだな」

　笑いを浮かべたまま、オスカーは棘（とげ）に覆われた別の茂みに移動した。前かがみになり、トングで低い枝をかき分ける。何かが茂みの中から飛び出し、岩の上をくねった。オスカーが悲鳴をあげ、後ずさりする。そのはずみでアナ・ルイスにぶつかり、二人は地面に倒れた。

　長さ六十センチほどのヘビが、二人の体温を検知したのか、真っ直ぐに向かってくる。

　ケンはフックを突き出し、胴体の真ん中あたりを引っかけてすくった。勢いあまって放り投げてしまわないよう、慎重に持ち上げる。フックに引っかかったヘビは体がすぐにだらりとなり、小さな頭を左右に動かしながら舌を出し入れしている。

オスカーはなおもヘビから距離を取ろうとした。

「心配いらないよ。こいつはケイマーダ・グランデ島に暮らす別の生き物で、マイマイヘビの一種だ。カタツムリを食べることで知られている」ケンはヘビを学生から離した。「毒は持っていない」

「僕のことを……襲おうとしていると思ったんです」オスカーが恥ずかしそうに顔を赤めながら言った。

「この小さなマイマイヘビは大人しいはずなんだが。確かに、君に飛びかかっていったのは奇妙だな」ケンはヘビが進もうとしていた先に目を向けた。「砂浜を目指していたのなら話は別だが」

〈密猟者と同じように……〉

自分の考えに眉をひそめながら、ケンは反対の方角に視線を移した。岩場の上り斜面が続いていて、その奥はジャングルになっている。ケンが岩の上に戻すと、ヘビはさっきと同じく逃げるように砂浜の方に向かった。

「さあ、行くぞ」そう促すと、ケンは斜面を登った。

岩場を登り切ると、ジャングルの手前に砂のたまった窪地（くぼち）が広がっている。ケンは唖然（あぜん）として足を止め、前方のありえない光景に目を見張った。

岩や砂の大部分が、黄金色の生き物で覆われていた。数百匹はいるだろうか。いずれもこの島の支配者として君臨するゴールデンランスヘッドだ。

「いったいこれは……」オスカーが息をのみ、ぶるぶると体を震わせた。

アナ・ルイスが十字を切る一方、ディアスはショットガンを構え、砂の窪地の方に銃口を向けた。だが、ヘビを警戒する必要はなかった。

「どうやらすべて死んでいるらしい」ケンは指摘した。

〈しかし、何が彼らを殺したんだ？〉

全長一メートルほどのゴールデンランスヘッドはどれも動いていないようだ。しかも、そこにいるのはヘビだけではなかった。窪地の底にはうつ伏せに倒れた人間の死体もある。

ディアスがアナ・ルイスにポルトガル語で話しかけた。ドクターがうなずく。ブラジルの公用語をかじったことのあるケンは、兵士の言葉からこの死体は砂浜で見つかった密猟者の仲間なのだろうと推測した。それに二人の男は同じような服装をしている。

差し迫った危険はなさそうだったものの、全員が目の前のあまりにも凄惨な光景に立ち尽くしていた。

しばらく続いた沈黙を破ったのはオスカーだった。「あの人はまだ呼吸をしているのでは？」

ケンは目を凝らした。〈そんなはずはない〉……だが、学生の視力が誰よりもよかったことはただちに明らかになった。男の胸は間違いなく上下している。ただし、浅くて途切れ途切れの呼吸のようだ。

アナ・ルイスが小声で何事かつぶやいてから、肩に掛けていたメディカルバッグを外し、窪地の斜面を下り始めた。

「待て」ケンは制止した。「まず私が行こう。まだ息のあるゴールデンランスヘッドがいるかもしれない。それに死んだヘビが嚙むこともある」

アナ・ルイスが「そんな馬鹿な」と言いたげな表情を浮かべて振り返った。

「ガラガラヘビやコブラの頭を切り落としてから、それを素手でつかもうとした人が嚙まれた例は数え切れないほどある。数時間経過してから嚙まれた人もいるくらいだ。多くの変温動物――かつて冷血動物と言われていた生き物にも、同じような死後反射の例が見られる」

ケンはアナ・ルイスの前を歩き、フックを使ってヘビの体を持ち上げたりどかしたりしながら進んだ。ゆっくりと斜面を下っていく。ゴールデンランスヘッドはどれも完全に息絶えているようだ。攻撃性が強い種なのにもかかわらず、近くを通り過ぎてもまったく反応を示さないので、そう判断しても間違いないだろう。

窪地を下るにつれて、不可解な悪臭が鼻をつき始めた。直射日光を長時間にわたって浴びた肉の腐敗臭がするのは想定の範囲内だが、そのほかにも腐りかけた花が咲いているかのような、妙に甘ったるいにおいが漂っている。

どういうわけか、そのにおいを嗅いだ途端、ケンの心臓が早鐘を打ち始めた。遺伝子に刷り込まれた危機感が反応したかのようだ。

次第に感覚が研ぎ澄まされていく中、ケンはすぐ先にある熱帯雨林が不気味なまでに静まり返っていることに気づいた。鳥のさえずりも、虫の声も聞こえない。聞こえるのは葉がこすれる音だけだ。ケンは立ち止まり、片腕を上げた。

「どうしたの？」アナ・ルイスが訊ねた。

「戻れ」

「でも……」

すぐ後ろにいるドクターを促しながら、ケンは一歩、また一歩と後ずさりした。窪地の底の男に意識を集中させる。この角度からならば男の顔を確認できる。左右の眼球は失われていた。どす黒い血が鼻を覆い、鼻孔(びこう)を完全にふさいでしまっている。

これは間違いなく死体だ。

それなのに、上半身が動いている――だが、死ぬ間際の呼吸による動きではない。

〈何かが体内にいる。何かが体内で生きている〉

ケンは足を速めた。けれども、死体から目をそらすことができない。一足早く斜面を登り切ったアナ・ルイスが、仲間と話をしている声が聞こえる。その時、目の前の熱帯雨林の方から新たな音が割り込んできた。薄暗いジャングルの奥から響くブーンという低音に、首筋の毛が逆立つような感覚に襲われる。低音は何かをノックするような鈍い音も伴っていた。ケンは木の枝がぶつかり合うせいだと思いたかったものの、風はほとんど吹いていない。

ケンの頭に浮かんだのは、骨と骨がぶつかってカタカタと音を鳴らす光景だった。

ケンは体を反転させ、最後の数メートルを一気に駆け上がった。

窪地の縁に立つ三人に近づき、あえぎながら伝える。「この島を離れ――」

爆発音がケンの言葉をかき消した。右手の方角から空に向かって火の玉が噴き上がる。ゾディアックのボートが置いてある入り江のあたりだ。煙の間を縫って黒い小型のヘリコプターが一機、飛来した。機体下部に取り付けられた武器の銃口が火を噴く。銃弾が岩に跳ね返って火花を散らし、砂にめり込む。

最初にオスカーがやられた。血まみれの喉は原形をとどめていない。

応戦しようとしたディアスの体が後方に吹き飛ぶ。

逃げようと体をひねったアナ・ルイスが背中を撃ち抜かれる。

ケンは窪地に向かって飛び込んだ。だが、ほんの一瞬、反応が遅れた。肩に激痛が走る。衝撃で体が宙を舞う。地面に落下したケンの体はそのまま斜面を転がり落ち、死んで冷たくなったゴールデンランスヘッドの群れの中に突っ込んだ。

ようやく動きが止まっても、ケンはその場にとどまり、ヘビの死体に半ば埋もれたままじっとしていた。攻撃ヘリコプターが頭上を通過した後、低い弧を描いて旋回しながら戻ってくるのが聞こえる。

ケンは固唾（かたず）をのんだ。

ようやくヘリコプターは砂浜の方に引き返していった。ゾディアックが破壊されたかどうか、確認のために向かったのだろう。ケンはなおも遠ざかるローターの回転音に耳を澄ました。

〈島を離れようとしているのか？〉

ケンは恐怖のあまり動けなかった。再び熱帯雨林の方から不気味な低音が聞こえてくる。さっきよりも大きな音だ。ケンは顎を引き上げ、窪地の縁の向こうに見える木々に視線を移した。もやのようなものが――影よりも濃い色をした何かが、枝の間を移動しながら梢（こずえ）に向かって上昇している。カタカタという奇怪な音が次第に大きくなり、激しさを増していく。

〈何かが来る……〉

次の瞬間、視界が炎に包まれる。

ジャングルの中で大きな爆発が起こり、何本もの炎の渦が立ち昇った。木々に覆われた島の頭頂部一帯に、立て続けの爆発音が響き渡る。赤く燃える木の幹や枝の断片がケンの周囲に降り注ぐ。激しい黒煙が岩を伝い、息苦しさと強烈なにおいが島のほかの部分を包み込んでいく。

ケンは咳き込んでむせながら、斜面を這った。

舌の奥に苦い薬品の味がする。

〈ナパーム弾……または燃焼性の枯葉剤かもしれない〉

焼けつくような肺の熱さをこらえながら、ケンは窪地から這いずり出ると、砂浜へと駆け下りた。波打ち際に向かい、密猟者が岩場の間に隠した小船があるあたりを目指す。煙が逃げる姿を隠してくれるようにと祈るばかりだ。ほとんど視界が利かない状態の中、指先が冷たい水に触れる。ケンは海に入り、小船があるはずの方角に進んだ。

背後では燃えさかる炎が徐々に広がり、島を徹底的に焼き尽くそうとしている。

ケンは小船にたどり着き、船縁(ふなべり)から乗り込んで仰向(あおむ)けにひっくり返った。開けた海上に出るのは日没まで待たなければならない。その頃になれば、海上を覆う煙幕と暗闇が、逃げる小船の姿を上空の監視の目から隠してくれるだろう。

そうだと期待するしかない。

じっと待つ間、ケンは肩の痛みに耐えながら意識を集中させ、背後で燃えさかる炎にも負けない熱い決意を心に誓った。

頑丈なかばんをしっかりと胸に抱きかかえる。

その中には逃げる前に回収したゴールデンランスヘッドが一匹、入っている。
〈ここで何が起きたのか、絶対に突き止めてみせる〉

2

五月四日　日本時間午前八時三十八分
東京

老人は寺院の庭園内に座っていた。飛び石の上でぴんと背筋を伸ばし、かしこまった姿勢で正座をしている。九十歳を超える年齢のせいによる両膝の鈍い痛みは無視する。寺院の建物のまわりには、葉の茂ったサクラの木が見える。大勢の人たちが東京の公園に押し寄せ、満開のサクラの美しさを眺めてはカメラに収めていた華やかな季節は、三週間前に過ぎ去っている。

伊藤隆志(いとうたかし)はある季節が次の季節に移り変わる直前の日々を好んでいた。そこはかとなく漂う寂しさが、彼の心の内の悲しみに訴えかける。伊藤は扇子を広げてあおぎ、目の前にある腰くらいの高さの石碑から干からびた花びらを払った。

扇子の起こした風の動きが、石碑の手前に置いた小さな香炉から立ち昇る煙の筋をかき乱す。沈香の一種である伽羅と、白檀の香木の香りが一つになっている。伊藤は煙を自分の方にあおぎ寄せ、そこにある祝福と不思議を探し求めた。

こうする時の常で、十九世紀の尼僧、大田垣蓮月の和歌が心をよぎる。

たてまつる
香のけぶりの
一すぢに
をはりみだれぬ
心ともがな

立ち昇る一筋の黒い煙を目で追っていくうちに、やがて煙はかき消え、甘い香りだけが残る。

伊藤はため息を漏らした。

〈何年も昔のおまえのようだ、いとしき美羽よ〉

伊藤は目を閉じて祈った。美羽が密かに心を捧げてくれた結婚記念日には、毎年ここを訪れる。あの時は二人ともまだ十八歳だった。愛とともにある目的への絆でも結ばれ、共に過ごす人生への期待に満ちあふれていた。二人は幼い頃から十年間、一緒に訓練を受けながら、必要とされる技に磨きをかけてきた。その厳しい年月を通して、二人は互いの上達をたたえ合い、厳しい師匠から受けた体罰の痛みを慰め合った。二人が組むようになったのは、互いの能力を補い合えるからだった。伊藤は岩のように意志を貫き通した。美羽は流れる水のように柔軟に対応できた。伊藤は荒々しく、力で勝負した。美羽は音もなく、見られることもなく行動した。

二人は自分たちが無敵だと信じていた。二人が一緒ならば負けるはずがないと信じていた。

そんな若いがゆえの愚かさを思い出し、伊藤は唇を歪めた。

目を開き、香炉から立ち昇る煙を最後にもう一度だけ吸い込む。伽羅のかけらはすでにほとんど炭と化してしまっている。同じ重さで比べると、伽羅は純金よりも価値がある。かつては「貴重な」を意味する言葉として使われていたこともある。

毎年、伊藤はこの日に美羽をしのんで伽羅を燃やす。

しかし、今年の記念日は特別だ。

伊藤は雲母(うんも)板の上の香木を見下ろした。日本の侍の間には、戦いの前に心身を清めるため香木を焚(た)く習わしがあったという。その伝統にのっとって、伊藤は美羽への愛に昔からの誓いを吹き込んだ。

妻の死の恨みを晴らすこと。

伊藤は目の前にある石碑を見つめた。表面には古い文字が刻まれている。これは妻の墓石ではない。はるか昔、美羽の遺体は永遠に失われてしまった。伊藤はこの花崗岩の塊を妻の墓の代わりとして選んだ。ここに記された言葉は一八二一年に妻の祖父、増山雪斎が残したものだからだ。

妻の祖父は自らが奪った命を慰めるため、寺院の庭園内にこの石碑を建てた。雪斎は文化面で大きな功績を残し、多くの著作や作品があるが、なかでも虫の体の構造を研究した『虫豸帖』は、チョウ、コオロギ、バッタ、ハエなどの精緻な絵で知られており、そのような小さな生き物の中にも美しさが存在することを示す貴重な資料と見なされている。この偉業のために、多くの虫たちが捕獲され、ピンで留められ、研究の名のもとに命を落とした。罪の意識から、雪斎は虫たちをしのんでこの記念碑――虫塚を建立し、彼らの貢献に感謝すると同時に、もしかすると虫たちを死に至らしめた自らの業を軽くしようとしていたのかもしれない。

伊藤は美羽に連れられて幾度となくここを訪れた。彼女の顔はいつも誇らしげに輝いていた。祖父の情熱に感化された妻は、ゆくゆくは同じ道を歩みたいと考えていた。けれども、そんなささやかな夢は一発の銃声とともについえ、煙のようにはかなく消えてしまった。

伊藤はシャツの袖をまくり、手首の内側を表にさらした。今や皮膚は紙のように薄くなり、それとともにインクも色あせ、かつて美羽の張りのある肌の同じ場所に描かれていたものと同一の刺青もかすんでしまっている。三日月と黒い星の上下を二つの道具が囲んでいる模様だ。この刺青を彫ることができるのは名誉のしるしで、二人が「影」という秘密組織の厳しい訓練を生き延びた証でもあった。伊藤は二人で刺青を入れてもらった後、美羽の手首に口づけしたことを思い出した。針の痛みを唇で癒してやりたいという思いからだった。刺青を入れるという行為が、二人だけの秘密の結婚と同じように、太い絆として二人を結びつけた。

しかし、今では美羽とのこのつながりまでもが消えようとしている。

伊藤は袖を引き下げ、香木の残りが燃え尽きるのをじっと見守った。香りを伴う煙が薄れて消える。

〈いずこに行くのか?〉

答えはわからない。確かなのは、美羽が二度と戻ってこないということだけだ。彼女は二人の初めての任務中に、敵の目の前から財宝を盗み出す途中で命を落とした。美羽を見捨てて暗いトンネル内を走った時のことを思い出すと、銃撃から逃れるために、そして妻の犠牲を無駄にしないためにはやむをえない選択だったとはいえ、今でも無念でならない。

任務の目的は果たすことができた。その後、あの忌まわしいトンネルから回収に成功した物体の正体が判明した時、伊藤はそれが何かの導きだと受け取った。視線が古い石碑に刻まれた文字を追う。祖父と同じ道を歩むという美羽の夢はかなわなかったものの、伊藤が彼女に変わってその志を引き継ぐことになった。

小さくお辞儀をすると、伊藤は立ち上がろうとした。二人の従者が手を貸そうとするが、年寄り扱いをするなと言わんばかりに二人を制止し、自力で立ち上がる。ただし、体を支えるために杖の力は借りることにする。伊藤は差し出された杖を受け取り、骨ばった指で不死鳥のくちばしと炎のようなとさかをかたどったローズゴールドの握りをつかんだ。

研究と資金の調達には何十年という歳月を要したものの、ようやく自らの復讐を果たすとともに、日本にかつての栄光を取り戻すための機が熟した。その実現のため、美羽の命と引き換えに手に入れた財宝を使用することになる。

心の安らぎを覚えながら、伊藤は踵を返し、庭園を横切って寺院の建物に向かった。杖で石を叩く音に合わせて心臓が脈打つ。寛永寺は十七世紀に創建された。かつてその敷地は隣接する上野公園一帯にも及んでいたが、現在そこは動物園となっているほか、国立博物館などの建物群がそびえている。五重塔がある場所も今は動物園の園内に当たる。寛永寺の衰退が始まったのは、天皇を掲げる新政府軍が徳川幕府の残党を攻撃した一八六八年のことだ。抵抗を続ける旧幕府軍は寛永寺の境内に立てこもった。その時の攻防戦で飛び交った銃弾は、いまだに木の壁の中に埋まっている。

今でもこの寺を訪れる人はいるものの、そうした血なまぐさい過去の歴史は忘れられてしまっている。

〈しかし、私は戦争によって屈辱を味わったこの国に、過去の栄光を思い出させてみせる〉

伊藤は寺院の建物の脇を抜け、遅咲きの大きなサクラの木の枝をくぐった。伊藤が通り過ぎると、わずかに残っていた花が舞い散る。ゆらゆらと揺れる花びらは、まるで美羽が祝福してくれているかのようだ。伊藤はかすかに笑みを浮かべながら、表の通りで待つリムジンに向かった。杖で体を支えながら、色あせた手首の刺青を親指でなぞる。

〈もう間もなくだ〉

近いうちに自分も美羽のもとに行くことになるだろう——しかし、まだ行くわけにはいかない。復讐を果たし、大日本帝国をこの世界の頂点というふさわしい地位に引き上げるまでは。

リムジンに乗り込んで座席に腰掛けると、伊藤は過去に思いを馳せた。年齢を重ねるにつれて、昔を思い返すことが増えているように思う。伊藤と美羽は二人とも、貴族の私生児として生まれた。自らには責任のない罪で迫害を受けた二人は、それぞれの家族から見捨てられ、「影」に拾われることになった。美羽は「影」に売り飛ばされた。伊藤は憎しみを糧に自らその道を選んだ。

当時、「影」の正体は一般の人たちにはほとんど知られておらず、文字通り影のような存在だった。だが、噂や風説が世間の口に上ることは少なくなかった。破門された忍者の一派の子孫だという説もあった。幽霊だと信じている人さえいた。しかし、伊藤はやがて真実を知ることになる。組織の系譜ははるか昔にまでさかのぼるものだった。彼らは世界各地で異なる顔を持ち、多くの名前を名乗っていた。ただし、その目指すところは同じで、より力を蓄え、すべての国においてより深く根差すことにあり、当初は闇の錬金術の、後には科学の力によって、組織の目標を成し遂げようとしていた。彼らは権力の裏に隠れた、まさに影の存在だった。

ここ日本では、第二次世界大戦の勃発とともに、「影」は混乱に乗じて一時的ながら以前よりも表立った活動を見せるようになった。なかでも、倫理観など皆無に等しかった日本の秘密強制収容所から漏れ伝わる血と苦しみに引き寄せられることになる。大日本帝国陸軍は現在の中国北部、当時の満州の、最初は背陰河(ペイインホー)の中馬(ちゅうま)城に、後には平房(ピンファン)に、生物兵器と化学兵器の開発を専門とする極秘研究施設を建設した。

この研究のために、帝国陸軍は被験者として現地の村人たちを徴集したほか、拘束されたロシア人や連合国の戦争捕虜も集められた。三千人の日本人科学者たちが、被験者たちの意向を無視して実験を行なった。炭疽(たんそ)菌やペスト菌に感染させた後、麻酔を用いずに解剖した。凍傷の研究と称して、四肢を氷漬けにした。女性を強姦し、梅毒に感染させた。杭(くい)に縛りつけた男性に対して、火炎放射器を試した。

こうした施設において「影」は密かに活動を続け、協力を装いながらも、その主眼はこれらのおぞましい実験から得られる知識を自分たちの目的に転用する方法の探求に置かれていた。

そんな時、永遠に失われたと信じられていた秘密の発見に関する知らせが「影」の首脳部のもとに届いた。比類のない武器になる可能性を秘めたそれを、組織は二十世紀の初めに入手しようと試みたものの、失敗に終わっていた。アメリカから届いた情報は、その秘密を手に入れる望みがまだ残されていることを示すものだった。一九四四年の秋も深まった頃、英語に堪能（たんのう）な少人数のチームが、その確保のために派遣された。

任務は成功した。美羽の命を代償にして。

残念なことに、広島と長崎に原子爆弾が投下され、手にした秘密を活用する間もなく戦争は終結した。アメリカが原爆投下という強硬手段に打って出た動機の一つに、首都の地下のトンネルから盗まれた秘密が関係しているのではないだろうか、伊藤がそんな思いを抱いたのも一度や二度ではなかった。

結局、秘密の入手が戦争の帰趨（きすう）に影響を及ぼすことはなかった。

戦後、伊藤は盗み出した品物――琥珀の塊を我が物にした。その当時、中に保存されていた秘密を解き放つのはあまりにも危険すぎた。戦利品を有効に活用できるまで科学が進歩するのを待つうちに、何十年もの歳月が流れ、その間に「影」は滅んでしまった。

数年前のこと、アメリカ人たちは組織の実態を暴き、白日のもとにさらした。光の下では影は存在できず、消えてしまう。その頃には「影」の中でも高位に就いていた伊藤は、組織のほかの名前を知るようになっており、その中にはアメリカ人たちが使用していた呼び名も含まれていた。

ギルド。

その後の粛清を経て、闇の組織の様々な一派の大半が根絶され、消滅したが、一部は追及の手を逃れることができた。例えば、脅威になりうるとは誰も思わなかった九十歳という高齢の男性。そのほかにも、行き場を失って世界各地に散らばり、身を隠した者たちがいた。それ以降、伊藤は孫とともにそうした手駒を秘密裏に集め、自らが指揮する侍集団を築きながら、機が熟するのを待ち続けた。

そして今、人目につかない施設や海外での秘密の実地テストなど、長きにわたる研究の末、伊藤の一派は計り知れない攻撃力と破壊力を持つ武器の開発と生成を成し遂げた。

その最初のターゲットはすでに決まっている。世界に対する見せしめとして、同時にギルドを破壊した機関への攻撃として。

具体的には、ギルドの破滅に中心的な役割を果たした二人の工作員がターゲットだ。

走行するリムジンの車内で、伊藤は笑みを浮かべた。あの二人が現在こもっている場所は吉兆に当たるのではないかと思うと、心が軽くなる。二人はかつて大日本帝国が眠れる巨人に対して最初の壊滅的な攻撃を加えたのと同じ場所にいる――今、伊藤はその場所に同じことをしようと目論んでいる。

破壊の規模は過去にあの島々に振りかかった惨状をはるかに上回るだろう。この第一陣の攻撃は現在の世界秩序の終焉をもたらし、大日本帝国が未来永劫に支配する新たな秩序の誕生を宣言することになる。

そう思いながらも、伊藤は二人のターゲットのことを思い浮かべた。

〈美羽と私のように、愛し合っている二人〉

二人はまだ知らないが、すでに運命は定まっている。

3

五月六日　ハワイ・アリューシャン標準時午後五時八分
マウイ島ハナ

〈これぞ生きているって感じだ……〉

　グレイソン・ピアース隊長は太陽が照りつけるカイハルル湾のレッドサンドビーチでくつろいでいた。ハワイではシーズンオフに当たり、しかも夕暮れが近いため、赤みがかった黒っぽい色の砂浜がある小さな入り江を独り占めしている状態だ。しかも、この場所は地元の人以外にはほとんど知られていないし、ここを訪れるためにはいくらか危なっかしいルートをたどらなければならない。

　それでも、人目を気にする必要がなく、自然のままの美しさを満喫できるから、多少の危険を冒すだけの価値はある。

　背後には入り江の両側を包み込む急峻（きゅうしゅん）な噴石丘（ふんせききゅう）がそびえていて、その山腹は密生したテツボクの森で覆われている。この何百年にもわたって、鉄分を多く含む断崖が崩れて赤い砂になり、湾内の濃い青色の海水に流れ落ちる過程で、この独特の砂浜が形成された。少し沖合に目を移すと、とがった黒い岩場に大きな波が打ち寄せ、空中に高く舞い上がった波しぶきが夕日を浴びてきらきらと輝いている。しかし、岩場に守られたその内側では、穏やかな波が砂浜に打ち寄せていた。

その波間から裸の女性が姿を現し、太陽の光を受けながら顔を空に向けた。垂れ下がった黒髪は背中の真ん中あたりにまで届く長さだ。女性が砂浜に近づくにつれて、その裸体がさらにあらわになり、淡いアーモンド色の肌を滴る海水がむき出しの乳房を伝い、無駄な肉の付いていない腹部を流れ落ちる。へそに埋め込まれたエメラルドのピアスが、グレイのことを見つめる瞳と同じ色で輝く。

いたずらっぽい笑みを向けるわけでもない。観察力に欠ける人間の目には、女性の表情にまったく変化がないように映るだろうが、グレイは彼女がかすかに小首をかしげ、右の眉をほんの少しだけ吊り上げたことに気づいた。グレイに近づく女性の官能的な優雅さは、獲物の後を追うメスライオンを思わせる。

グレイは両肘をついて上半身を起こし、絶景をもっと味わおうとした。グレイの両脚にはまだ光が当たっているが、背後の断崖の向こうに日が落ちたため、それ以外の裸の体は日陰に入ってしまっている。

セイチャンが熱い砂浜に上がり、距離を詰める。グレイのもとに達すると、セイチャンは両脚を開いた。グレイの体にまたがり、上からのぞき込む。日陰に入る手前で立ち止まり、太陽の光を浴びているセイチャンは、あともう少しだけ昼間の時間を引き延ばそうとしているかのようだ。

「やめろ」グレイは警告した。

セイチャンはグレイの訴えを無視すると、びしょ濡れの長い髪を一振りし、仰向けのグレイの体に水滴をまき散らした。その冷たさで、グレイの日に焼けた肌が瞬く間に鳥肌で覆われる。その間もセイチャンの視線がグレイの顔からそれることはなく、右の眉がわずかにより高く吊り上がっただけだ。

「何なの？」セイチャンが訊ねた。「冷たすぎるっていうの？」

セイチャンは膝を折り曲げ、グレイの上に腰を下ろした。押しつけられた下腹部の熱が、グレイの気持ちを高ぶらせる。セイチャンは前かがみになり、グレイの顔の両脇に手をついた。乳房がグレイの胸に触れる姿勢でじっと目をのぞき込みながら、小さな声でつぶやく。「じゃあ、温めるのはどう？」

グレイは大きな笑みを浮かべ、セイチャンの体に両腕を回した。左右の手のひらを彼女の背中の真ん中まで滑らせてから、両腕に力を込めてきつく抱き締める。グレイは片膝を曲げると、体を回転させてセイチャンと体勢を入れ替えた。

「どうやらずいぶんと温まってきたようだ」

一時間後、二人の姿はすっかり影に包まれ、その先の砂浜にも太陽の光は届かなくなっていた。しかし、入り江の外にあるとがった岩場から噴き上がる波しぶきには、まだまばゆい光が当たり、何本もの虹を描いている。

グレイとセイチャンは疲れ果て、ブランケットの下で全裸のまま抱き合っていた。燃え上がった愛の残り火が二人の体を温め続け、自分の体と相手の体の境界線が曖昧になる。いつまでもこのままでいたいと思うものの、間もなく夜の帳が下りる。

グレイは首を曲げ、入り江を取り囲む断崖を見上げた。「まだ道が見えるうちに帰る方がよさそうだな」カウイキ岬周辺の岩礁を探索するのに使用した後、すぐ近くの砂浜の上に放置して乾きつつある二着のウェットスーツと、乱雑に積んだままのスキューバダイビングの装備一式に視線を向ける。「あれを全部ここから担いでいかないといけないんだし」

賛成とも反対ともつかない声が返ってきたことから、セイチャンがまだここを離れたくないと思っているのは明らかだった。

二人はハナという小さな町の南にあるこぢんまりとしたコテージを借りていた。マウイ島の風光明媚な東海岸に位置していて、緑豊かな熱帯雨林や滝や静かな砂浜から成る地区だ。二人は二週間だけ滞在するつもりでいたのだが、三カ月が経過した今もまだ、ここにとどまっている。

　それより前、二人は半年間にわたって旅を続けていて、特に予定も立てずにある場所から別の場所に移動しながら、世界各地を回っていた。ワシントンＤＣを出発後、中世の趣が残る城壁に囲まれたフランスの村に赴き、かつて修道院だった建物の屋根裏部屋に滞在した。その後はケニアのサバンナに飛び、二週間にわたってテントからテントを渡り歩きながら、現地の動物たちとともに時の流れを忘れて過ごした。そこに飽きると今度は成長著しいインドのムンバイに移動し、大都会の喧騒（けんそう）と大勢の人々に囲まれる日々を送った。その次は再び二人きりの時間を過ごしたいと考え、オーストラリアのパースでトラックをレンタルすると「アウトバック」と呼ばれる広大な大地を突き進んだ。長距離の砂漠の横断を終えると、体にこびりついた土を洗い流すためにニュージーランドの山奥にある温泉リゾートに向かった。そこで英気を養った後、二人はミクロネシアからポリネシアへと太平洋を島伝いに移動し、エデンの園のように美しいこの地に腰を落ち着けることになった。

　その間、グレイは自分がまだ生きていること、および敵対勢力に身柄を拘束されたのではないことをＤＣの仲間たちに知らせるために、何度か親友のモンク・コッカリスに絵葉書を送っていた。何の前触れもなく、誰にも告げずに、上司の許可も得ずに旅立ったからだ。グレイは十年以上、国防総省の研究開発部門に当たる国防高等研究計画局（ＤＡＲＰＡ）傘下の秘密組織シグマフォースの一員として活動している。グレイをはじめとする隊員たちは元特殊部隊の兵士で、様々な事情で軍を離れたり追い出されたりしたものの、類（たぐ）

いまれな適性や能力を買われてシグマによって密かにスカウトされ、多岐にわたる科学分野の再訓練を受けた後、アメリカ合衆国や世界をありとあらゆる脅威から守るためにＤＡＲＰＡの実戦部隊としての務めを果たしている。

　自身のファイルによると、グレイの専門分野は生物学と物理学の融合となっているが、彼の訓練はそれよりも深いレベルにまで達している。それにはネパール人の僧とともに過ごした時間によるところが大きく、その師からは道教の教えの陰と陽のように、あらゆる物事の間に調和を探し求めることを学んだ。

　その当時、そうした見方のおかげで、グレイは問題事ばかりだった自らの少年時代と折り合いをつけることができた。成長期のグレイは常に相反する要素の狭間（はざま）にあった。カトリック系の高校で教えていた母はグレイの宗教観に大きな影響を与えたが、その一方で優秀な生物学者でもあり、進化と理性の重要性をかたく信じていた。

　そして、父。テキサスで暮らしていたウェールズ系の父は、油田労働者だったが人生半ばにして身体的な障害を背負い、その後は「主夫」としての務めを果たさざるをえなくなった。その反動から、父の人生は過剰な要求と怒りによって支配されることになる。

　その不幸な性格は何かと父に盾突く息子に受け継がれた。

　時の経過とともに、シグマフォースのペインター・クロウ司令官の助力もあって、グレイは徐々にではあるがそうした相反する要素をつなぐ道筋を見つけられるようになった。

ただし、それは短い道のりではなかった。過去だけではなく、この先の未来にも通じている。今もなお、グレイはその道のりを十分に理解できずにいる。

数年前、母は爆発事故でこの世を去った。「ギルド」の名で知られたテロ組織とシグマとの戦いの巻き添えになったのだ。自らに責任はないものの、グレイは今もなお、罪悪感と闘っている。

父の死去に関してはグレイに責任がないとは言えない。グレイは父の死に直接手を下している。寝たきりになって衰えた父は、アルツハイマー病の進行で体も心も蝕まれていき、ゆっくりと自らを失う一方だった。すべてからの解放を望む父の弱々しい訴え（「約束だぞ……」）に従い、グレイはついに決断を下し、致死量のモルヒネを父に投与した。

父の死に対して、グレイは罪悪感を覚えなかった。ただし、そのことを素直に受け入れることができたわけでもなかった。

そんな時に救いの手を差し伸べてくれたのがセイチャンだった。しばらくの間、責任を投げ捨て、あらゆることから、あらゆる人から逃れてみてはどうかと勧めてくれた。

グレイはセイチャンの手を取り、言われた通りにした。

セイチャンの側にも姿をくらます理由があった。かつてギルドの暗殺者だった彼女は、子供の頃から組織に仕えるべく訓練を受けた。何度かシグマと一戦を交えた後、セイチャンはペインター・クロウの誘いを受け入れ、組織を裏切った。ギルドの壊滅に際しては中心的な役割を果たしたものの、過去に手を染めた数々の犯罪のせいで、セイチャンはこれからもずっと日の当たらない場所で暮らしていかなければならない。今もなお多くの国では最重要指名手配者のリストに名前が載っており、モサドからは発見次第射殺せよとの指令が出ている。

たとえシグマの協力があろうとも、この元暗殺者は決して過去から完全な自由の身になることはできない。

そのため、二人は一緒に逃れ、その間に心の傷を癒し、互いに相手のことを再発見し、自らを見つめ直すことにした。誰一人として、父の葬儀に顔を見せなかった後でも、グレイと連絡を取ろうとはしなかった。グレイには姿をくらます必要があるということを、尊重してくれた。

この九カ月間、二人は偽名を使って旅を続けていたものの、グレイはそれくらいではごまかせないとわかっていた。シグマが常に自分の居場所をつかんでいるのは間違いない。それは仕事上の理由でもあり、もっと個人的な理由でもある。多くの意味で、チームは一つの家族として機能している。

グレイは仲間たちがここまでの自由を与えてくれたことに感謝していた。

〈今まで、それに値するだけのことはしてきたつもりだ〉

その一方、心の中のどこかで、グレイは今回の旅路がすべて幻想で、現実の世界が再び大混乱に陥る前の一時的な小康状態にすぎないのだとわかっていた。このところ、漠然とした切迫感が、その発生源を特定できない緊張が高まりつつある。危険が間近に迫っているという感覚ではなく、二人の旅路が終わりに近づきつつあるという予感に近い。

セイチャンもそのことを感じているのがわかる。

近頃のセイチャンはいくらかふさぎこむようになり、どこかそわそわした様子で、心から楽しんではいない。檻の中に閉じ込められたライオンならば、鉄格子の奥で落ち着きなく歩き回っていることだろう。もう一つ、グレイには断言できることがある。セイチャンはこの旅が終わるのを恐れているのではない――その時が訪れるのを待ち望んでいる。

〈それは俺も同じだ〉

世界が二人に呼びかけている。

あいにく、二人が返事をするまで待ってはくれなかった。

砂浜での二人だけの静かな時間に、低い機械音が割り込んでくる。

グレイは上半身を起こした。陸軍のレンジャー部隊時代の訓練が身にしみついているため、とっさに呼吸が速まる。明らかな脅威は認められないが、風に乗って砂が吹きつける砂漠で数え切れないほど任務を遂行した経験から、周囲のわずかな動きも見逃さないように体が反応する。それは骨の髄まで刻み込まれた本能だった。小さな筋肉にまで緊張が走り、視界が研ぎ澄まされ、一瞬で行動に移れるように身構える。

カイハルル湾の沖合から、三機のプロペラ機――外見からセスナ・キャラバンと思われる機体が、砂浜の方に向かってくる。こうした小型機が島から島への移動に用いられることは珍しくないものの、グレイが違和感を覚えたのは三機が密集した編隊を組んで飛行しているように見えることだった。軍隊で訓練を受けた操縦士たちが乗り込んでいるとしか思えない。

「あれは観光客を乗せているわけじゃない」セイチャンが口を開いた。彼女もグレイの緊張に気づき、注意を引いた相手に目を向けていたに違いない。「どう思う？」

三機が島に接近するうちに、両脇の二機がそれぞれ右と左に分かれた。中央の機体はグレイたちがいる入り江に真っ直ぐ進入する針路を維持している。グレイは複数の事実を同時に認識した。プロペラ機はセスナ・キャラバンではなく、シングルピストンエンジンを搭載した同社のよりスリムで高速な機種、ＴＴｘだ。それぞれの機体の下には大きな筒状の装備が取り付けられている。

何が起ころうとしているのかグレイが推測するよりも早く、機体の下の筒状のタンクから濃い灰色をした霧がほとばしった。勢いよく噴き出す霧が、三機の機体後方に太い尾を引く。霧は次第に広がり、海面上に黒い雲のような塊を形成していく。強い貿易風が濃い霧を海岸に、グレイたちのいる小さな入り江に押しやる。

中央のプロペラ機は依然として直進を続けている。機体が湾内の岩場の上空に到達する頃には、すべての霧の噴出が終わったようだ。機体はなおも岸を目指し、速度を落とすことなく、轟音（ごうおん）とともに頭上を低空で通過していく。グレイはプロペラ機が機首を上に向け、背後のカウイキ岬の断崖を越えていくのだろうと予想した。

だが、機体は森に覆われた赤い断崖に機首から突っ込んだ。

爆発によって木々が吹き飛び、岩が砕かれ、宙を舞う。大きな火の玉が油を含んだ煙とともに空に立ち昇る。グレイはセイチャンを抱きかかえると、ビーチブランケットを即席の盾代わりにして、燃える瓦礫（がれき）の雨や降り注ぐ小石と砂から身を守った。

立て続けにこだました二つの爆発音が、残りの二機の運命を教えてくれた。すぐ近くでは大きな岩が砂浜近くの海面に落下し、高い水しぶきが上がる。

それでも、グレイは間近の危険を無視すると、吹きつける貿易風に乗って近づいてくる大きな黒い塊に意識を集中させた。

墜落に怯（おび）えたシラサギが一羽、右手の森の中から飛び立った。煙と炎から逃れ、広い湾内に向かっている。しかし、不気味な雲から脅威を感じ取ったに違いない。翼の羽ばたきを速めながら、雲の上を飛び越えようとしている。

〈賢い鳥だ〉

シラサギは無事に霧の上空まで達した――だが、それでも高度が足りなかった。通過する獲物の存在を察知したかのように、濃い灰色の筋が空に向かって伸びる。その脅威に接触すると、鳥の動きが大きく揺れる。パニックを起こしたかのように、翼が激しく上下する。体がよじれ、喉の奥から絞り出すような鳴き声が聞こえる。次の瞬間、シラサギはきりもみ状態に陥り、海面に向かって落下した。その体が濃い雲に包まれて見えなくなる。

「毒ね」状況を把握したセイチャンが淡々と口にした。

グレイはセイチャンの評価にすんなりとうなずけなかった。鳥をつかもうとするかのように伸びた霧の筋を思い浮かべる。ただし、脅威の正体が何であろうとも、自分たちに危険が迫っているのは間違いない。

グレイは右手側に、続いて左手側に目を向けた。三機のプロペラ機は東海岸一帯に広く霧をまき散らした。その幅は三キロとまではいかないにしても、少なくとも一・五キロはあるだろう。

〈しかも、俺たちはそのど真ん中にいる〉

黒っぽい霧が近づくにつれて、砕ける波音の間から「ブーン」という単調な響きがかすかに聞こえてきた。セイチャンが小首をかしげた。彼女にも聞こえているのだ。

グレイは顔をしかめた。

〈いったい何の音だ？〉

グレイは近づく脅威に目を凝らした。じっと眺めているうちに、低い音を立てる雲は強い貿易風とは関係なく、揺れたり渦を巻いたりしていることが見て取れる……あれは生き物だ。

〈ハチの群れ〉グレイは認識した。

この新たな事実を考慮に入れながら、グレイは選択肢を秤にかけた。断崖沿いの危険な小道を伝ったとしても、群れに追いつかれる前に安全な場所に逃げ込むことは不可能だ。さっきの不運なシラサギのように、完全にのみ込まれてしまうだろう。

グレイは避けがたい運命を受け入れざるをえなかった。

二人に逃げ場はない。

斥候

スピードを重視したスリムな体でほかの仲間たちを海岸に導く。小さな羽を激しくはためかせているものの、体を前に進めているのは本能だった。はるか昔、その遺伝コードに書き込まれたこと以外には一切目もくれずに、緑の葉と新鮮な水のにおいを目指して突き進む。

目的がその体型を決めていた。仲間の誰よりも長い触角を持ち、その先端は何本もの繊細な毛に分かれているため、ほんのかすかな振動でもより敏感に察知することができる。頭部のほとんどを覆う複眼は、一心に目標を見つめている。羽は仲間と比べて短いものの、胸部がより大きく、より力強いおかげで、斥候は空中での機動性と敏捷性がより高い。胸部の後ろには通常より小ぶりな腹部がつながっていて、その内部にはフェロモンが詰まっている。ただし、針は持たない。なぜなら、その務めは戦うことではないから。

その短い生涯の目標は一つ――感覚からの情報を吸収すること。全身を覆う細かい毛状の感覚器のおかげで、化学物質の変化や気温の変動を極めて敏感にとらえることができる。毛状の感覚器は聴覚の補助にもなるが、頭部の両側にある窪みの上に広がる大きな膜が聴覚器官として中心的な機能を果たす。口の中の別の感覚器が空気中のにおいを吸収し、食べ物や水の存在を嗅ぎつけるほか、まわりの仲間のフェロモンの流れも監視する。

飛び続けるうちに、すぐ近くの仲間の存在を感じ取り、その位置が脳内に記憶されていく。

次々に情報を吸収するうちに、限界点に達した。それ以上は押しとどめておくことができなくなり、データがその体から外にあふれ出る。フェロモンの放出によってすぐ近くの仲間にデータが送られ、羽音の変化や後ろ足をこすり合わせる音を通じて情報がより洗練されていく。

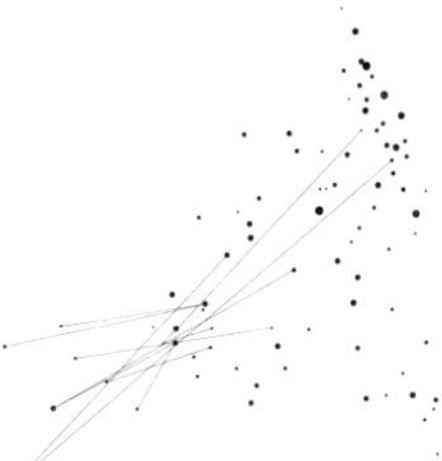

たちまち情報がほかの仲間たちに戻され、吸収され、共有され、大きな奔流（ほんりゅう）となって
広がっていく。

間もなく、知っていることが全員に伝わる。その努力は報われ、情報がその体に戻ってくるにつれて、感覚がさらに研ぎ澄まされていく。やがて、斥候の体は送信する情報と同じ量の情報を受信するようになる。

一個体としての感覚が失われ始めた。

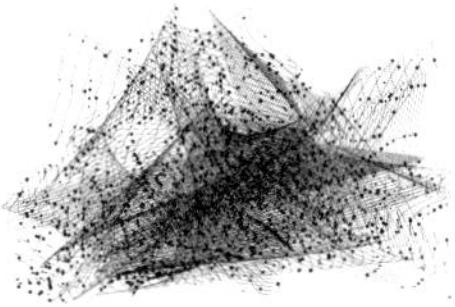

なおも前に飛び続けていると、放出とフィードバックが加速し、濁流となり、群れ全体をのみ込み、群れが一体となり、意思の完全な調和が形成されていく。

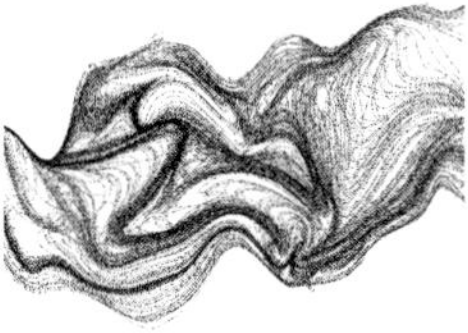

群れが逆巻く波の上を飛行するうちに、前方の目的地の焦点が合い始める。細かい部分が点ごとに、断片ごとに、自らの感覚器と周囲の仲間の感覚器を通じて補われていく。

何千もの目を通して見た海岸線の映像が鮮明になる。打ちつける波の上に岩壁がそびえている。

木の葉と腐敗の香りが強まる中、群れは新たな営巣地に向かって降下を開始した。すでにほかの生き物がそこに巣を作っていることは、彼らの動きや鳴き声から、息遣いからさえも明らかだ。ただし、彼らは脅威に値しない。

その確信は、羽や触角の存在と同じように、遺伝コードの中に存在している。

その役割と目的が終わりに近づくと、斥候の飛行速度が落ち、飛び方も不安定になった。体が群れの中にのみ込まれていく。小柄な斥候たちの一部が任務で力を使い果たし、海面に落下していく。

もはや必要とされない存在。

陸地が近づくにつれて、次の役割を担う働き手が前に進み出ると、先頭に立って群れを

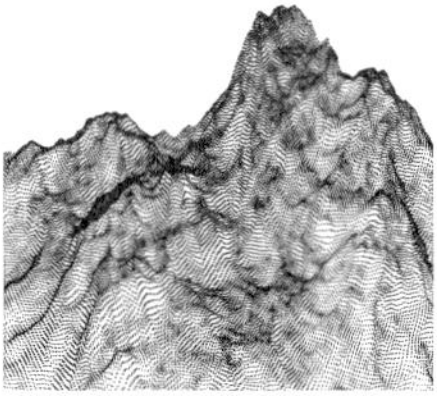

導き始めた。この新たな階級にも、遺伝コードによって導かれる独自の目的がある。ここから先の危険を評価し、行く手を切り開くこと。

新たな働き手のうちの一匹が羽音を立てながら頭上を通過した。体ははるかに大きく、ぎざぎざの針とその基部のふくれた毒腺を見せつけて威嚇するかのように、腹部を丸めている。

ここからの務めは、索敵と殺しを仕事とするこの新たな階級が受け継ぐ。

兵士たち。

4

五月六日　ハワイ・アリューシャン標準時午後六時三十四分
マウイ島ハナ

セイチャンは時間が足りないことを認識した。

「ウェットスーツはいいから」ビキニのパンツを引き上げながら指示を出す。目は砂浜へと接近中のうごめく塊に向けたままだ。

グレイが着込もうとしていたウェットスーツから手を離した。すでに水着のトランクスをはいている。ここ何週間も太陽の光を浴び続けていたせいで、彼の肌はこんがりと小麦色に日焼けしている。襟元まで無造作に伸びたアッシュブラウンの髪はいくらか色が落ち、そのせいで青い瞳の明るさがいっそう際立って見える。この数日ほどひげを剃っていないため、グレイの顔面の下半分は濃い色の無精ひげに覆われていた。

スキューバダイビング用のエアタンクを砂浜から持ち上げながら、グレイがセイチャンに視線を向けた。タンクにはすでに浮力ベストが装着されている。グレイは装備を片方の肩に掛けると、もう一つのセットを手に取った。

セイチャンはグレイのもとに急いだ。砂浜の上のマスクをつかんで頭からかぶると、グレイの手から二つ目のエアタンクを受け取る。セイチャンはタンクを背中側に回し、ベストに手を通した。装備一式の重さがむき出しの両肩に食い込むのを感じながら、グレイとともに赤い砂浜を横切る。

湾の方に目を向けると、塊は岩場の真上にまで達していた。黒い雲は高くそびえ、幅は入り江いっぱいに広がっている。単調な音は低いうなり声を思わせる大きさだ。奇妙な甘ったるいにおいが風に乗って砂浜に運ばれてくる。汚物の間でラベンダーが花を咲かせているかのようだ。においがするだけでなく、味覚を通しても感じられる。

嫌悪感から、セイチャンの全身に寒気が走った。

隣を走るグレイがひるんだかと思うと首をすくめ、手を払った。

何かがセイチャンの二の腕にぶつかった。輪ゴムではじかれたかのような痛みだ。セイチャンは腕を見下ろした。スズメバチのような昆虫が上腕二頭筋にしがみついていて、低い羽音を立てながら羽を激しく震わせている。しかも、かなりの大きさだ――体長はセイチャンの親指と同じくらいある。黒くて艶（つや）のある腹部には真っ赤なぎざぎざの縞（しま）模様がある。ほんの一瞬、そのあまりの大きさに唖然としたセイチャンは反応が遅れた。

払い落とすよりも早く、スズメバチが刺した。

開いた傷口に火のついたマッチ棒を突っ込まれたかのような痛みがすぐさま襲いかかる。

その痛みがさらに激しさを増す。

セイチャンはうめき声をあげ、片膝を突いた。燃えるような苦痛が腕に広がる。筋肉が骨から剝ぎ取られる——少なくとも、それほどの痛みに感じられた。

すぐ横ではグレイが砂浜に落ちたスズメバチをかかとで踏みつぶそうとした。羽をもぎ取ることはできたものの、そのかたい体は砂に沈み込んだだけだ。スズメバチはあきらめることなく這い出し、砂の上を伝ってなおもセイチャンに向かってくる。セイチャンは後ずさりしたが、スズメバチが再び襲いかかる前にグレイが海へと蹴飛ばしてくれた。

その頃には刺された腕に力が入らなくなり、だらりとぶら下がっているだけの状態になっていた。その一方で、痛みはいちだんと激化した。涙が頰を流れ落ちる。セイチャンはこれほどまでの苦痛を経験したことがなかった。この場に斧があるならば、自分の腕を切り落としていただろう。

震える唇から言葉を絞り出す。「グ……グレイ……」

グレイは装備を付けたセイチャンの体を抱え上げた。「水中に潜らないと」

スキューバダイビング用の装備を使って危険の迫る入り江から逃れる、というのが二人の計画だった。

　セイチャンは指示に従いたかったものの、脚が言うことを聞いてくれなかった。体がふらつき、方向感覚が失われていく。周囲の景色が揺らぐ。最初の痙攣（けいれん）が襲いかかると同時に、セイチャンは前のめりになって砂浜に転倒した。

　グレイがセイチャンの震える体を受け止め、波打ち際に引きずっていく。

　突然、何匹ものスズメバチが空から落ちてきて、燃える黒い雹（ひょう）のように降り注いだ。さっきよりも小さな体のスズメバチが砂にぶつかり、セイチャンの顔の脇を通り過ぎ、茂みや木の葉に当たる。攻撃から逃れるために、グレイはセイチャンに両腕を巻き付け、砂浜から海に飛び込んだ。

　だが、冷たい海水に包まれても、セイチャンの体の燃えるような痛みは治まらなかった。

午後六時三十七分

〈しっかりしろ、頑張るんだ……〉

　グレイはマスクを正しく装着すると、セイチャンに覆いかぶさる格好になりながら、足で水を蹴って深く潜った。二人の装備を合わせた重量のおかげで、体が海底に向かって沈んでいく。最悪の事態を恐れながら必死の思いで、グレイは空いている手を使ってセイチャンの鼻と目をマスクで覆った。続いて外れたままのレギュレーターをつかみ、彼女のマスクの下端をずらしながらその中に空気を吹き込んで水抜きをしてから、マスクを元の位置に戻す。

　グレイの真下に位置するセイチャンの体は小刻みに震えているが、激しい痙攣はいくらか治まりつつあるようだ。レギュレーターのマウスピースをセイチャンの唇の間にはめながら、相手の表情をうかがう。目は開いているが、瞳は落ち着きなく動いている。まだ朦朧とした状態なのは間違いない。

　セイチャンの手を握ったグレイは、彼女の指がしっかりと握り返してきたので安堵した。正気を取り戻しつつある。

　グレイはセイチャンの手をレギュレーターのところに持っていった。〈自分でできるか？〉左右の眉を大げさに吊り上げながら訊ねる。

　セイチャンは意図を理解したらしく、うなずいた。

〈よかった〉

　グレイは腕を回して自分のレギュレーターをつかみ、口元に当てた。呼吸ができるようになると、顔を上に向ける。太陽はほぼ沈みかけているが、まだ十分に明るさが残っていて、海面に散らばる小さな黒い点を確認できる。数匹が固まってもがいているあたりには小さな渦ができている。ほとんどは小柄な体だが、その中に大きな個体も数匹いて、あの巨大なスズメバチが交じっていることを示していた。

テキサス州の丘陵地帯で子供時代を過ごしたグレイは、何度もハチに遭遇した経験があったし、アフリカナイズドミツバチの群れを相手にした近所の人の話を聞いたこともあった。「殺人ミツバチ（キラービー）」の異名を持つアフリカナイズドミツバチは、巣にちょっかいを出した人間のことを執拗（しつよう）なまでに追い回すことで知られている。プールや湖に飛び込んだとしても、安全が保証されるとは限らない。アフリカナイズドミツバチは水面近くにとどまって待ち構えていて、人間が浮上して頭を出すと再び襲いかかるのだ。

グレイは海面上の塊を見つめた。

このスズメバチも同じ攻撃パターンを採用しているようだ。

〈だが、俺たちには空気を求めて浮上する必要がない〉

少なくとも、グレイはそう期待していた。

泳ぎ続ける前に、グレイは浮力ベストの浮き袋に空気を注入してから、セイチャンに手を貸して同じ手順を行なわせた。海面から二メートルのところで体が静止するように調節する。これくらいでいいだろうと判断すると、グレイはセイチャンを導いて入り江の外を目指した。その間も彼女の様子に目を配る。スズメバチの毒の中にはほかにも思いがけない影響が潜んでいるかもしれないからだ。

グレイはセイチャンの苦痛に歪んだ表情を思い返した。これまでにセイチャンが銃で撃たれたりナイフで刺されたりした場面を目撃したことがある。彼女の体を鉄の棒が貫通したことすらあった。何をされても、セイチャンは屈しなかった。そんな彼女が一刺しで膝から崩れ落ちたのだから、あのスズメバチはかなり強力な毒を持っているに違いない。続けざまに何度か刺されていたら、心臓が止まっていたかもしれない。

そんな危険を意識しながら、グレイは砂浜から離れ続けた。岩場の脇を抜け、カウイキ岬の断崖の先の、より明るさが残る海面を目指す。グレイは何度か肩越しに振り返り、海上の様子をうかがった。海面に反射する光の間から、黒っぽい塊を成す群れの姿を確認できる。多くが上陸した一方で、まだかなりの数が何かを警戒するかのように海岸線から距離を置き、海上にとどまっているように見える。

大型のスズメバチが邪魔者を排除するまで待っているのかもしれない。

その戦術が成功したことは、グレイも認めざるをえなかった。

グレイは群れの影から何とかして逃れようと、湾の外に向かって泳ぎ続けた。そのうちに太陽が沈んでしまった。それに続いて薄暮の状態が訪れたために、真上で群れがまだ渦巻いているのかどうかが見分けにくくなる。

グレイはいったん浮上し、ダイビング用のＬＥＤライトで空の様子を調べようかと考えた。だが、たとえ群れの下を無事に通り抜けていたとしても、光が再びスズメバチたちを引き寄せてしまうおそれもある。

そのため、グレイは手首のコンパスを頼りに泳ぎ続けた。

〈今は安全第一だ〉

ただし、このままいつまでも泳ぎ続けるわけにもいかない。ウェットスーツを着ていない状態では、海水の冷たさが体力を奪う。その影響はセイチャンの方が大きい。左腕が役に立たないセイチャンとの距離は開く一方だ。彼女を海から陸に上げ、温かいところに連れていく必要がある。そのことを念頭に置いて、グレイは南の方角に一・五キロほど離れた砂浜へと進路を変更した。そこの溶岩の断崖の上には、二人が滞在しているコテージがある。

先に進むにしたがって、徐々に水中が暗闇に支配されていく。間もなくセイチャンの姿はおろか、自分の両手すらもほとんど見えなくなってしまった。グレイはついに観念して、ベストのポケットからダイビング用のライトを取り出し、スイッチを入れた。目もくらむようなまぶしい光が水中を貫く。グレイは思わずひるんだ。これでは群れが後を追うための光の目印も同然ではないのか？

〈選択の余地はない〉

目が慣れてくるにつれて、波の下の夜の世界が姿を現し始めた。岩礁が真下から沖合に向かって連なっている。ありとあらゆるものが動いているように見える。明るい黄色と赤のイソギンチャクが海流に揺れている一方で、黒いとがった棘を持つウニが海底をゆっくりと移動している。前方に目を移すと、悠々と泳ぐトビエイをよけながら、ハワイアンフラッグテールの群れがグレイたちの進路から逃げていく。グレイが珊瑚礁(さんごしょう)の壁を越えると、その先にいたネムリブカが尾を力強く一振りして泳ぎ去る。

ライトの光が届く先では、ほかにも大きな影がいくつも動いている。

おそらくマウイ島の近海に多く生息しているウミガメだろう。だが、グレイはこの海域をうろつく捕食者への警戒を怠らずにいた。マウイ島周辺では、遊泳者やシュノーケリングを楽しむ人たちが時にイタチザメやオオメジロザメに襲われる。グレイはその統計の数値に加わりたいとは思わなかった。

グレイはセイチャンの方を振り返った。かなり後方に遅れている。グレイは速度を落とし、セイチャンが追いつくのを待った。片手を上げ、指でＯＫのサインを作りながら彼女の体調を問いかける。セイチャンは刺された方の腕を持ち上げ、ＯＫのサインを返したものの、やっとのことで動かしたような状態だ。毒の効き目は薄れつつあるようだが、まだかなり影響が残っているし、長距離の泳ぎも体にこたえている。

セイチャンは手を振って先に進むように促し、顔をしかめた——痛みのせいではない。いらだっているのだ。

頑(かたく)ななまでの決意は容易に読み取れる。

〈さっさと先に進んで。ちゃんと追いつくから〉

グレイは体の向きを変えて再び泳ぎ始めたが、セイチャンのそばから離れないようにした。いくら強い決意をもってしても限界がある。

水を足で蹴り、手でかくたびに、二人の体は攻撃を受けた海岸線一帯から徐々に離れ、目的地へと近づいていく。グレイは手首にはめたコンパスを何度か確認した。

〈もうそれほど遠くないはずだ〉

目的地の砂浜の浅瀬にたどり着くまでには、それからさらに三十分を要した。最初にグレイが海面から頭を突き出した。エアタンクの空気はほとんど使い果たしてしまっていて、残量を示す目盛りは赤い部分を指している。グレイは空に異常がないことを確かめてから、セイチャンに手を貸して幅の狭い岩がちの浜辺に上がった。波打ち際でエアタンクを外して一息入れる。

セイチャンの腰に回したままのグレイの片腕に震えが伝わってくる。グレイは前方の断崖まで、セイチャンを抱えるようにして運ばなければならなかった。二人が滞在しているコテージは断崖の上にある。明るい窓が手招きするかのように輝いている。

セイチャンはグレイの腕を振りほどき、砂に両膝を突いた。片腕を持ち上げてコテージを指し示す。「行って……」絞り出すような声だ。

「おまえを置き去りにはしない。いざとなれば崖の上まで運んでやる」

グレイはその約束が果たせるかどうか、自信がなかった。疲れ切った両脚はまるでゴムのようで、力が入らない。

「そうじゃなくて……」セイチャンは激しく息をつきながらにらみつけた。腕が今度は北の方角を向く。「野球……野球場」

グレイは理解できずに首を横に振った――その時、思い出した。

〈まずいぞ〉

全身に緊張が走る。アドレナリンの流出で両脚に鋼(はがね)の力が戻る。

今朝、二人はウアケア通りの保健センターとハナ球技場の間にジープを停めた。球技場には芝を刈ったばかりの野球場とサッカー場が一つずつ、テニスコートとバスケットボールコートが二面ずつあった。球技場の外の看板には、今夜リトルリーグのトーナメントが開催されると記されていた。それに気づいたセイチャンは、ホットドッグを食べながら試合を観戦しようと提案した。

グレイは球技場の位置を頭の中に思い描いた。

レッドサンドビーチから内陸側に直線距離で五百メートルもない。

グレイはにぎやかな試合の様子を想像した。

〈音楽、歓声、照明……〉

「私たちのバイクのうちの一台を使って」セイチャンが促した。「危険を知らせないと」

グレイはコテージを見上げた。レンタカーでは狭すぎたり危険すぎたりする小道でも探索できるように、二台のバイクを借りてある。

　グレイはセイチャンの方を振り返った。顔には懸念の表情が浮かんでいたに違いない。セイチャンがグレイに向かって顔をしかめた。「一人であそこまで登るから。少し時間はかかるかもしれないけれど、シグマに連絡を入れて、ここの当局に対応を要請するように伝えておく」

　グレイはうなずいた。彼女の言う通りだ。

　腕時計を確認する。試合開始は十分後の予定だ。間に合いっこないものの、できる限りのことをしなければならない。歯を食いしばると、グレイは断崖を伝ってコテージまで通じているジグザグの道に向かって走り出した。

　登り口までたどり着いたところで、グレイは後ろを振り返った。セイチャンはすでに立ち上がっている。両脚は震えているようだが、顔には強い決意がうかがえる。二人の視線が合う。二人とも、グレイがこれから向き合うことになる危険を理解している――あともう一つ、断言できることがある。

　二人の休暇は終わった。

5

五月七日　東部夏時間午前一時五十五分
ワシントンDC

　ここ何カ月もの間、ペインター・クロウはこの電話がかかってくることを予期していた。グレイ・ピアース隊長にはトラブルの方から近寄ってくる傾向がある。そのため、シグマフォースの司令官の地位にあるペインターは、この部下が長期にわたって世界各地を放浪している間、ずっと監視を続けていた。それにもかかわらず、まさかこのようなトラブルが降りかかることになろうとは、ペインターは想像も予想もできなかった。

〈スズメバチの大群だと？〉

　疲れてはいるものの、緊張から神経が張り詰めた状態にある。ペインターは黒髪の中に指を入れ、ひと房だけ真っ白になった部分を耳の後ろにかき上げた。十分前にセイチャンとの電話を終え、ＤＡＲＰＡの上官たちとハワイの関係当局に対して警報を伝えたところだ。自らのオフィスで机を前にして座り、この奇妙な一件について考慮しながら、電話を切る前にセイチャンが発した言葉を改めて反芻する。

〈これは大自然の気紛れなんかじゃない。生物兵器による攻撃〉

開け放たれたオフィスの扉をノックする音で、ペインターは前に注意を向けた。瘦身の女性がきびきびとした足取りで部屋に入ってくる。キャスリン・ブライアント大尉はペインターの副官に当たる。真夜中過ぎの遅い時間にもかかわらず、肩まで届く鳶色の髪はきちんと櫛を通して後ろで三つ編みにしてあり、その髪型と同じく、濃紺のスーツ、しわ一つないブラウス、黒いレザーのパンプスといった身なりも控え目だ。唯一の目立つ色彩は襟の折り返しに留めた小さなカエルのピンで、金色とエメラルド色に輝いている。これは海軍情報局時代の偵察任務の際に、作戦を共にした水陸両用部隊からの贈り物だ。その任務では一人のチームメイトが帰還できなかった。その隊員をしのんで、キャットは今もピンを身に着けている。

海軍に所属していたキャットを、ペインターは分析官としてシグマに引き抜いた。その後、彼女は瞬く間にシグマの任務を統括するうえで欠かせない存在になった——実質的にシグマを率いているとも言える。

「この島々ではるかに大きな問題が起こりつつあると判明しました」キャットは淡々と報告した。

「どういう意味だ？」

ペインターの机のところまで来ると、キャットは手にしていたタブレット端末をタップしてから、オフィス内の壁に設置されている三台のフラットスクリーンモニターのうちの一つを指差した。画面にハワイ諸島の地形図が浮かび上がる。ペインターは画像がよく見えるように椅子ごと体を回転させた。そのうちの三つの大きな島に小さな赤い点が表示されている。

「攻撃を受けたのはマウイ島だけではありません」キャットが画面に歩み寄り、島の東岸の赤い部分を指差した。そこはセイチャンから攻撃があったとの報告を受けた地点だ。「同じような攻撃の連絡が、オアフ島とハワイ島からも入りました」

ペインターは立ち上がり、キャットの隣に並んだ。これまでは今回の件がローンウルフによる犯行で、どこかの環境テロリストが自分たちのねじ曲がった主張の正しさを強引に証明しようとして行なったものであることを期待していた。

キャットが地図上でハワイの州都のホノルルを指差した。「セスナが一機、ダイヤモンドヘッドの近くに墜落しました。マウイ島で三機が墜落したのとほぼ同時刻です」続いてその指がハワイ諸島中の最大の島に移動する。「ヒロでは病院から緊急援助の要請が入りました。病院はハチに刺された患者であふれ返っていて、症状は重いものから軽いものまで様々ですが、数人の死者も出ているとのことです」

ペインターはセイチャンの警告を思い返した。

〈これは大自然の気紛れなんかじゃない……〉

どうやら彼女の言う通りらしい。これは連携の取られた攻撃だ。

キャットの説明は続いている。「これまでのところ、カウアイ島およびそのほかの小さな島からは特に連絡がありませんが、時間の問題だと思います。ジェイソンに頼んでハワイ各地のあらゆるニュースフィード、ソーシャルメディア、警察関係の通話を監視してもらっているところです」

「どうしてハワイなんだ？」ペインターは疑問を声に出した。「なぜこの島々なんだ？」

「仮説を立てるに足るだけの情報はまだ集まっていません」キャットは地形図を凝視した。「ですが、ハワイが太平洋の真ん中にぽつんと位置していることが、理由の一つなのかもしれません。住民への差し迫った危険以外にも、攻撃的な外来種の導入が州の隔絶された生態系に大きな影響を及ぼすというおそれがあります」

ぞっとするような見解だが、そのような長期的な懸念への対応は後回しにしなければならない。答えを必要としているより喫緊（きっきん）の疑問がある。

「我々は具体的には何に直面しているんだ？」ペインターは訊ねた。「あの島々はいったい何に襲われたんだ？」

キャットがペインターに視線を戻した。「国立動物園の昆虫学者と連絡を取ろうとしているところです。ドクター・サミュエル・ベネットはこの分野を代表する専門家で、世界中で高く評価されています。セイチャンの説明から考えるに、そこまで体の大きなスズメバチの数は多くないはずです」

「そうだな。何を相手にしているのかが早くわかれば、それに越したことはない」

シグマの司令部がスミソニアン・キャッスルの地下にある主な利点の一つはそこだ。国立動物園も含めたスミソニアン協会の数多くの研究所やセンターに容易にアクセスすることができる。

この立地のおかげで、シグマは議会議事堂とホワイトハウスという、権力の二大中枢とも隣人同然の関係にある。ＤＡＲＰＡでのペインターの直属の上司に当たるグレゴリー・メトカーフ大将も、すでに政府の高官に連絡を入れ、連邦政府としての緊急対応を要請しているはずだ。

だが、そうした歯車が回り始めるまでには時間がかかる。

だからシグマフォースが存在している。必要な時にピンポイントでの攻撃を先導するために。新しい科学技術がもたらす脅威は我々の想像を超え、常にその形を変えているが、彼らはそうした脅威と戦う最前線に位置している。科学の最先端が地球規模であまりにも急速に、かつあまりにも多くの予想できないような方向に変化しつつある状況下で、アメリカ合衆国には迅速かつ機敏に対応できるチームが必要だ。そのことがシグマフォースの掲げる活動指針の中核を成している。「発見者であれ」

キャットの電話が着信を知らせた。その視線が発信者の番号を確認する。「どうやら私たちが必要としている昆虫学者は夜型のようですね。ドクター・ベネットからの電話です」

「スピーカーフォンにしてくれ」

キャットがうなずき、画面をタップすると、携帯電話を二人の間に差し出した。「こちらからの連絡にこんなにも迅速に対応していただき、ありがとうございます、ドクター・ベネット」

「助手から電話があって緊急の案件だと聞いたものだから、ただごとではないと思ってね。ＤＡＲＰＡから緊急の電話が入ることなどめったにない。私の専門分野で、しかもこんな真夜中に」

「ご協力に感謝します」キャットがペインターにうなずいた。「あと、私の上司ともスピーカーフォンで話ができるようにしてあります」

「そうか、わかった。それで、これはいったい何事だ？」

「こちらが送信したスズメバチの特徴については目を通してもらえましたか？」

「もちろんだ。君からの連絡にこんなにもすぐに返事をして、君の質問にこんなにも短時間で答えられるもう一つの理由はそこにある。一カ月ほど前、同じような問い合わせがあった。君の説明にあったようなスズメバチについて問い合わせてきた人物がいたのだよ。大きさは七・五センチ以上。体色は黒で、腹部には真っ赤なぎざぎざの縞模様」

ペインターは電話に身を乗り出した。「あなたに接触してきた人物は誰ですか？」

「日本からの連絡だった。製薬会社のために働いているとか。ちょっと待ってくれ。コンピューターを確認する。最後にやり取りしたメールを見れば名前がわかるはずだ」

答えが返ってくるのを待つ間、キャットがペインターの顔を見て、小首をかしげた。

〈常にシグマが発見者になれるとは限りませんね〉

情報を探しながらベネットが再び話し始めた。「このもう一人の研究者にも話したように、そうした分類に該当するようなハチ目の種は存在しない。いちばん近いのはオオスズメバチで、七センチ以上に成長する場合もあるが、縞模様は黄色と黒だ。その次に近いのはニューメキシコ州に生息するオオベッコウバチだな。体長は五センチ以上とこれもかなりでかく、立派な針を持っているが、体は青みがかった黒一色で、オレンジ色の羽を持つ」

そんな二種のハチに刺される場面を想像し、ペインターは顔をしかめた。

ベネットの説明は続いている。「標本を入手できればもっと多くのことがわかるのだがね。そうした既知の種の一つの異色変異体かもしれない。言い換えると、遺伝的に関連があるが、異なる体色を持つということだ」

キャットがため息をついた。「幸か不幸か、近いうちにあなたの研究に十分な数の標本を入手できるかもしれません」

「ぜひとも手に入れたいものだ——おっと、メールが見つかった！」ベネットが咳払いした。「研究者の名前はケン・マツイ。レターヘッドによると、彼はコーネル大学の教授で、専門は毒性学だ」

　ペインターは眉をひそめた。「日本からの問い合わせという話ではなかったのですか？」

「そうだよ。彼は日本の田中製薬から助成金をもらっているようだ。京都にある会社の研究室からメールをしてきた。連絡先のアドレスをそっちに転送しておくよ」

「そうしていただけると助かります」昆虫学者に感謝を述べて電話を切ると、キャットはペインターの方を見た。「どう思います？」

「今日の攻撃よりもかなり前にこの種と遭遇した人間がいるのは間違いない」ペインターは再び椅子に座った。「すぐにでもこのマツイ教授とやらと話をする必要がある」

「私の方でやっておきます」キャットが回れ右をしようとしたところでためらいを見せた。「でも、グレイとセイチャンはどうします？」

「緊急通報が受理されて対応が行なわれるまでには時間がかかる。今のところは、二人だけで何とかしてもらうしかない」

「すでに現地にいる隊員については？」

　ペインターはため息をついた。この九カ月間、グレイの居場所をただ追っていただけでなく、シグマの隊員を交替で彼の近くに配置していた。最初はキャットの夫のモンク・

コッカリスで、動物の密輸組織に関するインターポールとの捜査が大詰めを迎えてパリに滞在していたため、南フランスのグレイからちょうどいい具合の距離にいることができた。その次は南アフリカで共同所有している動物保護区にいたタッカー・ウェインと連絡を取り、アフリカ大陸のジャングルをさまようグレイに助けが必要になった場合に備えておいてほしいと依頼した。その後もそうした対応を続けた。人材を無駄に使うだけに終わるかもしれないと思いつつも、グレイのことだからトラブルの方から彼に近づいてくるか、彼の方からトラブルを見つける可能性は捨て切れなかった。

〈結局は時間の問題にすぎなかったわけだ〉

ハワイにおける担当については、この任務に就くよう隊員を説得することは難しい話ではなかった。ハワイ諸島に誰かを送り込む差し迫った理由があるわけでもなかったし、砂浜で休暇同然の数週間を過ごせるのだから。

グレイにとってあいにくなことに、ハワイでの任務をどの隊員に割り当てるかに関して、運命のさいころはある男を選ぶことになった。

「コワルスキはマウイ島の反対側にいる」ペインターは苦虫を嚙みつぶしたような顔で言った。「ワイレアのリゾート施設だ。すでに連絡を入れたが、ヘリコプターがあるところまで行って島を横断するには一時間かかる」

「つまり、グレイとセイチャンは本当に二人だけで何とかしなければならないわけですね」

「おそらくそういうことになる。だが、グレイのことだから、できる限りのことをするはずだ」

「そのために、自らの身を危険にさらしてでも」

ペインターは苦笑いを浮かべた。「あいつが本領を発揮するのはそういう時だ」

6

五月六日　ハワイ・アリューシャン標準時午後八時二分
マウイ島ハナ

グレイは前傾姿勢になり、バイクでハナ・ハイウェイを北に向かって飛ばしていた。制限速度は無視して、軽くその二倍を超えている。Tシャツの裾が風にはためく。きちんと着替える時間はなかった。下はまだ水着のトランクス姿で、レンタルしたコテージのポーチに置いてあったはき古したハイキングブーツに足を突っ込んだだけだ。

ハセガワ・ゼネラルストアの前を通過したグレイは、前方に連なる赤いテールランプに驚いて急ブレーキを踏んだ。渋滞にはまるわけにはいかないため、ハンドルを切って路肩に乗り入れ、動けなくなった車列の脇を疾走する。

渋滞の原因はすぐに明らかになった。

ヘルメットを通してこもったサイレンの音が聞こえてくる。心臓が喉元にまでせり上がってくるかのように感じながら、さらに加速する。

〈すでに手遅れなのか？〉

不安を覚えつつも、グレイは教会の芝生を突っ切り、その先にある脇道のハウオリ通りに入った。音と点滅する光の方を目指す。球技場はこの道を真っ直ぐ進んだ二百メートルほど先に位置していて、道の突き当たりには保健センターがある。その駐車場には消防車が一台、斜めに停まっているほか、二台の救急車とパトカーの姿も確認できる。グレイが野球場の脇に差しかかると、黄色いヘリコプターが一機、頭上を通り過ぎた。

グレイはスキッドさせながらバイクを停めて乗り捨てると、人々でごった返した道を走った。やじ馬が道路上に集まっていて、救急隊員たちの物々しい動きを眺めている。困惑した表情を浮かべた親たちに引っ張られながら群衆の間を子供たちが移動していて、中にはリトルリーグのユニフォーム姿の子供もいる。野球場の観客席は満員だが、客のほとんどはグラウンドに背を向けており、道を挟んで反対側に集まった緊急車両の方を見つめていた。

騒ぎのせいで試合が中止になったか、開始が遅れているのは間違いない。

野球場の先にあるサッカーのピッチは、即席のピクニック広場になっていた。手前に目を移すと、ハウオリ通りに沿ってキッチンカーが何台も駐車していて、かき氷やホットドッグ、さらにはバーベキューまでも売っている。野球場のスピーカーからはサイレンの音に張り合うかのように、ハワイアン・ミュージックが大音量で流れていた。

グレイはひしめき合う人たちをかき分けながら、保健センターの駐車場に向かった。この場を仕切っている人間を見つける必要がある。そう思いつつ、グレイは空にも目を配った。まばゆい光が照らす中、群れの存在を示すものは確認できない。そればかりか、周囲の誰一人として怯えている様子はなく、単に好奇心をそそられているだけのようだ。

〈群れがいないのなら、どうしてこんなにも緊急車両が集まっているんだ？〉

ヘリコプターの動きを目で追うと、機体は保健センターの向こう側の森の上空を旋回した。カウイキ岬の方角に向かっている。ヘリコプターのライトが夜空に立ち昇る一筋の煙を照らし出した。

カウイキの噴石丘の側面に突っ込んだセスナＴＴｘのことを思い出し、グレイは顔をしかめた。救急隊員たちがすでに駆けつけている理由もそれで説明がつく。三機の飛行機の墜落という大事故が、この騒ぎを引き起こしたのだ。

緊急事態の発生を受けて野球の試合は中止を余儀なくされたに違いないが、すでにトーナメントを観戦するために集まっていた大勢の人たちは、新たなイベントを見物しようとこの場にとどまっているというわけだ。

大惨事につながりかねない格好の条件が揃ってしまっている。

グレイは足早に人混みの間を抜け、渋滞にはまった一台の車から身を乗り出した運転手と、その車の前のバンパーのところに立つ歩行者との怒鳴り合いをよけて通った。我慢の限界に達したのか、運転手がクラクションを鳴らし、騒々しさに拍車をかける。

大きな音にびくっとしたものの、グレイは空への警戒の目を光らせ続けた。

この大騒ぎがスズメバチの群れを引き寄せることになるのか、それとも食い止めることになるのか？

グレイはようやく保健センターの駐車場にたどり着いた。白髪交じりの頭をした恰幅のいい黒人男性に歩み寄る。青のスラックスに、ひときわ目立つ記章の付いたしわ一つない白の制服といういでたちだ。片腕に抱えた上着は、すぐ横に停まる明るい黄色の消防車と同じ色をしている。おそらくハナの消防署長だろう。ぶかぶかの消防服を着用した大柄なハワイ系の男性と話し込んでいる。

騒音に負けじと叫ぶ二人の会話の一部がグレイの耳に届いた。

無線を手にしたハワイ系の男性が、署長の方に顔を寄せた。「――ワタナベを墜落現場に下ろしました。遺体はないとのことです」

「だとすると、操縦士は墜落前に脱出したということなのか？」

消防士は大げさに肩をすくめた。「そのようですね」

グレイはそうではなかったことを知っている。あの飛行機はドローンのように遠隔操作で飛んでいたに違いない。セスナＴＴｘには高度な自動操縦機能が備わっているが、ついさっき目にしたような曲芸まがいの飛行まではできない。ただし、追加の機能を組み込んでいたとすれば話は別だ。

人の近づく気配を察知したのか、二人の男性が顔を向けたので、グレイはバイクのヘルメットを外した。「操縦士は乗っていなかった」グレイは挨拶代わりに伝えた。

グレイのことを頭のてっぺんからつま先までじろじろ見ながら、二人は眉間にしわを寄せ、軽蔑をあらわにした。そんな反応を見せるのも無理はない。ひげは剃っていないし、髪の毛はぼさぼさ、身に着けているのはTシャツと水着のトランクスとハイキングブーツだけだから、とてもじゃないが信頼の置ける情報を握っている人間には見えない。それにハワイの住民はハオレ――白人の言葉にはあまり耳を貸そうとしないという話も聞いている。

グレイは追い払われる前に急いで付け加えた。「飛行機が墜落した時、レッドサンドビーチにいたんだ」続けて手を差し出す。「名前はグレイ・ピアース、元陸軍のレンジャー部隊所属で、現在はＤＡＲＰＡの副指揮官を務めている」

正直に自己紹介したわけではないが、まったくの嘘でもない。

署長は差し出した手を無視して不機嫌そうにグレイのことを見続けているが、隣に立つ消防士の目つきが鋭くなった。目の前に立つこのハオレの言葉を信じたものか、判断しかねているようだ。

グレイは腕を下ろした。「もっと大きな問題が差し迫っている。燃え広がりつつある火災よりもはるかに危険だ。三機の飛行機は意図的に墜落させられたんだが、その前にスズメバチの群れを空中に放出した」

「スズメバチだと？」署長は顔をしかめ、あきれたように目を見開いた。

もう一人の消防士の顔からも、さっきまでわずかにあったかもしれないグレイへの信頼が消え失せていた。二人とも、目の前の男がこのあたりで常用者の多い地元産の強烈なマリファナでハイになっていると思っているに違いない。

グレイは脅威を理解してもらうための説明を懸命に試みた。「大きなスズメバチなんだ。今までに見たこともないような大きさだ。一緒にいた女性が一匹に刺された。すぐに体の自由が利かなくなってしまった」グレイは通りを挟んだ向かい側に集まって、おしゃべりをしたり笑い声をあげたりしているリトルリーグのユニフォーム姿の少年たちを指差した。「一匹か二匹に刺されただけできっと殺されて――」

もうたくさんだと判断したのか、署長がグレイの方に手のひらを突き出した。「そんなくだらない話に付き合っている暇はない」消防士の方を向く。「パル、このいかれた男をここからつまみ出せ」

消防士はためらいを見せ、空を見上げた。

「どういう風に聞こえているかはわかっているが、とにかく話を聞いてくれ」署長は耳を貸さないだろうと判断して、グレイはハワイ系の男性に訴えかけた。軍隊時代に頑固な上官を何人も目にしたことがある。階級が高いとプライドも高くなり、目先のことしか考えられなくなるのだ。

パルは心が揺れている様子だ。「署長、彼の話を確かめるくらいのことはした方がいいかもしれません」

「ありもしない危険を探すような人手があるわけじゃ——」

パルの手の中の無線が甲高い音を発した。三人がいっせいに機器を見ると同時に、小さなスピーカーから耳障りな悲鳴が聞こえた。

パルが無線を口に押し当てた。「もう一度頼む、チョッパー・ワン」パルは小首をかしげ、応答を待ったが、返事は上空から聞こえてきた。

リズミカルなローターの回転音に、三人は顔を上に向けた。機体の下に「消防」と記された黄色のヘリコプターが視界に飛び込んできて、激しく前後に揺れたかと思うと——次の瞬間、保健センターの向こう側の森に真っ逆さまに墜落した。機体のつぶれる音がサイレンや音楽をかき消す。静まり返った群衆の目の前で、大きな火の玉が夜空に噴き上がった。

その明るさがほんの一瞬、森の上空に迫る黒い塊を映し出した。空高く立ち昇るその姿は、黒い大波がハナの町に押し寄せようとしているかのようだ。

パルが隣に並ぶハオレのことを見たが、グレイは言わずもがなのことを口にするしかなかった。

「手遅れだ。あいつらはすでにここにいる」

兵士

四枚の羽を力強くはばたかせながら、兵士たちは群れの先陣を切って飛んでいた。後方の仲間たちに伝わる羽音には、前方の脅威と地形を評価した彼女の警告がたっぷり含まれている。微小な気門——胸部から腹部にかけて連なる、呼吸のための小さな穴の列が激しく震え、同じ階級の仲間に対して甲高い音を発する。

仲間の兵士たちが群れの先頭に集まってひとかたまりになり、音とフェロモンで意思の疎通を図る。すべての触角を前方に向け、左右に揺すりながら風に乗って運ばれてくるにおいをとらえる。

甘み……

肉……

塩分……

学んだことを仲間と共有する。

仲間とともに待ちながら、彼女は触角の先にある十二個の節を折り曲げ、脳内ににおいの地図を描いた。前方でふくれ上がる力の中には、群れを養うための食べ物への期待が満ちあふれている。彼女の目の前ににおいの雲が沸き起こった。

混じり合った様々なにおいが彼女の空腹を募らせ、その空腹が攻撃的なホルモンの引き金になった。腹部の筋肉が収縮するとともに、刺針（ししん）の両側の溝に沿って鋭い尖針（せんしん）がスライドし、武器の用意ができる。

彼女は最後に触角をもう一振りしてから、このおいしそうなにおいの源に意識を集中させた。

本能がそれを我が物にせよと要求する。

姉妹たちも同じ思いを抱く。

互いに合図を送りながら、兵士たちは一体となって群れの先端から降下し、その源に突き進んだ。高度を下げながら仲間との距離をさらに詰め、密集し、目標を指し示す一本の黒い矢と化す。

ほかの感覚が引き続き情報を集め、得た知識を肉付けしていく。

頭部の両側の窪みを覆う大きな膜状の組織が、霧のように立ちこめるにおいを通して聞こえてくる多種多様な音に合わせて振動する。それに反応して放たれた群れの怒りの羽音が、前方の地形のより詳しい情報とともに返ってくる。羽を上下させるたびに、彼女は多くを学び、仲間たちと共有し、仲間たちからも情報が伝わる。構造物と形が、音と反響によって実体を伴い始める。

急降下しながら、彼女は戦士となり、同時に軍隊となった。一匹でもあり、群れでもある存在。においの源に接近する。縄張りの確保というはるか昔からの欲求に牽引され、何者にもその邪魔をさせるつもりはない。遺伝コードに刷り込まれた先祖の記憶が恐怖をかき消す。はるか昔の姉妹たちは、この新しい土地でこれまでに見つけた何よりもはるかに手ごわい敵を倒してきた。

それでも、彼女はそのほかの感覚も研ぎ澄まし、来たるべき戦いに備えた。

大きな二つの黒い目は、それぞれが六角形をした数百もの個眼から構成されていて、前方に待ち構えるものを読み取る。彼女は色や形を取り込むが、その目はもう一つの大きな目的のために進化してきた。それは動きを検知すること。

周囲の小刻みな揺れや激しい動きを視覚でとらえながら、彼女はにおいと香りの煙の中を抜けていく。何もかもが動いているが、彼女の脳はこの混沌とした状況における流れと波を認識する。それによって前方に控える危険をランク付けできる。

自分の進行方向から逃げる力を無視する。

それらは差し迫った脅威ではない。

それよりも、行く手を遮るものすべてを、彼女の支配に挑むものすべてを排除しなければならない。攻撃への意欲に駆られ、はばたきがいっそう速まる。目標にたどり着くのを妨げるものは何であろうと容赦しない。

しかし、彼女の目は常に最大の脅威を警戒していた。

動きが彼女の注意を引きつける——彼女の方に向かってくる動きの流れ。

彼女はこの迫りくる戦いに意識を集中させ、怒りを頂点まで高めた。この挑戦者のイメージが、様々な感覚の間から浮かび上がってくる。まだ実体ではなく、ただの影にすぎない。

彼女はそれに向かって降下するが、ほかの兵士たちとまだ情報を共有したままだ。触角が苦痛の信号をとらえる。仲間の一人が左手の方角で踏みつぶされ、それによってあふれ出たフェロモンだ。死に引き寄せられたほかの兵士たちは、仲間の命を奪った何者かを抹殺するために数と毒を集めようと、即座にフェロモンの流れをたどる。

彼女はそれを無視して、自分の方に真っ直ぐ向かってくる危険に集中する。挑戦者のイメージがより鮮明になる。

彼女は相手を評価し、攻撃に最適な場所を探す。汗に含まれる塩分や、血のにおいがするものの、本能が彼女を相手の呼気に含まれる二酸化炭素に導く。遺伝子が伝える無数の経験が、そこに毒を集中させるように教える。

彼女は腹部を丸め、刺針の用意をした。

脅威が急速に近づいてくる。

彼女は頭を下げ、羽を高く掲げ、急降下しながら攻撃を仕掛けた。

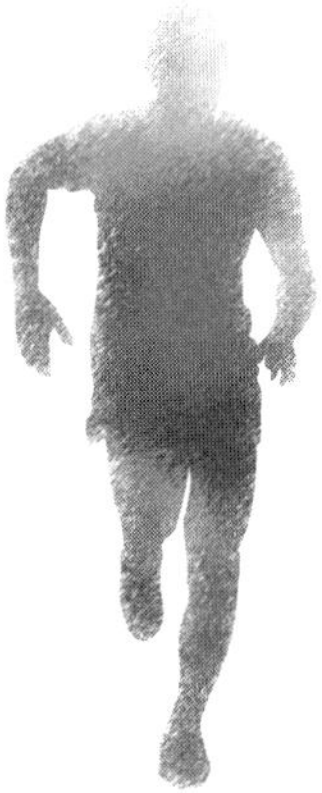

7

五月六日　ハワイ・アリューシャン標準時午後八時二十二分
マウイ島ハナ

グレイは走りながらバイクのヘルメットをかぶり、フェイスシールドを閉じた——それはこれ以上はないというタイミングだった。大きなスズメバチが一匹、シールドに激しくぶつかり、ポリカーボネートが大きな音を立てる。節のある六本の脚でしがみついたスズメバチは、グレイの鼻先からほんの数センチの距離にいる。羽を激しく震わせている。見るからに頑丈そうな腹部がフェイスシールドを繰り返し叩き、はっきりと聞こえるその音は、キツツキが木の幹に穴を開けようとしているかのようだ。

グレイは目を凝らし、至近距離から敵を観察した。

体の奥底から湧き上がってきた戦慄（せんりつ）で、一時的に身動きができなくなる。はるか昔から遺伝コードの中にある何かが、この脅威に反応しているかのようだ。実際にそうなのかもしれない。グレイは恐怖症がエピジェネティクス――後成的な遺伝子発現の制御を通じて人のDNAを変化させ、危険な捕食動物と直面した時の生存本能としてその恐怖をある世代から次の世代に受け継いでいる可能性があるという話を読んだことがあった。

フェイスシールドに当たる鋭い針を見て、グレイは身震いした。優に六ミリから七ミリの長さがある。

グレイが行動を起こすよりも早く、分厚い手袋をはめた手がヘルメットをはたき、スズメバチを払ってくれた。「さあ！」グレイが声の方を向くと、消防士のパルが銀色の耐火毛布を持って立っていた。「これで体を覆って、すぐに避難するんだ！」

グレイは軽量素材の毛布を受け取り、両肩に巻き付けた。首元に隙間ができないように、片手でしっかりとつかむ。毛布の長さは膝のあたりまでしかなく、ふくらはぎは丸見えのままだが、何もないよりはましだ。

パルはすでに完全装備になっていた。黄色のズボン、耐火仕様の上着、ヘルメットのほかに、顔面を覆う透明なSCBAマスク付きの消防用フードをかぶっているので、肌が露出しているところはほとんどない。片方の肩に白いホースを担いだパルは、もう片方の腕で保健センターの方を指し示した。

「早く行け！」

グレイはその方角に目を向けた。駐車場では署長が消防車の車内に座り、携帯無線を口元に当てている。車両から署長の大きな声が鳴り響いた。

「急いで避難してください！　身を隠せる場所を見つけて。車でも、家でも、保健センターでも。屋外にいては危険です！」

警告を発するのは遅すぎた。どこを見回しても人々が逃げ惑っていた。修羅場と化した夜の町に、野球場のスピーカーから大音量のハワイアン・ミュージックが鳴り響く。悲鳴と悪態と泣き声が混乱をさらにあおる。

小さな女の子を肩に担いだ父親と思われる男性が、腕を振ってスズメバチを追い払いながらグレイの脇を走り抜けた。少女が泣きじゃくっているのは、恐怖に怯えているせいでもあるし、頬が赤く腫れ上がっているためでもある。男性が車の側面にぶつかると、親切な乗客が危険を顧みずに後部座席の扉を開き、車内に入るよう大声で親子に呼びかけた。

グレイのまわりのあちこちでも同じような光景が繰り広げられていて、住宅や店舗の中に人々が逃げ込んでいるが、球技場や通りにはまだかなり多くの人たちが取り残されていた。道路上でもがいている人たちがいる。襲いかかるハチから守ろうと、子供に覆いかぶさる親たちがいる。

居合わせた救急隊員たちも救助に乗り出していて、スズメバチの攻撃を受けながらも人々を安全な場所に連れていこうとしていた。しかし、これだけ大勢の人を助けるにはまったく手が足りない。

だからと言って、あきらめるわけにはいかない。

「行けったら！」そう指示しながら、パルがホースのノズルを腰の位置まで下げた。ホースは消防車のタンクにつながっている。

通りの先では、別の消防士がホースを消火栓につないでいる傍らで、もう一人の消防士が大型のレンチを使ってバルブを開こうとしていた。突然、水が高く噴き出した。消防士は激しい水流を上に向け、左右に大きく振りながら群れを空から叩き落とそうとする。だが、あれでは水鉄砲で山火事を消そうとするようなものだ。

グレイの心の中で強い決意が固まる。

〈もっと時間を稼ぐ必要がある〉

グレイはパルの腕をつかみ、消防車の方を指差しながらフェイスシールド越しに叫んだ。「あれはCAFSか？」

パルがうなずいた。

グレイが期待していた通り、消防車にはCAFS――圧縮空気泡消火システムが備わっていた。これは濃い泡状の消火剤を放出するシステムだ。

〈火を消す以外の効果もあることを期待しようじゃないか〉

「ついてきてくれ！」グレイは叫んだ。

踵を返しながら、銀色の毛布を振ってスズメバチを払い落とす。今のところ、光を反射する繊維が敵を困惑させているようだ。

〈もうしばらくの間、この状態が続いてくれればいいんだが〉

グレイはウアケア通りを横切り、バイクを乗り捨てた地点に向かった。計画がうまくいくことを祈る――同時に、パルのホースに十分な長さがあることも。

肩越しに振り返ると、大柄なハワイ系の男性は重量のある白いホースを一人で担ぎながら、懸命にグレイの後を追っている。

グレイはパルがついてきてくれることを信じてスピードを上げた。ハウオリ通り沿いにキッチンカーが並んだところまで達すると、カラフルなかき氷を販売している店に向かう。車は扉や窓がぴたりと閉ざされていて、中には大勢の大人や子供たちが避難していた。

「これ以上この中に入るのは無理だ！」店主が網戸の向こう側から叫んだ。網戸には巨大なスズメバチがびっしりと貼り付いていて、細い網を食い破って車内に入り込もうとしているかのようにも見える。

「それはかまわない」グレイは息を切らしながら、商品の受け渡しをする窓のところに移動した。「シロップの瓶をこっちに渡してくれ」

「何だって？」

「いいから早くよこせ！」

グレイは数メートル離れた芝生の上に落ちたかき氷に視線を向けた。融けかけた氷に多くのスズメバチが群がっている。

窓がスライドして開き、誰かが中からブルーベリー風味のシロップの瓶を手渡した。グレイは瓶を受け取って体をひねると、火炎瓶のように放り投げた。瓶はすぐ隣のフェンスの上を越え、誰もいないテニスコートに落下して割れた。

グレイはキッチンカーの方を振り返った。「もっとくれ！」

中の人から瓶を受け取っては、テニスコートに向かって投げ入れるのを繰り返す。グレイの努力はすぐに報われた。砂糖の強烈な甘いにおいに引き寄せられて、スズメバチがそちらに集まり始めた。トラックの網戸に群がっていたハチたちまでも、網を食い破って侵入しようという試みをあきらめ、もっと簡単に手に入る獲物に向かって飛び去った。

グレイはこの餌に効果があるはずだと期待していた。子供の頃、家族でピクニックに出かけ、スズメバチやミツバチにしつこくつきまとわれた経験は何度となくある。父がビールの缶の中に入り込んだスズメバチをうっかり飲んでしまったこともあった。このスズメバチも小柄な仲間と変わりはないはずだ、グレイはそう踏んでいた。

〈デザートを嫌いな人がいないのと同じだ〉

群れの中のどれだけの数を引き寄せられるのかはわからないが、屋外に取り残された人たちを攻撃するスズメバチの数を少しでも減らせれば、救急隊員たちがより多くの人たちを避難させる時間が稼げる。

「これで全部だ！」店主の大声でグレイは我に返った。

うなずきながらグレイが後ずさりすると、パルの姿がある。「テニスコートにもっと多くが集まるまで待ってから……そいつをお見舞いしてやれ」

「あんたは相当なロロ・バガーだな」パルはハワイのピジン英語を口にした。いい意味の言葉ではないように聞こえるが、大男は満面の笑みを浮かべているので、グレイのやり方に感心しているのだろう。「さあ、あんたも安全なところに行かないと」

「まだだ」グレイは上空を飛行する太い帯状の群れを見上げた。

〈甘いものに目がないやつらばかりとは限らないみたいだな〉

グレイは背中を丸めて銀色の耐火毛布の下に潜り込みながら、隣のキッチンカーに走った。車体の側面にはパンに挟まれて踊るソーセージの絵が描いてある。グレイはさっきと同じ戦法を使い、今度は封を切ったソーセージのパッケージを近くのバスケットボールコートに投げ込んだ。

グレイが最後のソーセージを投げ入れると同時に、右手側から大量の白い泡が噴出して空に弧を描いた。泡の発生源をたどっていくと、片膝を突いてホースのノズルをテニスコートに向けるパルの姿がある。消防士が空中を飛ぶ群れに泡を浴びせると、泡まみれになったスズメバチが割れたシロップの瓶の間でうごめく大勢の仲間たちのもとに落下していく。

パルがグレイの視線に気づいた。「あとは任せてくれ、兄弟！　あんたは逃げな！」

グレイはもっと何かをしようと考えたものの、一匹のスズメバチがむき出しのふくらはぎに止まって刺したために、それどころではなくなった。足をばたばたさせながら後ずさりするが、それでどうにかなるわけがない。二度目の激痛が走り、ようやくグレイは何をしなければならないか悟った。もう片方の足のハイキングブーツでスズメバチを引っかけ、路面に叩きつける。だが、相手をいっそう怒らせただけのようだ。装甲を施したかのような体をかかとで踏みつけて力を込めると、ようやくぐしゃりとつぶれる音が聞こえる。

その頃には、刺された側の脚は燃え上がる塔のような状態と化していた。

脚を引きずりながら通りを進もうとしたものの、グレイの苦痛に気づいたのか、それとも踏みつぶされた仲間のにおいに引き寄せられているのか、スズメバチが逃げるグレイを目がけて次々と襲いかかってきた。当たるたびにヘルメットが大きな音を立てる。銀の耐火毛布にスズメバチがぶつかるのを感じる。

激しい痛みが腰にまで広がり、歩き続けるのがますますつらくなる。食いしばった歯の間からあえぐように呼吸する。視界が涙でかすむ。痛み以外の感覚が奪われる。このまま地面に倒れ込み、わめきちらしたい。

それでも、グレイは自分を叱咤しながら通りを歩き続け、保健センターのガラス扉を目指した。とてもじゃないがたどり着けそうもない距離にあるように思える。

〈あそこまで行くのは無理だ〉

一歩踏み出すたびに焼けるような痛みが走り、その思いが強まっていく。もはや右脚の自由が利かない。グレイの体が横に傾き、フォード・トーラスのボンネットにぶつかった。中から心配そうな顔が見つめ返すものの、車内はすでに人でいっぱいだ。

〈ここは満室みたいだな〉

グレイは車に手をついて支えながら体を起こし、なおも保健センターを目指した。だが、手を外に長くさらしすぎた。毛布の下に隠すより先に、一匹のスズメバチが手首に止まる。グレイは腕を振り回し、刺される前にハチを追い払ったものの、その動作のせいでただでさえ危なっかしいバランスを失ってしまった。

グレイは縁石にひっくり返った。両腕を振り回しながら倒れたせいで、さらなるスズメバチが集まってくる。

グレイは体を小さく丸め、どうにかして耐火毛布の下に全身を隠そうとした――だが、背中の真ん中あたりに強烈な力が加わり、パニックから心臓の鼓動が速まる中、体が道路上を転がった。

視界が白一色になったため、グレイは息をのんだ。たっぷり一呼吸置いてから、ヘルメットのフェイスシールドが泡で覆われていることに気づく。体の大部分も泡まみれだ。パルが浴びせた泡に違いない。一本の腕が腰に巻き付き、立たせてくれる。

グレイはシールドに付着した泡をぬぐった。

パルがグレイの体を支えていた。「さあ、行くぞ！」

促されるまでもなかった。

消防士は片手でホースを操作しながら、もう片方の手でグレイを引きずった。半ばグレイの体を抱えながらバスケットボールコートの前に差しかかると、パルはソーセージの山に群がるハチにも泡を噴きかけた。

次の瞬間、ホースがゴボゴボと音を立てたかと思うと、大きな弧を描いていた泡が勢いを失い、だらだらとノズルから垂れ始めた。

消防車のタンク内の泡が尽きてしまったに違いない。

パルはホースから手を離し、グレイをしっかりと抱きかかえると、保健センターまで一気に突っ走ろうと身構えた。その時、新たな音が割り込んできた。

甲高いひっきりなしの鳴き声。

二人は左手の方角に目を向けた。野球場のホームベースの後方に毛むくじゃらのテリアが一頭いる。赤いリードをたどっていくと、バックネットの下に小さな男の子が倒れていた。頭がぐったりと傾いていて、唇の端から泡を吹いている。両手足は小刻みに震えていた。

アナフィラキシーショックに陥る一歩手前の状態だ。

グレイはそちらに向かおうとしたが、高さのあるバックネットが行く手を遮っていた。男の子を助けるためには、フェンスが途切れているところまで回り込まなければならない。ここで時間を費やしていると自分の命にも関わるかもしれないが、このまま見捨てるわけにはいかない。

パルがグレイを制止しようとした――助けられっこないと消防士も認識しているのかもしれない。だが、何事かつぶやきながらもグレイと並んで歩き始めた。ゲートは十五メートルほど離れたところにある。

〈これではとても間に合いそうにない〉

すでに男の子の手足は動かなくなっていて、犬の鳴き声もどこか物悲しげな調子に変わっている。

グレイは急ごうとするものの、アドレナリンや強い決意には焼けつくような痛みを和らげる効果がほとんどなかった。足を踏み出すたびに、スズメバチが上空から攻撃を仕掛けてくる。毛布で覆われていないグレイの手足のほとんどはまだたっぷりの泡で覆われていたが、一匹のスズメバチがあきらめることなく濃い泡の中に潜り込み、グレイの左膝の裏のやわらかい部分に針を突き刺した。

新たな苦痛がふくれ上がり、グレイの口から叫び声が漏れる。

すぐ横にいるパルも悲鳴をあげ、腹部を手ではたいた。防火服の上着の隙間から中に入り込んでしまったハチがいるのだろう。あわてたパルが腕を離したので、グレイは倒れた。パルは引きちぎるように上着を脱ぎ捨て、痛みの原因を胸から払い落としたものの、苦痛に耐え切れずに地面に這いつくばった。

二人とも地面に倒れ込んでしまっていた。毒素が回り、グレイの手足は細かい震えが止まらない。グレイは男の子の方に視線を向けた。助けてほしいと、テリアが必死に目で訴えている。

〈許してくれ、もうどうすることも――〉

その時、動きを目にしたグレイは、野球場の内野の方に注意を移した。空から一本の太い影がするすると伸びてきて、ピッチャーマウンドのあたりに垂れ下がっている。

グレイは目をしばたたかせ、目に映る光景を理解しようとした。

〈ロープだ〉

ロープを上にたどっていくと、大きな影が上空に浮かんでいた。ライトを消して飛行しているヘリコプターだ。群れを引き寄せないようにするためだろう。

大柄な人影がロープを伝って降下し、グラウンドに着地した。ブーツをはいた左右の足がピッチャーマウンドの土をしっかりと踏みしめる。マウンド上に仁王立ちした大男の全身はウェットスーツに覆われていて、フードとフェイスマスクを装着しているほか、背中にエアタンクまで背負っている。フェイスマスクのシールドを通して、目の前の状況を不機嫌そうににらみつけている見覚えのある顔が確認できる。

グレイはよく知る人物のいきなりの登場を理解できなかったものの、今は理由を考えている場合ではない。バックネットの方を指差しながら、力を振り絞って叫ぶ。

「コワルスキ！　男の子を頼む！」

午後九時十七分

二十分後、グレイはぴたりと閉ざされた保健センターのガラス扉の奥に立っていた。扉の向こうに広がるのはスズメバチの群れによる襲撃の惨状だ。野球場の外野やサッカー場に横たわる死体は少なくとも十人以上。ここから直接見えないところには、もっと多くの犠牲者がいることだろう。

救援チームがようやく到着し始めたところで、防護服に身を包んだ隊員たちが集結しつつある。しかし、状況は依然として深刻なままだ。スズメバチの群れの濃い影が球技場や人気（ひとけ）のない通りで渦を巻いているほか、そのさらに上空にはもっと大きな黒っぽい塊が浮かんでいる。

コワルスキがグレイのもとに大股で近づいてきた。「医者によれば、あの子は大丈夫だろうということだ。あと、犬もな」

「ありがとう。これ以上はないというタイミングでの到着だったな」

グレイはゴリラのような大男が男の子を肩に担ぎ、犬の首根っこをつかんで持ち上げる様子を思い返した。コワルスキはグレイとパルが保健センターまでたどり着くのにも手を貸してくれた。建物内では地元の医師や看護師のチームが、決して十分とは言えない設備にもかかわらず、懸命に負傷者の治療に当たっている。

すでにコワルスキからはここにやってきた経緯についての説明があった。どうやらペインターはグレイの行く先々で監視の目を光らせていたようだ。いつものグレイだったら、たとえ一定の距離を置いてのことだったとしても、見張られていたと知っていい気はしなかっただろうが、そんな司令官の用心のおかげで男の子が命拾いしたことを考えると、不満を口にするわけにはいかなかった。

「まったく、おまえはトラブルに巻き込まれずにいることができないのかよ」コワルスキが言った。大男はすでにハチから身を守るためのウェットスーツを脱ぎ、その下に着ていた膝丈の半ズボンにトミーバハマのシャツという格好だ。コワルスキは不機嫌そうな顔で服を指差した。「マリアと一緒にフォーシーズンズでのディナーとしゃれこもうとしたら、おまえを危機一髪から救ってくれという連絡が入ったんだ」

コワルスキは見張りの任務をハワイでの有給休暇代わりにしようと考えていたらしく、

ジョージア州出身の遺伝学者でかつてシグマに協力してくれたガールフレンドのマリア・クランドールも連れてきていたようだ。二人はまさに美女と野獣の組み合わせだが、マリアの研究対象がネアンデルタール人だということを考えると、お似合いのカップルなのかもしれない。

「もっとも、これはこれでよかったのかもしれないな。マリアはローフードを出すレストランに行きたがっていたんだ」コワルスキは首を左右に振った。「ろくに火を通していない料理を食べさせるような店に行って金を払うなんて、どうかしてるぜ。まともなやつが行くところじゃないな」

「だったら、おまえにぴったりだと思うけどな」

コワルスキが太い眉を寄せた。「おい、それはどういう意味――」

事務室から二人の男性が近づいてきたので、やり取りはそこまでになった。消防士のハニ・パルと、署長のベンジャミン・レナードだ。

パルは耐火仕様の上着を脱いでいたが、真っ赤なサスペンダーで吊るしたぶかぶかの黄色いズボンははいたままだ。ハワイ系の男性はコワルスキの背中をポンと叩いた。二人を見ていると腹違いの兄弟なのではないかと思えてくる。パルはコワルスキと肩を並べるほどの背丈で、どちらも身長は二メートル近くある。二人とも髪は黒で、スキンヘッドの一歩手前の短さにまで刈り込んでいる。ただし、消防士の方が顔の輪郭は丸みを帯びていて、顔面の傷跡の数も少ない。

態度の面では二人は正反対だった。

パルは大きな笑みを絶やすことがほとんどなく、それはこの深刻な状況下でも変わらない。一方、コワルスキは常にしかめっ面で、今この瞬間にも最悪の事態が勃発すると覚悟しているかのようだ。

レナード署長がグレイに歩み寄り、携帯電話を差し出した。「君に電話だ。クロウ司令官から」

「ありがとう」グレイは電話を受け取り、三人から一メートルほど離れた。自分がここにいるとペインターが突き止めたことは、もはや驚くに値しない。

グレイは電話を耳に当てた。「それで、どんな状況なんですか？」

「君からそれを教えてもらおうと思っていたんだが……少なくとも、そこで起きていることに関して。どうやら今回の攻撃目標はマウイ島だけではなかったようだ。ホノルルも襲撃されたほか、ハワイ島のヒロも同様だ」

グレイはガラス扉の向こうに目を向け、あのような強い毒を持つスズメバチの大群が二つの島の人口密集地に襲いかかる様を想像した。

「キャットはカウアイ島のリフエも攻撃目標だった可能性があると考えている。ただし、強風を伴った突然の大雨で群れが海に流され、被害を免れたようだ」

「それなら、どうしてリフエが狙われたとわかるんですか？」

「町からそれほど遠くない砂浜にセスナが一機、打ち上げられた。操縦士はいなかった」

「セスナＴＴｘですね？」

「そういうことだ」

それが何を意味するのか、ペインターから言われるまでもなかった。グレイは九カ月という長い時間を経た後でも、司令官の思考リズムに合わせられる自分に驚いていた。また、司令官がまだ何かを明かしていないことに気づき、その内容についても察しがつき始めていた。

「マウイ島内でほかに攻撃を受けた場所は？」グレイは訊ねた。

「いいや、ハナだけだ」

グレイはこの情報を考慮した。マウイ島には国際空港のあるカフルイや、島の反対側に位置する観光客に人気の地域など、もっと人口の密集している場所がある。

「どうしてハナのような小さな町だけを攻撃したのでしょうか？」グレイは疑問を口にした。

「いいところを突いてきたな」

グレイは砂浜に向かって飛行する三機のセスナを思い返した。真ん中の一機はレッドサンドビーチに真っ直ぐ突っ込んできた。

「単にハナをターゲットにしていたのでなければ」グレイは不意に思い当たった。「同時に俺たちを始末しようと目論んでいた可能性がある」

〈一石二鳥というやつだ〉

グレイは扉の向こうに散らばる死体に目を向けた。

〈あの人たちはみんな、俺のせいで死んだのか?〉

「我々も同じように考えている」ペインターが認めた。「その通りだとすれば、君たちがそこにいると知っていた人物がいたことになる。君たちがあの砂浜にいることを直接その目で確認できるような距離に」

グレイは心の中で「しまった」と声をあげた。

〈俺たちが生き延びたことを連中が知ったとすれば……〉

グレイは視線を南に向けた。あそこに一人きりでいるのは……

〈セイチャン……〉

8

五月六日　ハワイ・アリューシャン標準時午後九時三十三分
マウイ島ハナ

古いコテージのポーチから、セイチャンは侵入者が音もなく柵の隙間を抜け、庭の通路に移動する様子を監視していた。相手は影の中でも最も濃い部分を選んでいるので、かすかな動きしか見えないが、短い歩幅で足早に近づいてくる。獲物の追い方を熟知している身のこなしだ。

セイチャンは戸口の近くで待ち続けた。

今夜はずっと、この訪問があることを予期していた。

セイチャンはそっと片膝を突いた。相手の警戒心を高めたくない。

侵入者が低い姿勢でポーチの段の下に達し、一時的にセイチャンの視界から消える。

〈さあ、早くおいで〉

その思いが聞こえたかのように、跳びはねた影が板張りのポーチの上に軽々と着地した。ブラインドを下ろしたキッチンの窓から漏れるかすかな明かりを反射して、二つの目が輝いている。その目がセイチャンのことをじっと見つめる。

「そろそろ来ると思っていた」セイチャンは来客にささやいた。

悲しげな鳴き声がその呼びかけに答える。

セイチャンは細かく刻んだマグロを盛った皿をポーチに置いた。

黒ネコは差し出された餌を見て、顔をそむけた。長い脚を伸ばし、前足を開き、無関心を装う。

「これで全部だからね」

もう少しだけためらいを見せた後、メスネコはしっぽを一振りして近づいてきた。皿のにおいを嗅ぎ、食べ物を鼻先でつついてから、最初はおそるおそるといった様子だったが、やがて勢いよく食べ始めた。

セイチャンは慎重に手を前に伸ばし、指先で頭のてっぺんをかいてやった。低いうなり声をあげながらも、ネコは食べるのをやめようとしない。間違いなく野良ネコだが、セイチャンはこの三カ月間、相手の警戒心を解きながら近くまで来させようとしていた。見たところ乳腺が腫れているから、このあたりのどこかに子ネコたちが隠れているものと思われる。

　グレイからは野良ネコに餌をやってはいけないと叱られた。この島では野良ネコの数が増え、そのせいで多くの鳥の種が絶滅の危機にさらされるなどの被害が出ているという。

　セイチャンはグレイの忠告を無視した。ストリートチルドレンとしての暮らしがどのようなものかは、孤児院を脱走した後に身をもって経験している。この野良ネコと同じように、住む家はなく、生きるためなら何でもしなければならなかった。やがてギルドに見出され、ストリートチルドレンとしての技術を殺しの目的として磨くための訓練を受けることになった。

　セイチャンは腹を空かせたネコを見つめた。もはやギルドから自由の身になったとはいえ、自分の中のどこかに過去から完全には逃れることのできない部分がある。だからセイチャンは野良ネコに餌をやりながらも、そうした行為の裏に潜むより深い動機に目をつぶろうとしている。

〈グレイも心の葛藤（かっとう）を抱えている〉

　父親を亡くした後、グレイにはこうして現実世界から逃避する必要があった。父親の人生を終わらせるうえで——誇り高き男性を無用な苦しみと尊厳の喪失から救ううえで、自らが果たした役割については受け入れている一方で、グレイがまだ何かを気に病んでいることはセイチャンも感じ取っていた。遠くをうつろな目で見つめていることが何度もあった。グレイが父親の話をすることは一度もなかったが、父親の亡霊から逃れることもできずにいた。夜、眠れずに何度も寝返りを打ったり、こっそりベッドを抜け出して一人ポーチで座っていたりするグレイを見たことも、一度や二度ではなかった。

そんな時、セイチャンはグレイの一人きりの時間を尊重した。

ため息を一つつくと、セイチャンは立ち上がり、ネコが餌を食べ終わるまでそっとしておくことにした。二の腕をさすりながら、刺されたあたりにまだ残る麻痺したような感覚を取り除こうとする。腕に火がついたような熱さは治まったものの、眉間の鈍痛は消えない。ただし、この痛みは緊張によるもので、ハチの毒による影響ではなかった。

セイチャンは北を眺めた。不安の原因はあの方角にある。

〈どうしてこんなに時間がかかっているのだろう?〉

ハナの保健センターに着いたグレイからはさっき連絡があり、無事だと知らされた。しかし、それから音沙汰がない。小さな町は混乱した状況にあるため、コテージから出ないようにとの注意を受けた。ジョー・コワルスキが思いがけなく登場したという話だから、きっとグレイはワシントンのシグマ司令部と連携を取っているところなのだろう。

それでも、セイチャンは神経質になっていた。最新情報を待ち望んでいた。

少し前に、ハナの町の方から聞こえていた遠いサイレンの音も鳴りやんでいたが、その後の静けさはセイチャンの不安をかえって募らせた。

セイチャンは裸足のままコテージのポーチの手すりまで歩いた。寄りかかると木のきしむ音がする。管理人の話では、コテージが建てられたのは一九四〇年代半ばのことで、このあたりに最後まで残っていたサトウキビのプランテーションが閉鎖になった頃だという。藁葺(わらぶ)き屋根の建物はハイウェイから百メートルほど離れていて、溶岩でできた断崖の上に位置している。木造のコテージは高床式で、近くの森から伐採した太い竹が床下の支柱として使用されていた。室内の調度品もこのあたりに自生するコアから造られたものだ。年代とともに艶が出て、輝いているかのように見える。

何事もない平和なこの三カ月間、グレイとセイチャンは周囲の四十万平方メートルの土地を独り占めにしていた。敷地内のほとんどは人の手が入っておらず、ハワイの手つかずの自然が残っているが、ポーチからそれほど遠くないところでも見上げるような高さのヤシの間にパパイヤやバナナの木々が育つ楽園のような景色が広がっている。赤いジンジャー、黄色いプルメリア、ピンク色のハイビスカスの花をはじめとして、野生の草花があちこちに生い茂っている。

セイチャンの視線が近くのマンゴーの木から垂れ下がる木製のブランコに留まった。グレイと二人で何時間もブランコに腰掛けては、薄暮が夜に移り変わるのを眺めながら、それぞれ物思いにふけったものだった。

セイチャンは夜の香りを胸いっぱいに吸い込んだ。

このコテージにいると故郷のヴェトナムの小さな村にあった家を思い出す。森を構成する木々は異なるけれども、時の流れを超越した雰囲気と、自然と一つになれる感覚には、どこか共通するものがあり、それが子供時代の記憶を呼び覚ますのだ。セイチャンの指が知らず知らずのうちに喉元の小さな竜のペンダントに触れた。これは母からの贈り物だ。母が自分の人生から奪われる前のこと。あの頃、セイチャンは愛されていた。愛があふれていたおかげで、母と暮らしていた小さなあばら家は魔法のような素敵な場所だった。

このコテージが本当の家のように感じられる理由は、そこなのかもしれない。

セイチャンはブランコを見つめながら、並んで座るグレイが指を絡めてきた時のことを思い出した。

グレイのおかげで、ここが本当の家のように感じられる。

セイチャンは再び歩き始めた。心の動揺から、何もかもが間もなく終わりを迎えるという予感から、逃れることができない。セイチャンが疑問を抱いているのはグレイの愛に対してではない。自分がこの先も彼の愛を受け入れ続けられるのか、そのことに疑問を抱いているのだ。旅行中は素敵な日々の連続だった。ほかの人と一緒の時間を過ごすことがこんなにも楽しいとは、想像すらしていなかった。しかし、それと同時に、まるで夢のような旅路でもあり、いずれは目覚めなければならないものでもあった。

〈そして目覚めた後は?〉

現実世界の厳しさのもとでも、これは続くのだろうか?　あるいは、続くべきなのだろうか？

うなりを耳にして、セイチャンはネコの方を振り返った。

「文句を言わないの。餌はそれで――」

ネコは皿に背を向け、ヤシの森の方を見ていた。喉の奥からの絞り出すようなうなり声が威嚇を表す「シャー」という鳴き声に変わり、ネコは警戒して腹這いに近い姿勢を取った。

セイチャンも野良ネコにならってうずくまった。キッチンの窓から漏れる光が届かないところに移動する。

〈誰かが近くにいる〉

九時三十八分

グレイが電話をかけるのはこれで三度目だった。保健センターの事務室にこもり、固定電話を借りてセイチャンと連絡を取ろうとしているところだ。コテージは辺鄙（へんぴ）な場所にあって携帯電話の電波が届かないため、通信手段が限られてしまっている。

回線がつながって呼び出し音が一回鳴った――すぐに無音の状態になる。

グレイは叩きつけるように受話器を戻した。

少し前はセイチャンに電話が通じたのだが、緊急事態の発生でこのあたりの回線がついにパンクしてしまったのだろう。アメリカを離れる時に衛星電話を置いてきたことが悔やまれるが、あれはシグマの支給品だ。あの時は誰にも知られることなく行動したいと思っていたし、衛星電話は居場所を突き止めるために使用されるおそれがあった。

〈そんな用心も意味がなかったわけか〉

グレイは事務室の扉の外にいるコワルスキの方を見た。衛星電話を使わなくても、ペインターにはグレイの動きを追う方法があったのだ。

電話をかけ続けても無駄だと判断すると、グレイはロビーに戻った。出てきたグレイに気づき、コワルスキが寄りかかっていた壁から離れた。火のついていない葉巻を奥歯に挟んでくわえている。受付のデスクの後ろに座る体格のいい看護師が、私の目の前で火をつけられるものならつけてみろと言わんばかりの険しい目つきでにらんでいた。

グレイは対峙（たいじ）する二人の間に割って入った。「彼女に連絡がつかない。バイクを回収して様子を見にいってくる」

「心配しすぎじゃないのか」コワルスキが不満そうに返した。「それにトラブルが起きたとしても、彼女のことだから自分で対応できるだろう」

グレイはどちらの意見もおそらく正しいとは思ったものの、このまま放っておくわけにもいかなかった。今回の攻撃の一環として自分とセイチャンが具体的なターゲットになっていたのだとすれば、その余波には二人揃って向き合わなければならない。

「俺が彼女の様子を確認してくる間、おまえはここで待っていてくれ」正面の入口近くに見覚えのある大きな姿を認めたグレイは、その男性のもとに歩み寄った。「パル、君の仲間で俺のサイズに合う装備を持っている人はいないか？　上着と、あとできればズボンも」

パルはグレイの意図を理解したようだ。「また外に出るつもりなんだな？」

「友人がトラブルに見舞われているかもしれない」

「わかった、だったら俺も一緒に行こう」

「申し出はありがたいが、バイクには君を乗せる余裕がないと思う」

「誰があんたのちっちゃなバイクに乗るって言ったんだ？」パルが腕を持ち上げると、指先にいくつもの鍵をまとめたキーチェーンがぶら下がっている。「もっといい乗り物があるぞ」

大柄なハワイ系の男性が顎をしゃくった先を見ると、入口から数メートル離れたところに明るい黄色のＳＵＶが停まっていた。側面の扉には「消防署長」の文字が記してある。上司の車なのは一目瞭然だが、署長はラジオ局のインタビューを受けているところで手が離せない。

「それに俺は近道を知っている」パルは付け加えた。「すぐにそこまで送り届けてやるよ」

グレイはうなずき、その申し出をありがたく受け入れた。「だったら行こう」

肩のすぐ後ろからぶっきらぼうな調子の声が聞こえ、グレイははっとした。いつの間にかコワルスキがすぐそばまで来ていた。あれだけ大きな図体をしているくせに、音も立てずに近づいてくるとは驚きだ。「彼が行くなら、俺も行くぜ」

パルが肩をすくめた。「かまわないぜ」

「わかったよ」グレイは扉に向かって手を振った。「みんなで行くぞ」

コワルスキが葉巻に火をつけ、デスクの後ろの看護師をにらみ返した。そのやり取りが終わると、三人はガラス扉から走り出し、入口のすぐ外に置かれたバーベキューセットからもうもうと立ち昇る煙の中を駆け抜けた。強烈なにおいのする煙幕は、まだ外で飛び交うスズメバチ除けの効果を狙ったものだ。

少なくとも、攻撃のピークは過ぎ去ったらしい。夜空には星が瞬いている。群れの大部分はハレアカラ山――マウイ島の半分を構成する火山の北東側山腹に広がる深い熱帯雨林へと移動していた。差し迫った危険はなくなりつつあるものの、グレイはこれが氷山の一角にすぎないのではないかと案じた。

だが、その脅威への対応は後回しにしなければならない。

三人はレナード署長の車――サイレンと警告灯を備えたフォードSUVに乗り込んだ。パルが運転席に座り、グレイは助手席に乗る。コワルスキは後部座席に深々と腰掛けた。

パルがエンジンをかけると、車は走り始めた。

耳のすぐ近くで聞き覚えのある羽音がする。グレイは首をすくめ、音の方を振り返った。大きなスズメバチが一匹、グレイのすぐ後ろの窓の内側に止まったかと思うと、よじ登り始めた。

コワルスキが葉巻を手に取り、火のついた先端をスズメバチに押し当てた。ジュッという音とともに、ハチの体がつぶれる。コワルスキは何事もなかったかのように再び葉巻をくわえた。

グレイは助手席に座り直した。

〈まあ、この男も一緒にいると役に立つかもしれない〉

午後九時四十四分

低い姿勢でうずくまるセイチャンは、黒ネコがコテージのポーチの段を駆け下り、花を咲かせた近くの茂みに消える様子を目で追った。だが、自分にはその選択肢はない。少なくとも、今の段階では。外にいる何者かは、すでにコテージを包囲しているという前提で行動しなければならない。

セイチャンは選択肢を考慮した。

「影」か「火」か。

追い詰められた時の手段として、ギルドからはこの二つのやり方を厳しく教え込まれた。冷静さを失うことなく、「影」のように密かに行動して敵の目を欺き、罠をすり抜ける。あるいは、アドレナリンに「火」をつけて真っ向から勝負を挑み、強引に罠を突破する。

あいにく、セイチャンには力ずくでここから脱出するだけの火力がなかった。グレイと一緒に気の向くまま、国から国へと移動する旅では、武器を持ち運ぶことができなかった。民間人としての旅行なので、税関の目を逃れる術がなかったし、一カ所の滞在時間が短いためにブラックマーケットを通じて武器を手配するような手間をかける必要も感じなかった。

ただし、丸腰というわけでもなかった。レザーロールにくるんだダガーナイフと投げナイフが数本ずつに、手頃な大きさの中華包丁が一本ある。そのコレクションに疑問を抱いた税関職員は一人だけしかいなかった。刃物を何本も揃えている理由として、セイチャンはフリーランスのシェフを自称し、その証拠としてル・コルドン・ブルーの偽の料理ディプロムも携帯していた。

残念ながら、ナイフを置いてあるのはコテージの奥の寝室だし、建物に入るためにわざわざ敵に姿をさらすわけにもいかない。

そうなると、影の作戦を進めるしか選択の余地はない。

セイチャンは一呼吸する間に以上の決断を下した——次の呼吸の時には、もう行動に移っていた。

9

五月六日　ハワイ・アリューシャン標準時午後九時四十五分
マウイ島ハナ

「あの女の姿は見えるか？」

波が打ち寄せる断崖上で、伊藤正博（いとうまさひろ）は藁葺き屋根のコテージの周囲で配置に就いた下忍（げにん）たちの報告に聞き入っていた。攻撃部隊がフロート付きのボートで到着したのは十五分前のことだ。見られることなく密かに接近するため、オールで漕いで海岸までたどり着き、明かりを使わずに走り、目的地から北に五十メートルの地点の断崖をよじ登った。

正博はターゲットを警戒させてしまった部下のことを心の中で罵（ののし）った。姿を隠したまま、アメリカ人が戻ってくるまで待機するように命令しておいたのに。祖父は女と兵士の二人が、今夜のうちに始末されることを望んでいた。

しかし、今や状況は変わってしまった。ターゲット——ヨーロッパとアジアの血が混じっていて、「影」を裏切った女は、部隊が配置に就いた時には消えていた。その少し前まで、女はネコに餌をやっていたようだが、いつの間にかポーチから姿をくらましてしまったのだ。不意を突いての攻撃ができなくなったため、これ以上待機を続けるわけにはいかない。パートナーに待ち伏せのことを知らせないうちに、あの女を片付けなければならなくなった。

「いいえ、伊藤中忍（ちゅうにん）」無線を通じて正博の副官が答えた。「誰も女を確認できていません」

正博は歯を食いしばった。

五人の部下はいずれもかつての「影」の殺し屋で、組織が壊滅した後に祖父の手によって集められた。組織が音を立てて崩れていく中、世界規模での粛清を生き延びたエシェロン――「影」の幹部はほとんどいなかった。正博の知る限りでは、摘発を逃れることができたのは祖父だけだ。

〈九十歳の高齢男性を危険な存在だと見なす者はいなかった〉

だが、それは判断ミスだった。

「影」が崩壊した時、祖父は正博を守った。孫を人目につかない場所に隠したのではない。より注目を集める立場に押し上げたのだ。正博は何十年も前に祖父が創設したフェニックス研究所の研究開発部門の副代表に就任した。取締役の一人にも任命された。

その一方で、祖父は正博に対して、取締役会の知らない別の任務を割り当てた。組織の壊滅後、各地に散らばった「影」の実動部隊――下忍たちを密かに再結集すること。正博は彼らを指揮下に置き、小規模ながらもより危険な部隊を築くことになった。

祖父の導きに従って、正博はこの新しいチームを、封建時代の日本の秘密の戦士で、後に「忍者」の呼び名で一般の人たちにも知られるようになる「忍び」の集団を手本にして構成した。祖父の伊藤隆志は、日本が最も輝いていた昔ながらのやり方を信じている。九十歳を超える年齢にもかかわらず、祖父はこの新しい部隊のリーダー――上忍(じょうにん)の地位にある。正博はそれに次ぐ中忍の地位を与えられた。すべての下忍は正博から直接の指示を受ける。

これは効率的な組織の運営方法で、忍びの世界では何百年にもわたって用いられていた。古式ゆかしい訓練方法も尊重され、正博に仕える下忍たちの技術を磨くために採用されている。

目的遂行のために、正博は背中の鞘(さや)に伝統的な忍刀(しのびがたな)を収めていた。また、腰には鎖鎌も巻き付けてある。

これらは忍びが用いていた古い武器だが、正博は最新技術を取り入れた装備も揃えていた。彼と部下たちは濃い緑色の迷彩服の下にケブラーの防弾チョッキを着ているほか、サイレンサーと暗視スコープ付きの短銃身のミネベア9mm(ミリ)機関拳銃を携帯している。

その一方で、攻撃部隊は各自が日本の伝統的な手ぬぐいを巻いて顔を隠していた。手ぬぐいはベルト、または素早くよじ登るためのロープの代用にもなる。

正博は手ぬぐいの位置を上にずらし、鼻を覆った。

〈女はどこにいる？〉

いらだちが募る中、正博はこれ以上は待てないと判断した。

「ただちに距離を詰めよ」正博は命令した。「発見次第、殺せ」

午後九時四十七分

セイチャンは樹齢百年のマンゴーの木の葉陰でうずくまっていた。頭上には十数メートルにわたって樹冠が広がっていて、その下にいちだんと濃い影を作り出している。セイチャンが裸足で乗っているのは、自分の太腿くらいの太さのある枝の上だ。

敵の気配を感じた直後、セイチャンはもろくなった木材に触れないように注意しながら、ポーチの手すりを跳び越えた。敵が暗視スコープまたは赤外線機能の付いた装備を使用していると想定して、ポーチの下に転がり込み、コテージの床下の支柱の間を抜けた。太い木の柱を利用して姿を隠しながら移動し、庭の最も植物が密生している一角に飛び出すと、低い姿勢で走りながらいちばん手近な木によじ登り、高い地点を確保したのだった。

セイチャンは敵の注意がコテージか地上に向けられているはずだと読んでいた。

〈上には向けられていないことを期待するしかない〉

セイチャンは枝の上で身動き一つせずにいた。動くものがあるとすれば、音もなく鼻から吸い込み、吐き出している空気だけだ。その時、乾いた木の葉のこすれる音がセイチャンの注意を引いた。真下の広い葉陰の間を、ひときわ濃い影が静かに移動している。機をうかがいながら、セイチャンは周囲にほかの人影を探した。

誰もいない。

この新たな情報に基づき、セイチャンは敵の戦闘員の配置を見極めようとした。コテージを包囲するように展開するためには、五人から七人が必要という計算になる。

厳しい数字だが、過去にはもっと分の悪い状況に対応したこともある。

もちろん、その時には武器を持っていた――マンゴーの実のほかにも。

〈あるもので何とかしなければ〉

セイチャンは熟した実を左の方にそっと投げた。

下の敵が片目を銃の暗視スコープに当て、その方角に素早く体をひねった。相手の背中がこちら側に向いているのを見ながら、セイチャンは自分が乗っている枝から垂れ下がるロープに手を伸ばした。ロープの先にはグレイと一緒に乗ってぼんやりと何時間も過ごした古いブランコがある。セイチャンがロープを引っ張ると、ブランコが斜めに傾きながら持ち上がる。

　敵がこちらに向き直るより先に、セイチャンは静かに枝から飛び下りた。落下しながら輪にしたロープを男の首に引っかける——続いて傾いたブランコの上に両足で着地した。セイチャンの体重が加わったことで、敵の首に回したロープがきつく締まる。ブランコの上でバランスを取りながら、セイチャンは体をひねって男の頭をつかむと、ロープがやり損ねた作業を完了させた。

　首の骨が折れ、男の体から力が抜ける。

　セイチャンはブランコから飛び下り、男の武器を回収した。

「影」の戦法はここで終わり。

　セイチャンはサブマシンガンを構えた。

　ここからは「火」の時間だ。

午後九時五十二分

　立て続けの銃声を耳にして、正博はコテージの方に注意を向けた。攻撃が始まったのだ。サイレンサーを装着した銃声は、拍手よりも少し大きな音くらいにしか聞こえない。

正博は断崖上の持ち場から移動を開始した。

部下たちがようやく女を隠れ場所から引きずり出したに違いない。

〈あとは時間の問題……〉

夜の世界に静けさが戻り、正博は耳を澄ました。二呼吸する間、後方の断崖下の海岸に打ち寄せるかすかな波の音だけが聞こえる。次の瞬間、再び銃声が響き渡った。新たな方角からで、さっきよりも自分の居場所に近い。

正博の心に疑念が浮かび上がった。その場にうずくまり、口を覆った手ぬぐいの下に隠れたマイクに触れる。「状況を報告せよ」

答えを待つうちに、心臓の鼓動が大きくなる。明らかに何かがおかしい。

みたび聞こえてきた銃声が、その思いをさらに強める。

その時、副官の次郎から無線で連絡が入った。息を切らしていて、その声は張り詰めている。「女は武器を手に入れました。こちらの犠牲は三人」

通話を遮るさらなる銃声に続いて、甲高い苦しげな悲鳴が聞こえた。

これで四人……

正博の胸に激しい怒りが湧き上がった。

再び次郎が口を開いた。かなり声を落としている。「伊藤中忍、あなたはボートまで退くのがよろしいかと思います」

正博が提案を拒むよりも早く、新たな声が無線を通して聞こえてきた。落ち着き払った、どこか官能的な響きのある声で、非の打ちどころのない日本語だ。「それよりも、私がそっちに行くまで待っていてくれない？」

正博は武器を握る手に力を込めた。女が部下から奪ったのは武器だけではなかったようだ。

女が挑発を続ける。「それとも、あんたはとんだ腰抜け野郎なの？」

正博は侮蔑（ぶべつ）の言葉に憤慨した。自分は臆病者ではない。けれども、性急な行動を起こすように女がそそのかしているのだともわかっている。正博は大きく深呼吸をしてから、落ち着いた声で返事をした。

「ボートを確保しておまえを待つことにする、次郎」

「承知しました。必ず女を見つけます」

その意思表明に対して、女は鼻を鳴らして笑った。「そういうことなら、やってごらん」

午後九時五十六分

セイチャンはヤシの木を背にして立ち、二人のやり取りが終わるのを待っていた。両目を閉じ、盗んだ無線のイヤホンはすでに外して手に持っている。次郎の最後のささやき声は左手の方角から聞こえてきた。

通話への乱入で敵の動揺を誘ったり、大きな反応を引き出したりすることには失敗したものの、森の中に潜む相手の大まかな居場所はつかむことができた。敵がボートを使ってここまでやってきたことはすでに織り込み済みで、上陸地点はおそらくコテージよりも北の海岸だろう。南側の海岸線は険しい岩場が連なっているし、打ち寄せる波も荒い。

セイチャンはリーダーの男が海から脱出する前に、自分が敵の上陸地点に先回りできる可能性を考慮した。相手の不意を突き、さらにはこのあたりの地形に関する知識を生かして、一味のうちの四人までは楽に片付けることができたが、立ちはだかる最後のターゲット——次郎とかいう名前の男は、警戒しながら待ち構えていることだろう。

〈そういうことなら仕方がない〉

セイチャンは逃げられる前にリーダーを捕まえることは無理だと判断し、次郎の生け捕りに全神経を集中させた。尋問をする際には、コテージのナイトテーブルの上に置いてあるナイフが役に立つだろう。

〈口を割らせてみせる〉

セイチャンは左手の方角に進み、枝を揺らすことなく藪(やぶ)を通り抜けた。時々立ち止まっては、銃の暗視スコープを使用する。のぞくたびに、周囲の地形が灰色の濃淡の中に明るく浮かび上がる。耳を澄まして、木のきしむ音、葉のこすれる音、枝の折れる音を聞き漏らすまいとする。

新しい土地を訪れた時にはいつも必ずするように、セイチャンは敷地内のすべてを記憶していた。長い年月の間に、これは呼吸をするのと同じような当たり前の行動になっている。セイチャンはすべての茂みや木や石の位置を把握していた。そのため、四十メートルほど左手のパパイヤの木々の間に大きな岩らしきものを見つけた時、それがその場所にあるはずのないものだということをすぐに見抜いた。

セイチャンはハイビスカスの茂みの陰で片膝を突き、狙いを定め、目標の真ん中に向かって二発の銃弾を撃ち込んだ。できれば頭を撃ちたくないと考えたからだ。暗視スコープでのぞいたまま、結果を確認する。銃弾が迷彩柄の布地を引き裂き、ターゲットが倒れた——だが、その正体は枝を交差させて作った抜け殻だった。

囮（おとり）だ。

悪態をつきたくなる気持ちをこらえながら、セイチャンは右手に飛びのいた。一斉射撃の銃弾を浴びてハイビスカスの茂みが吹き飛ぶ。セイチャンは肩から着地し、体を一回転させるとすぐさま立ち上がった。走りながら、襲撃者がいる方角に向かってサブマシンガンを乱射する。命中させられるとは期待していない。敵を物陰に追いやるのが目的だ。

セイチャンは逃げながら自らに怒りをぶつけた。これ以上、相手を甘く見るようなことがあってはならない。セイチャンは狡猾な敵を生け捕りにするという考えを捨てた。強敵と対峙した時、確実な方法は一つしかない。

相手を殺すこと。さもなければ、自分が殺される。

あいにく、セイチャンはこの場で繰り広げられている勝負の全貌を十分に把握できていなかった。

地表から露出した火山岩を走りながら回り込んだ時、その向こう側に人影が待ち構えていることに気づいた。相手の持つ武器の銃口が自分の胸に向けられている。すべては罠だった。この場所に追い込むことが最初から敵の狙いだったのだ。セイチャンは目の前の男が次郎ではないと瞬時に悟った。

こいつはリーダーだ。

ボートに逃げ帰ったわけではなかったのだ。

セイチャンは覆面の下でほくそ笑む相手の顔を想像した——同時に、銃口が火を噴いた。

午後十時二分

正博は殺しの喜びを噛みしめた。

残念ながら、それを楽しむのは早すぎた。視界に飛び込んできてもなお、女は動きを止めない。その勢いを利用して体をひねり、両腕を高く上げて横向きの体勢になる。腹部に当たるはずだった最初の数発は、女のブラウスの布地を引き裂いただけに終わった。

正博が狙いを定め直すよりも早く、女は腕を振り下ろした。盗まれたサブマシンガンの銃床（じゅうしょう）が正博の手首を直撃する。激しい痛みに正博は武器を手放してしまった。

彼にとって幸運だったことに、その衝撃で女の手からも武器が落ちた。

二人の視線が合ったのは、一呼吸する間もなかった――二人は同時に行動を起こした。女は武器を回収しようと姿勢を落としながら、回し蹴りを繰り出した。正博は後方に飛びのいて攻撃をかわし、肩の後ろの鞘に収めた刀の柄を握った。

女がサブマシンガンを拾い上げると同時に、正博は鞘から短い刀を抜き、女の顔面を目がけて払った。女がぎりぎりのところで体をそらしたため、刃先は相手の鼻先で空を切った。

女の血が流れることはなかったものの、打撃を与えることはできた。

正博は忍びの術を取り入れ、鞘の先端に強力な刺激物を入れていた。かつての忍びは敵の動きを封じるためにトウガラシの粉末を用いたという。正博は細かく挽（ひ）いたブート・ジョロキアと粉末の漂白剤という新たな組み合わせを採用している。

その効果はたちどころに現れた。

飛び散った粉が目に入ると、女がはっと息をのんだ。そのとっさの反応で刺激物が鼻から肺に吸い込まれる。

女は銃を乱射し、激しくむせて咳き込みながら後退した。

正博は岩陰に身を隠し、女が弾を撃ち尽くすまで待った。銃声が鳴りやむと、自身の武器を回収して追跡を開始する。正博はこの獲物を自らの手で始末するつもりでいた。

だが、相当な苦痛のはずなのに、女の走りは依然としてかなり速い。

数メートルも進まないうちに、森の中から人影が飛び出し、正博に並んだ。

次郎だ。

正博は逃げる女を指差し、二人でその後を追った。二人とも、殺しの瞬間を待ちわびている。

視界を奪われ、呼吸もままならないあの女が、逃げ切れるはずはない。

午後十時四分

セイチャンは左右の目から涙を流しながら走っていた。両腕を前に突き出して進み続ける。息をつくたびに肺が焼ける。目は二個の燃える石炭が頭蓋骨にはめ込まれているかのごとく熱い。

山火事の中を走り抜けているかのように感じる。

ただし、目に映る森は真っ暗で、涙でぼやけている。

肩が太い木の幹にぶつかり、セイチャンは横にはじき飛ばされた。その衝撃を吸収し、無理に逆らわないことでバランスを保ち続ける。転ぶわけにはいかなかった。後方から木の枝の折れる音や追っ手の足音が聞こえてくる。

痛みと涙をこらえながら、セイチャンは前方の暗がりに見えるぼんやりとした輝きに、夜の闇を照らす導きの光に意識を集中させた。明かりが漏れるコテージの窓だ。あの場所までたどり着き、何とかしてナイフを、可能ならば目の痛みを和らげる薬を確保するための時間を稼ぐ必要がある。

ほかに選択肢はない。

セイチャンは一歩ずつ足を踏み出すことだけを考えながら、その光に向かって疾走した。海から吹き寄せる風と地面の勾配も、目的地までの道筋を示してくれる。枝の先端や棘が体に刺さる。火山岩から成る尖(とが)った大地が足の裏を傷つける。それでも、追っ手が迫りくる中、セイチャンはなおも速度を上げようとした。

今にも銃弾が背中に撃ち込まれるのではないかと思うと気が気ではない。

ようやく周囲が開けた。走りを妨げていた茂みや低い枝が姿を消す。森を抜け、コテージの庭に入ったに違いない。手招きをするかのように輝くキッチンの明かりは、セイチャンの腫れ上がった目には太陽の光のようにまぶしく見える。

〈あと少し〉

その時、周囲がまばゆい光に包まれた。

コテージの反対側を回り込みながら二本の強烈な光が差し込み、真っ直ぐセイチャンの方に近づいてくる。

まぶしさに目がくらみ、セイチャンは車のヘッドライトを浴びたシカのように動きを止めた。

〈ヘッドライト……〉

思いもよらないほどの大きな声が、彼女に呼びかける。

「セイチャン！　伏せろ！」

セイチャンは心をつなぎとめてくれる男性を信じて、その声に従った。光の方に数歩よろめいた後、地面に腹這いになる。二本のまばゆい光が近づき、彼女の体を照らす。通過する大型車両が巻き起こす風で、裂けたブラウスがはためく。車が走り去った後に、排気ガスのにおいが残る。

後方から銃声が鳴り響いた。

それに続いて、金属が人間にぶつかる鈍い音。

疲労と苦痛から動くことができず、セイチャンはしばらく横たわっていた。

車の扉が勢いよく開き、人影が体の脇に片膝を突いた。

「大丈夫か？」グレイが訊ねた。

「今はね」セイチャンはうめき声とともに体の向きを変えた。グレイの顔をほとんど識別できない。「二人とも……片付けたの？」

「一人だけだ。ぶつかる寸前に、男がもう一人を脇に突き飛ばした」

その光景を思い浮かべたセイチャンは、それが何を意味するのかを理解した。

〈次郎が自らを犠牲にしてリーダーの命を救った〉

「コワルスキが後を追ったが、もう一人は暗闇に紛れて消えてしまった。見つけられなかったとしても、そいつが戻ってくることはないはずだ」

セイチャンは森の方を眺めた。

〈少なくとも、今のところは〉

午後十時十二分

正博はフロート付きのボートを飛ばして海岸を後にしていた。火山岩の半島を回り込み、コテージのある断崖から直接姿を見られない位置に到達する。すでに無線で水上機に対して落ち合う場所の連絡を入れてあり、この島々から離れる準備は手配済みだ。

正博はため息をつきながら海岸の方を振り返った。

バイオテロは計画通りに進行した。例外はカウアイ島だけで、そこでは突然の豪雨が作戦遂行の妨げになってしまった。それを除けば、ほかの島々ではすべてが動き始めていて、何をもってしてもこれからここで起きることを食い止められやしない。

正博は再び海に向き直った。

計画の成功にもかかわらず、正博の心は悔しさでいっぱいだった。

祖父の復讐を果たすことには失敗してしまった。「影」の壊滅に最も深く関与した二人は、まだ生きている。

〈すべて私のせいだ〉

そう思いながら、正博はこの失敗を繰り返さないためにも、そこから学ぼうと考えていた。

しばらくの間は、この島々が焼け野原になるのを見ることで満足しなければならない――しかも、アメリカ人どもが自らの手でハワイを破壊することになるのだから、その喜びは格別だ。

やつらに選択の余地はない。

真実が明らかになれば、世界がそれを求めるだろう。
正博は手ぬぐいの下で笑みを浮かべた。
それまでは、ここでの苦しみをとくと見物させてもらうとしよう。

第二部　発育期

10

五月七日　東部夏時間午後三時五分
ワシントンDC

　ハワイが攻撃を受けてから半日後、キャット・ブライアントはシグマの通信室の内部を落ち着きなく歩き回っていた。左右の手のひらで挟んだスターバックスのトールサイズのカップからぬくもりが伝わってくる。昨夜はほとんど寝ていない。短い仮眠を取っただけだ。カフェインとアドレナリンを頼りに動き続けている。

〈この仕事では珍しいことじゃないけれど〉

　キャットはようやく円形の部屋の中央で立ち止まった。原子力潜水艦の艦内のように、この室内の照明は光量を落としてある。周囲を見回すと技師たちが各自の持ち場で作業を進めており、コンピューターのモニターの発する光が彼らの顔をぼんやりと照らし出していた。ここはシグマにとってのデジタルの目と耳の役割を果たしている。国内外の様々な情報機関からの通信が、この部屋に流れ込み、この部屋から送り出される。キャットはこの空間の統括者、デジタルの巣を支配するクモのような存在。

動きを察知したキャットは、外の通路とつながる扉の方に注意を向けた。

やつれた表情をしたペインターが大股で部屋に入ってきた。上司に当たるメトカーフ大将とのＤＡＲＰＡでの会議が終わり、戻ってきたところのようだ。

「最新情報は？」ペインターが訊ねた。

「死傷者に関する新たな報告が入っています」

ペインターが顔をしかめた。心の準備をしているのは明らかだ。「どれくらいひどいんだ？」

「かなり」キャットはワークステーション上のタブレット端末を手に取った。「ハワイ諸島全体の死者数は現時点で五十四人ですが、千人以上が病院に収容されていて、症状の軽い人から重症者まで、容体は様々です。つまり、死者の数は今後、確実に増えると予想されます」

ペインターは首を左右に振った。「それに群れが各島で拠点を確立すれば、この先どれだけの負傷者や死者が出るのか見当もつかない」

「間違いなく、大混乱に陥るでしょうね。地元の救急チームはこのような攻撃に対処するための備えができていないからなおさらです。どうすればいいのか、誰もが懸命に方法を探している段階ですから」

「犯行声明はまだ出ていないのか?」

「これまでのところは。でも、いつものグループが今回の出来事に乗じて注目を集めようと考え、自分たちがやったと名乗り出るのは時間の問題でしょう」

〈それによって捜査がさらに難航することになる〉

「墜落したセスナの鑑識結果は?」ペインターが訊ねた。

「いずれも操縦士のいないドローンです。飛行機はいずれも——識別がつかないほど燃えてしまったものを除くと、世界各地からこの二年間のうちに盗まれたという届けが出されていました」

「何者かが今回の攻撃をかなり以前から計画していたということになるな」

「そのようですね」

キャットはコーヒーのカップを置き、コンピューターのキーボードを叩いて画面上に太平洋の地図を呼び出した。その中心に記された半透明の赤い円は、ハワイ諸島をすっぽりと包み込み、周辺の広い海域にまで及んでいる。

「セスナTTxの最大航続距離は千三百海里弱です」キャットは円を指し示した。「つまり、この円内のどこかから離陸したということになります」

ペインターが地図に顔を近づけた。「飛行機がもっと遠いところから飛び立ち、途中で給油したのでなければ」

キャットはペインターの顔を見て片方の眉を吊り上げた。「操縦士の乗っていないセスナがですか？　そんな光景はかなりの注目を集めるでしょうね」キャットは画面に視線を戻した。「この範囲内に今回の攻撃の拠点が存在するのは、まず間違いないと思います」

「だが、かなりの海域が含まれるぞ」

「面積にして約千七百万平方キロメートル。ハワイとアラスカを除いた四十八州の面積の合計の二倍以上に相当します」

ペインターは画面を見たまま眉をひそめた。「その中には何百も

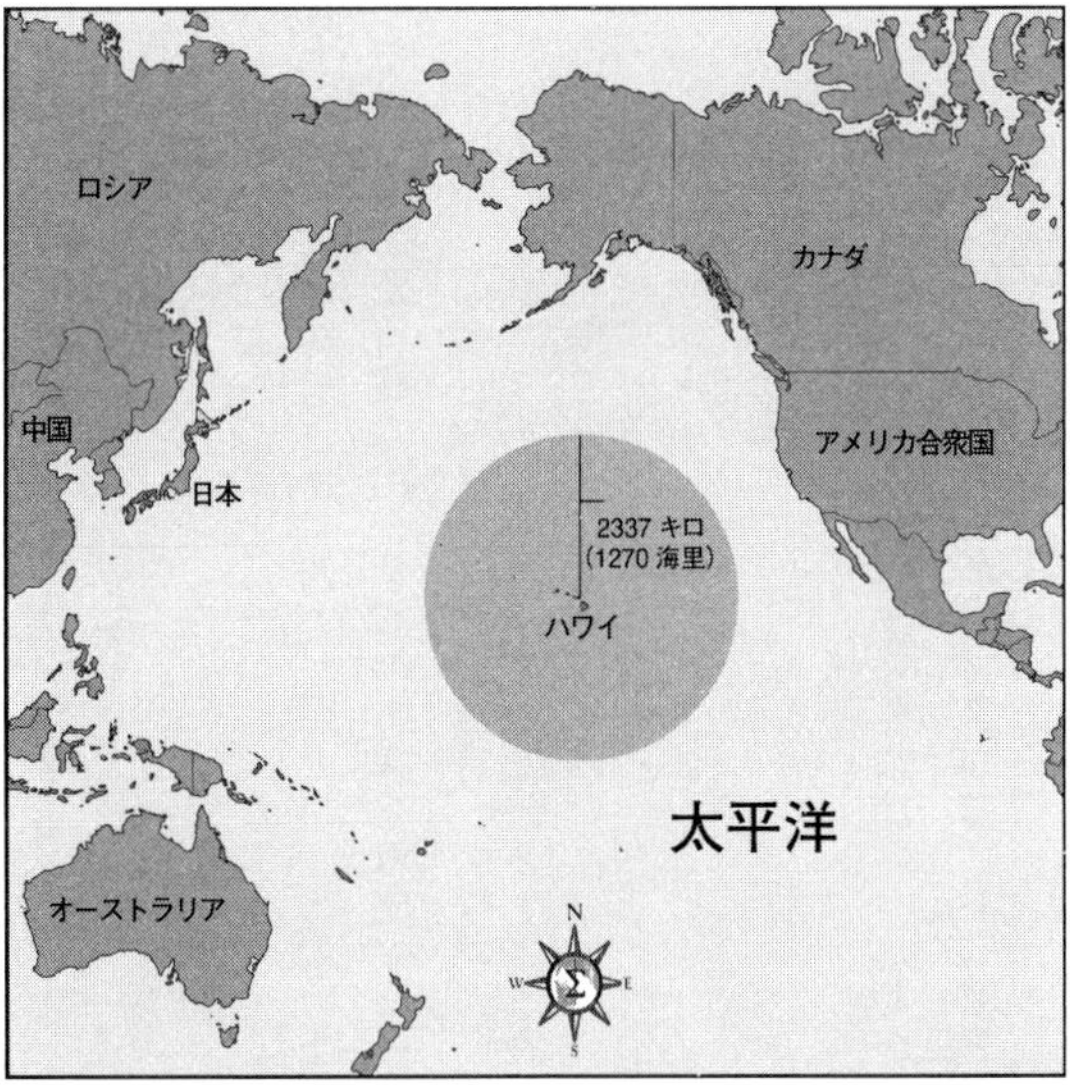

の島があるはずだ」

「環礁や浅瀬を含めれば、もっと多いでしょうね。ただし、飛行場を造れるだけの広さがあるものに限れば、数はかなり絞られるはずです」キャットはため息を漏らした。「それでも、まだかなりの候補地が残ることは否定できませんが」

「ハワイのレーダーの記録にそれ以上の情報は残っていないのか？」

「残念ながらありません。ハワイの地上システムは約三百キロ四方しかカバーしていないのです。レーダーの圏内に入ってからでは、その飛行機の出発地点の方角を特定するのは不可能です」

技師の一人が椅子を引いてコンピューターから離れ、キャットの方に顔を向けた。話を遮ってもいいものかと迷っている様子だ。

「どうしたの？」キャットは訊ねた。

「秘密の回線を通じて大尉宛てに電話が入っています」

「誰から？」

「ケン・マツイ教授だと名乗っています。連絡してほしいと大尉から要請があったとか」

キャットはペインターに視線を向けた。「コーネル大学の毒性学者ですよ。国立動物園のドクター・ベネットに問い合わせを入れた人物」

ペインターがいぶかしげな表情を浮かべた。「幽霊からの電話だというのか？」

「どうやら生き返ったみたいですね」

夜の間に、キャットは問題の毒性学者のファイルを作成していた。ブラジルからの報告によると、マツイ教授は大学院生と二人のブラジル人とともに海上で嵐に遭って消息不明になり、死亡したものと思われるとのことだった。

「私のオフィスで電話を受けましょう」キャットは言った。

キャットはコーヒーのカップを手に取り、ペインターとともに隣の部屋に入った。彼女の部屋は本人と同じく、効率重視で余計な装飾がない。私物に相当するものとしては、ペネロぺとハリエットという二人の娘を中心にした家族写真が何枚かあるくらいだ。中央の写真には娘二人を膝の上に乗せた夫のモンクの姿がある。がっしりとした体型の父親が顔をしかめているのは、七歳と五歳になる娘が重たいからだろう。グリーンベレーのTシャツからのぞく太い二本の腕と厚い胸板を見ると、娘二人をジャグリングでぐるぐる回せそうに思える。やんちゃな娘たちにせがまれて、夫はそれに近いことをしなければならない時もある。

机に歩み寄りながら、キャットは写真からすぐに目を離せなかった。モンクは娘たちを連れてニューヨーク州のキャッツキル山地へキャンプに出かけている。キャットも後から合流する予定でいたのだが、今回の緊急事態の発生でDCを空けられなくなってしまった。

〈私はこのデジタルの巣を支配するクモではなくて、罠にかかったハエなのかも〉

それでも、モンクがペネロペとハリエットの面倒をちゃんと見てくれるから安心できる。それを認めることは心苦しいものの、近頃は夫に自分の代役を期待することが、ますます増えている。モンクがそのことについて不満を口にしているわけではない。その一方で、誰にも邪魔されない二人きりの時間を作るために長い休暇を取得したグレイとセイチャンをうらやむ自分がいることも、キャットは否定できなかった。モンクに対して、家族に対して、同じことをしてあげたいと思う。

けれども、こうした定期的なアドレナリンの流出から絶対に距離を置けない自分がいることもわかっている。

キャットはコーヒーをすすった。

〈それとも、カフェインの方かも……〉

インターコムを通して技師の声が聞こえた。「二番の回線につなぎました」

キャットはコーヒーのカップを置き、机の上の電話をスピーカー設定に切り替えた。「マツイ教授、こちらからの連絡にお返事いただき、ありがとうございます」

「あまり時間がないんだ。いったい何事だ？」

国際電話の回線状態はあまり良好ではなかったが、相手の声からははっきりと疑いが聞き取れる。キャットがペインターの方を見ると、司令官からは話を進めるようにとの合図があった。

キャットは教授が死んだと思われていた件については知らないふりをした。「ここワシントンの昆虫学者からあなたの名前をうかがいました。変わったスズメバチの種に関して、彼に問い合わせを入れたそうですね」

しばらく反応が返ってこなかった。電話の向こうでささやき声が聞こえる。答える前に誰かと相談しているかのようだ。

キャットはペインターと顔を見合わせた。

〈あっちはどういう状況なの？〉

「ああ、そうだ」電話の向こうでマツイが答えた。「だが、もう手遅れだということは我々全員が承知しているように思う」

「どういう意味でしょうか？」

「オドクロが解き放たれた」

「オドクロ？」

「私はこのハチ目の種をそのように呼んでいる。日本の妖怪『がしゃどくろ』から命名した。信じてもらいたいのだが、その名前が実にぴったりなハチだ。ここ二カ月ほど、私はこの種の研究を続けている。そのライフサイクルは我々の想像も及ばないものだ」

「待ってください。あなたはこの生き物を研究していたのですか？　どこで？　京都でですか？」キャットは教授の残した最後の住所が日本のある製薬会社の研究所だったことを思い出しながら問いただした。

「私はすでに京都を離れている」マツイは答えた。

「それなら、今どこにいるのです？」

「ハワイに向かっている途中だ。田中製薬のビジネスジェットの機内にいる。一時間以内に着陸の予定だ」

「なぜハワイに？」

「コロニー化の状況をこの目で評価するためだ。確かめるためにはそれしか方法がない」

「何を確かめるのですか？」そう質問しながら、キャットは冷たい恐怖を覚えた。

「あの島々に核を投下する必要があるかどうかだ」

ハワイ・アリューシャン標準時午前九時二十八分
北太平洋上空

ケン・マツイはホンダジェット420の機内から窓の外を見つめていた。自らの発言による相手のショックが治まるのを待つ。主翼の上に搭載された二機のエンジンのおかげで、目的地のホノルルに向けて順調な飛行が続いている。このクラスの機種としては最速を誇るものの、途中のミッドウェー島で給油しなければならなかった。地上に立ち寄ったこのわずかな遅れのせいで、ケンは四人乗りの小さな機内でじっと座っていられなくなった。

〈他言しないことに同意するべきではなかった〉

ケンは通路を挟んで反対側に座る東藍子(ひがしあいこ)の細身の体に視線を向けた。本人の言葉によれば、彼女の所属は日本の公安調査庁だ。公安調査庁は国家への脅威の対応と調査、および国内の過激組織の監視を任務としている。しかし、ケンはこの女性がそれ以上の経歴の持ち主なのではないかとの思いをぬぐえずにいた。

彼女の物腰からは過去に軍事訓練を受けた経験がはっきりとうかがえる。髪は額と襟元で真っ直ぐに切り揃えてある。濃紺のスーツにはきっと結んだ唇と同じような折り目がしっかりと付いている。この二カ月間、彼女は影のように付き添っていたが、ケンはその険しい表情が変わるのをほとんど見たことがなかった。

ようやくキャスリン・ブライアントの声が電話口から聞こえてきた。ケンは電話の向こうの女性も、ただのＤＡＲＰＡの職員ではないだろうと踏んでいた。連絡を取りたいと彼女が望んでいるとの知らせが届いた時のことを振り返ると、なおさらその思いが強まる。ケンは要請を無視したかったが、藍子は連絡を入れるべきだと強く主張した。今も藍子は座ったままかすかに体を前に乗り出し、二人のやり取りに聞き耳を立てている。

「なぜそのような思い切った行動が必要になるかもしれないとお考えなのですか？」ブライアントが訊ねた。

「なぜなら、私はオドクロによってもたらされた被害を目の当たりにしたからだ」

「どこで？　どんな経緯で？」

　ケンが視線を向けると、藍子がほんのわずかに首を縦に振った。すでに彼女からは、この電話の相手に対してすべてを明かすように言われている。電話の向こうにいる女性のことをよく知っていて、この情報を伝えるに足る人物だと信頼しているかのような口調だった。

　一方のケンは、誰を信頼すればいいのかまったくわからない状態だった。両親からは政府を疑ってかかるように教え込まれたが、それも無理はない。ケンの両親は権力者の手で人の運命がいとも簡単にもてあそばれ、その生活が引き裂かれてしまうことを、身をもって経験したのだから。父が少年時代に過ごした日本人強制収容所の有刺鉄線の内側での過酷で非人間的な環境については、何度も聞かされたことがある。収容所はシエラネバダ山脈ののどかな山麓（さんろく）に位置していたが、そこからそれほど遠くないところにある小さな町の名前が「インディペンデンス（独立）」だったことに対して、父は皮肉を感じると同時に、大いに落胆したという。同様に、ケンのドイツ系の母も、第二次世界大戦中は故国でつらい経験をした。母から当時の話を聞かされることはほとんどなかったが、ケンは権力に対して疑問を抱き、抑圧された人たちのために立ち上がるよう教わった。

心に深くしみついた不信感があるにもかかわらず、ケンは自分の話を伝える必要があるとわかっていた。

今こそは。

「八週間前の話だ……」そう切り出したケンは声を詰まらせた。

〈たったそれだけしかたっていないのか？〉

はるか昔の出来事のように思える。

ケンは教え子の大学院生オスカー・ホフのにやけた顔を思い浮かべた。頭の中に銃声がこだまする。ケンは目を閉じ、あの旅路の苦痛と恐怖を抑えつけた。それでも、胃の奥深くで凝り固まった罪悪感は消えない。腹部に添えた握り拳は、体の中の張り詰めた思いを表しているかのようだ。

「何が起きたのですか？」ブライアントが問いただした。

ケンは大きく息を吸い込んでから、ラモン・ディアス中尉が「ヘビの島」と呼んだ呪われた場所、ケイマーダ・グランデ島での出来事をおもむろに語り始めた。話を進めるうちにあの日の焦燥(しょうそう)感がよみがえってきて、知らず知らずのうちに早口になっていく。ケンは死体のことを——密猟者たちと大量のヘビの死体のことを、それに続くヘリコプターによる攻撃のことを説明した。

「やつらは島を爆撃し、すべてを跡形もなく焼き払った。だが、私は脱出できた――しかも、手ぶらで逃げたわけではない。ゴールデンランスヘッドの標本を一匹、持ち帰った。夜の闇に隠れてブラジル本土に逃れ、海岸沿いの小さな村にたどり着いた。そこから先は、怖くてたまらなかった。私が生き延びたことを知られたら……」

「殺されていたでしょうね」電話の相手は淡々とした口調で告げた。

自分でも驚いたことに、そう断言する声を聞いてケンは安堵感を覚えた。羞恥心と自責の念の原因はオスカーが殺されたことよりも、自分があれから沈黙を守っていたことにあったのだ。罪悪感のしこりがほんの少しだけ、小さくなったのを感じる。ケンは握り拳を開き、両腕から力を抜いた。

ケンは自分が取った行動の理由を説明しようと試みた。「なぜこのようなことが起きたのかを理解するためには、自分が島で手に入れたものを持ち帰らなければならなかった。だから田中製薬の信頼できる仲間に連絡を入れた。私が生きていると感づかれる前にブラジルを出国し、安全な場所にたどり着くためには、田中製薬の豊富な財力が必要だったんだ」

「つまり、田中製薬はあなたに偽の書類を提供したわけですね」

ケンが視線を向けると、藍子が再びうなずいた。その動作を見て、ケンはこの二人の女性には表向きの立場とは違う裏の顔があるのではないかとの思いを強くした。

「そういうことだ。無事に京都へ到着した私は研究所にこもり、発見したヘビの調べを進めた。ヘビの死体の中には幼虫が詰まっていた――この種の初期の齢だ」

「齢というのは？」

「昆虫の幼虫の発育段階のことだ」ケンは説明した。「幼虫はヘビの体を内側から食い荒らしていた」

ケンは隔離研究室でゴールデンランスヘッドの体を切り開いた時の、身の毛もよだつような光景を思い返した。白い幼虫がヘビの体内から大量にあふれ出てきたのだ。

しかし、最悪な話はそのことではない。

「島での出来事に話を戻しますが」ブライアントが切り出した。「その隔絶された地はハワイでの攻撃を仕組んだ人物による実証テストの場だったというように思われます」

「おそらく君の言う通りだろうが、そんな恐ろしい計画が進められているとは想像すらしていなかった。あの島は秘密の研究所の拠点にすぎず、研究が暴走して手に負えなくなったので、そのための対策として島を徹底的に破壊し、すべてを隠蔽したのだろうというくらいに考えていたんだ」

「そんな時にたまたまあなたがあの島に上陸していたと？」

「最初はそう思った」ケンは認めた。「あの時はこの偶然を、悪い時に悪い場所に居合わせただけなのだとして片付けていた。

〈あるいは、そう思い込もうとしていた〉

「でも、今はそのことに疑問を感じているのですね？」

ケンは答えを返さなかった。時がたつにつれて、確かに疑いの念が頭をもたげてきた。異国の地にいたこともあり、味方がいないように思えてきて、警戒心ばかりが高まっていた。身動きの取れない状態に陥ってしまったと感じたケンは、危険を承知で知り合いの国立動物園の昆虫学者にメールを送り、この種について何か知っているかどうかを問い合わせた。結果的にはそちらの調査も行き詰まってしまったものの、ケンは何かをせずにはいられなかったのだ。

電話の相手の女性が再び口を開いた。「田中製薬は企業助成金を通じてあなたの研究資金のほとんどを提供しているという話でした。あの島から毒液のサンプルを採取するようあなたに指示したのは、田中製薬だったのですか？」

「ああ」ケンは口ごもりながら答えた。

藍子の方を見ると、まばたき一つせずに見つめ返してくる。

「ふと思ったのですが」ブライアントが言った。「田中製薬は競争相手があの島で何かを進めていることに気づき、その調査のためにあなたを送り込んだのでは？」

この女性には胸の内の被害妄想的な思いがお見通しらしい。これまでそのことを口にしたことはなかったものの、自分は産業スパイの戦いにおける手駒の一つとしてあの島に行き着いたのではないか、そんなことを思うようになっていたのは事実だ。日本におけるビジネス活動は血で血を洗う戦いも同然で、その争いはしばしば人の目に触れないところで行なわれる。田中製薬内の誰かがケイマーダ・グランデ島で進められている何かの噂を聞きつけたのだろうか？

〈私は何も知らされないまま、調査のために送り込まれたのか？〉

そのことを思い、ケンは寒気を覚えた。

だが、電話の女性の話はまだ終わっていなかった。

「私の考えが正しいならば、田中製薬の産業スパイはライバル企業に関する機密情報に基づいてあなたをあの島に送り込んだことになりますが、その相手の企業も日本に本社があると考えられます」

「どうして――どうして日本なんだ？」

「昨夜の攻撃地点を選択したからです」

不意にケンはこの女性の考えの流れを理解できた。

〈なぜもっと早くそのことに思い当たらなかったのか？〉

藍子が手を振り、衛星電話を手渡すように合図した。

ケンは躊躇（ちゅうちょ）したものの、指示に従った。

藍子が電話を顔に近づけた。「こんにちは、ブライアント大尉。東藍子よ。マツイ教授と一緒にジェット機に乗っていることをあらかじめ伝えていなくてごめんなさい。あなたが私の所属する機関と同じ結論に達するかどうか、見極めたかったものだから」

「藍子、こんにちは」電話の相手の女性は戸惑う様子もなく応じた。情報機関の調査官の存在をすんなりと受け止めている。「結論を導き出すにはそれほど考えを飛躍させる必要もなかった。最初からその可能性があると思っていたし」女性の次の言葉にケンは唖然とした。「これは真珠湾攻撃の再来かもしれない」

藍子も同意した。「生物学的な真珠湾攻撃ね」

ケンが窓の外に目を向けると、ジェット機は前方の青海原から突き出た島々への飛行を続けている。

〈二人の言う通りだとしたら、私はこれから戦場に突っ込もうとしているのだろうか?〉

東部夏時間午後三時五十五分
ワシントンDC

キャットは司令官とともに自らのオフィスを出て、通信室内を横切った。

衛星電話での通話を終えたばかりだが、ジェット機がハワイ諸島に向けての降下を開始したため、最後は話を急いで終わらせて電話を切らなければならなかった。二人には予定していた目的地のホノルルではなく、マウイ島のカフルイ空港に着陸するよう指示を出した。そこからはヘリコプターでハナに移動してグレイたちのチームに合流し、マウイ島の群れのコロニー化に関して評価を下すことになっている。

会話が途中で打ち切られたため、脅威の具体的な詳細についてははっきりしないままで、そのことにいらだちが募るばかりだが、キャットはすでに行動計画を作成していた。

ペインターの方を向き、司令官に考えをぶつける。

「藍子は着陸したらすぐ、オドクロに関するマツイ教授の研究結果を送ると話していました。国立動物園の昆虫学者のドクター・ベネットに相談して、今回の件についての見解を聞きたいと思うのですが、よろしいでしょうか？」

「彼の専門知識が役に立つのは間違いない」外の廊下に通じる扉の手前に達すると、ペインターがキャットの腕に触れた。「だが、東藍子というこの女性はどこまで信用できるんだ？」

キャットは深呼吸をした。「仕事を通じての知り合いですが、それ以上のことはあまり。それぞれの情報機関においてほぼ同時期に昇進していました。私が海軍情報局に在籍中、法務省で働いていた彼女は公安調査庁に引き抜かれたんです。けれども、二年ほど前に彼女の情報がぱったりと途絶えたのですが、最近になって再び公安調査庁のもとで活動を始めています」

「それが何を意味するのか、君の考えを聞かせてもらえないか？」

「藍子が姿をくらます数カ月前のこと、二人の日本人がシリアでイスラム過激派の捕虜になり、殺害されました。その事件の後、日本の首相は強い批判を浴びています。第二次世界大戦後に公布された日本の現行憲法では、外国でのスパイ活動が制限されているのです。しかし、日本の要人の間では憲法を改正して情報機関の中央集権と拡大を目指そうとの動きがあります」

「この女性は新たに創設された組織の工作員かもしれないと考えているのか？」

「そうだろうと推測しています。日本の情報機関は相互の連携が取れていませんから、海外での作戦に従事する担当官や工作員を訓練して育てるには何年もかかるはずです」

「つまり、政府の歯車がゆっくりと回っている間に、秘密裏にその動きが始められていたのではないかと勘繰っているんだな？」

「私だったらそうしているでしょうね」キャットは肩をすくめた。「それに日本人が秘密を好むのは有名じゃないですか。ＭＩ６の存在を一九九四年まで公式には認めなかったイギリスよりも秘密主義なんじゃないでしょうか」

「もし東藍子がその秘密情報機関の一員だとしたら、そのことと彼女が信頼できるかどうかについての関係は？」

キャットはペインターに外の通路を指し示した。「私と同じです。いざとなったら自国の国益を最優先にすることでしょう」

ペインターはうなずいた。「そのことを念頭に置く必要があるな」

キャットは自らのオフィスに戻るペインターを見送ろうとしたが、室内を振り返るよりも先に、通信技師の一人が申し訳なさそうな顔で近づき、電話を差し出した。

「何なの？」キャットは訊ねた。

「また電話です」技師が答えた。「緊急の用件のようなのですが」

キャットは腕時計で時間を確認した。藍子の乗った飛行機が着陸するにはまだ早すぎる。

「サイモン・ライトからです」技師が伝えた。

ペインターもキャットの隣に並んだ。「キャッスルの学芸員の？」

キャットはこの異例の電話に眉をひそめた。「キャッスル（城）の主」として知られるサイモンは、地上に建つスミソニアン・キャッスルの関係者の中で、地下に埋もれたシグマ司令部の存在を知る唯一の人物だ。

「どんな用件なの？」キャットは訊ねた。

技師の視線がペインターの方にちらりと動いた。「話がしたいので司令官にキャッスルの理事室まで来てほしいとのことです。議会図書館のエレナ・デルガド館長からの依頼だとか」

当惑した表情を浮かべたまま、ペインターが技師に歩み寄り、電話を受け取った。「いったい何事ですか、サイモン？」

司令官の後を追ったキャットの耳に、学芸員の反応が聞こえた。

「ドクター・デルガドが言うには、ハワイでの出来事に関する情報を持っているとか。キャッスルが建造された当時にまでさかのぼる何からしい」

ペインターが面食らったような表情を浮かべた。「どんな情報ですか？　彼女は何の話をしているんです？」

「はっきりしたことはわからないのだが、ハワイで何が解き放たれたのかを知っていると主張している。あと、過去からの警告についても」

「誰からの警告ですか？」

「アレクサンダー・グラハム・ベルからだ」

11

五月七日　ハワイ・アリューシャン標準時午前十一時五分
マウイ島　ハナ

　グレイは陽光の照りつける駐車場に立ち、隣接するサッカー場に小型ヘリコプターが着陸するのを見つめていた。別の機体――救急搬送用のヘリコプターが一機、野球場の内野の真ん中に駐機している。踏み荒らされた外野部分に設営された仮設の医療テントが、午前中の強い風にあおられてはためいていた。

　周囲のどこを見ても、緊急車両が道路に列を成している。ごつごつした海岸線に沿って延びるカーブの多いハナ・ハイウェイを走り、昨夜から車が続々と駆けつけていた。メガホンからひっきりなしに聞こえてくる大きな指示の声が、喧騒に拍車をかけている。

　すでに死者は運ばれていったが、怪我人のトリアージは今も続けられている。重傷者たちはマウイ島内の各病院への割り当てと搬送が行なわれ、命の危険がある負傷者の中にはほかの島の病院に送られた人もいる。しかし、ホノルルとヒロも攻撃を受けているため、患者を収容するためのベッドが足りなくなりつつある。

サッカー場の方では、ヘリコプターの機内から二人が降りてきた。グレイは片腕を上げた。それに気づいた二人が回転するローターの下で体をかがめながら、グレイの方に向かってくる。

近づく人物はクロウ司令官の説明通りの二人だった。

ケン・マツイ教授はレザーのメッセンジャーバッグを胸に抱え、サッカー場を小走りに横切っていた。毒性学者は年齢が三十代半ばと思われるが、小麦色の肌と目尻の日焼けじわから判断する限り、多くの時間を実地調査に費やしてきたのだろう。カーキのズボン、ブーツ、長袖シャツの上にフィールドベストという格好で、いつでも仕事に取りかかれるように見える。

その後ろからついてくるのは日本の情報機関の調査官だ。東藍子は細身の体で、やや堅苦しい身なりをしている。その視線が周囲の騒然とした様子を素早く見て取る。この女性は一目見ただけですべての情報を吸収したに違いない。

グレイはこの二人がここに送り込まれた理由についても聞かされていた。〈群れのコロニー化がもたらす脅威のレベルを評価するため〉

グレイの任務は二人がその作業をできるだけすみやかに進められるようにすること——

そのためにはまず、ハナの混乱に巻き込まれないようにしつつ、二人の行動の妨げになりかねないお役所的な手続きを回避しなければならない。

歩み寄ってきたマツイ教授はグレイと握手を交わしたが、その視線はストレッチャーで救急搬送用のヘリコプターに運ばれていく患者に向けられたままだ。「彼らは何をしているんだ？　この一帯はとっくに隔離措置が取られていなければならないのに」

「それには遅すぎるということよ、教授」二人に近づいてきた藍子が言った。「この段階では局所的な隔離を行なっても人材と資材を無駄にするだけだし、複数の島が被害を受けているのだからなおさらね。あなたの評価の結果、予期していた通りの危機的な事態に陥っていると判明した場合には、連邦レベルでの緊急対応のためにそうした人材や資材が必要になるはず――それだけでは足りないでしょうけれど」

グレイは藍子に向かって眉をひそめた。「どういう意味だ？」

「ハワイ全土を隔離する、あるいは封鎖する必要があるかもしれないということ。そうなれば、誰一人としてこの島々から離れることができなくなる」

グレイは二人をジープに案内しながら、この深刻な知らせに思いを巡らせた。ペインターからは教授の見解として、今回の危機の唯一の解決策は核を用いたものになる可能性があるという話を聞かされている。

〈それなのに、誰一人としてこの島々から離れられないとしたら……〉

グレイはジープに乗り込む前に教授を制止した。「最初の評価を下すまでに要する時間は？」

「一日もかからない。だが、私の考える最悪の恐怖が確認された場合、避けられない事態に直面するまでの時間はせいぜい三日といったところだ」

グレイのことを見つめる教授の険しい眼差し(まなざ)しを見れば、どんな事態の話をしているのかについて疑いを差し挟む余地はない。

「私の話を信じてもらいたい」そう言いながらマツイ教授はジープの方に向き直った。「その段階にまで達した場合、島に残された人たちは我々に対して爆弾を投下してくれと訴えることだろう」

たまたま一行の脇を通りかかった青い手術着姿の医師が、今の会話の最後の部分を聞きつけたらしく、グレイたちの方にいぶかしげな顔を向けた。

余計なパニックを引き起こしたくないので、グレイは二人を促してジープに乗せた。

運転席にはすでにパルが座っている。土地勘のある人間を必要としていたグレイは、ハワイ系の消防士に協力を依頼した。グレイから状況の深刻さについての説明を受けた後、パルは要請を受け入れた。この大柄な男性を説得するのは難しいことではなかった。彼の妻と二人の子供はこの町で暮らしている。

全員がジープに乗り込むとすぐに、パルは車を走らせた。大通りを避け、クロスカントリーレースのコースさながらの道のりでコテージを目指す。未舗装の道を進み、地元の保育園が所有するココナッツ農園を突っ切りもした。

マツイ教授は上下に激しく揺れる車内で後部扉の取っ手を握り締めていたが、その視線が青々とした草地の広がる緑豊かな地形や、ハレアカラ山の頂を隠す雲にまで届く広大な熱帯雨林から離れることはなかった。

「何と言うことだ。私の考えが間違っていればいいのだが」教授が独り言をつぶやいた。

〈俺たちも同じ思いだ〉

ジープはようやくコテージに到着した。パルがポーチの下に車を停める。コワルスキが衛星電話を耳元に当て、手すりに両足を乗せた姿勢でポーチに座っていた。一行がジープを降りると、大男はグレイに向かってうなずいたが、仲間が到着してもすぐに電話を切ろうとはしない。

「それには十分な金を払っているんだ。そいつに言ってやれよ、プールサイドのその場所は自分専用だって。まだその男がごちゃごちゃ言うようなら、俺がビーチパラソルをそいつの体の太陽の光が届かないところに突っ込んでやるよ」

コワルスキのガールフレンドのマリアは、同じマウイ島内のワイレアにとどまると申し出た。遺伝学者としての彼女の専門知識は今回の危機に際して役立つかもしれない。

そう考えた時は用心のための適切な判断のように思えた——しかし、群れがもたらす真の脅威レベルが明らかになった今になって振り返ると、遺伝学者の命を無用の危険にさらす結果になってしまうかもしれない。

戸口にセイチャンが姿を現した。腫れぼったいまぶたの下から、二人の見知らぬ人物のことを見つめている。その視線が東藍子の方に心なしか長くとどまったのは、相手を品定めしながら敵かもしれないこの女性に評価を下しているからだろう。襲撃によって一時的に奪われた視力は戻ったものの、肌はすり傷や切り傷で継ぎはぎを当てたような状態になっていた。

グレイはポーチの段を上り、セイチャンの隣に立った。「中に飲み物と食べ物を用意してある」グレイは二人に伝えた。「エネルギーを補給しながら情報を交換することにしよう。一時間以内に再び出発したいと考えている」

マツイ教授がうなずいた。「早ければ早いほどいい」

全員が共通認識に立ったところで、グレイは各自を紹介した。

教授がセイチャンと握手をした。「私のことはケンと呼んでほしい。これから一緒に直面しなければならないことを考えると、その方がいいだろう」

教授はほかの人たちにも同意を求めるように全員の顔を見回したが、その視線が再びセイチャンに戻った。彼女には男性を引きつける何かがある。女性でも彼女に魅力を感じることがある。

立場を明らかにさせるために、グレイはセイチャンの腰に腕を回し、建物内に入った。それは教授のためを思ってのことだ。

〈彼女に心を奪われたら痛い目に遭う〉

グレイは一行をコア材から造った細長いダイニングテーブルに案内した。天井に取り付けられた編み細工の扇風機が、生温かい空気をゆっくりと攪拌（かくはん）している。全員がテーブルに着いても、グレイは立ったまま、椅子の背もたれで体を支えながら身を乗り出した。教授のことをじっと見つめる。

「実際のところ、俺たちは何に直面しているんだ？」グレイは問いかけた。

午前十一時二十八分

ケンはバッグを開き、ラップトップ・コンピューターとフォルダーを取り出した。いくつものフォルダーを探りながら、考えをまとめるための時間を稼ぐ。出会ったばかりの人たちの視線と、自らの責任の重さをひしひしと感じる。

〈どこから話を始めれば……？〉

ようやく写真の入ったフォルダーを手に取り、ラベルを読み上げた。

「この種を『オドクロ・ホリビリス』と命名した。この生き物に関してすべてを知っているわけではないが、わかっている範囲だけでも恐ろしい(ホリブル)の一言に尽きる」

椅子に座るセイチャンが身じろぎし、かすかに顔をしかめた。「『オドクロ』という名前は聞いたことがある」何らかの怪我を負った影響なのか、その声はかすれている。「日本の伝説に登場する化け物の名前ね」

ケンはうなずいた。「『がしゃどくろ』とも呼ばれる妖怪で、戦場でばらばらになった死者たちの骨が集まって一つになった巨大な骸骨のことだ。そいつが近づいてくる気配は、骨がカタカタと鳴る音だけだと言われる」

再びフォルダーに目を落としたケンの脳裏に、意に反してケイマーダ・グランデ島の記憶がよみがえってくる。島の熱帯雨林の上空に浮かんだ濃い色のもやが頭に浮かぶ。群れの登場に合わせて、何かを叩くような奇妙な乾いた音が聞こえた。あの時にも、骨と骨がぶつかり合うような音だと思った。

しかし、ケンがその妖怪の名前を選んだ理由はそれだけではなかった。

「がしゃどくろがにおいを嗅ぎつけたら」ケンは説明を続けた。「何があろうとも獲物を追いかけるのをやめない。骨が組み合わさってできているので、狭い空間だろうと一本ずつの小さな断片に戻って通れるし、隙間をくぐり抜けたらその先で再び合体することもできる」

「ハチの群れと同じだ」グレイがつぶやいた。

ケンはうなずいた。「捕まったら最後、どんなに訴えても聞き入れてもらえず、もはやどうすることもできない。がしゃどくろは皮膚も内臓も血も丸ごとのみ込み、食べられた骨はその体の一部になる」

コワルスキという名前の大男がうめき声を漏らしながら椅子の背もたれに寄りかかった。「この先の話はどうも俺の好みには合わないような気がするな」

〈まあ、そうだろうな〉

「怪談はこのくらいにして」グレイが言った。「このスズメバチの話をしてくれ」

「わかった」ケンは咳払いをした。「まず重要なのは、この種はどこかの研究所で人工的に生み出されたわけではないということだ。一回目のＤＮＡ検査の結果から、これは遺伝子を改変された化け物ではなく、自然界に存在する捕食者で、かなり昔の、おそらくは先史時代の生き物らしいことがわかった。スズメバチの化石の発見はジュラ紀の地層にまでさかのぼる。それ以降、多様化して数が増え、現在では三万以上の異なる種が存在する。スズメバチが生存のためにどれほど器用に適応してきたかを如実に物語る数字だ。その目的のためにありとあらゆる戦術を採用し、ほかの昆虫の特徴や技を自らの武器として取り入れることも珍しくない」

「それで、この種の場合は？」グレイが重ねて訊ねた。

「これほどまでに多才で機転が利くスズメバチは見たことがない。例えば、ほとんどのスズメバチは『社会性のスズメバチ』と『単独性のスズメバチ』に分類される」全員が困惑の表情を浮かべていることに気づき、ケンは具体的な説明を試みた。「オオスズメバチやクロスズメバチのような社会性のスズメバチは、巣を作り、産卵する女王バチが一匹いて、そのほかは餌を探したり交尾したり巣を守ったりする大勢の働きバチや雄バチに分かれている。彼らの針に含まれる毒液は主に防御のためのもので、近寄るなという警告として痛みを与えるのが目的だ」

ハワイ系のパルが腹部をさすった。「ああ、そのメッセージははっきりと伝わったよ」

「そうだろうね。もしその警告を無視し続けた場合は、新たに刺す針からさらなる毒液が送り込まれ、そうなると命に関わる」

グレイが顔をしかめた。「昨夜、俺たちが目にした通りだ」

「しかし、社会性のスズメバチは比較的大人しい方で、問題なのは単独性のスズメバチだ」ふと気づくと、ケンはセイチャンのことを見ていた。この女性にはそうした種と似た一面があるように感じられる。「これら孤高のハンターたちは独自の危険な生存戦術を発達させた。彼らは社会性のスズメバチとは違って、巣を作らないし、群れも形成しない。こうした種のハンターはすべてがメスで、その針を二つの目的のために使用する。最も重要なのは針が持つ本来の目的のための仕事だ」

「どういう意味なの？」セイチャンが訊ねた。

わかりやすく説明するために、ケンは少し話を戻した。「すべてのハチ目の種――ミツバチでも、スズメバチでも、オオスズメバチでも、その針の本来の目的は産卵管だった。かたい組織を貫通させ、その下に卵を産みつけるための、生物学的な注射器とでも言ったらいいかな。しかし、時の経過とともに、産卵管は武器に進化した」

「どうやって？」そう訊ねたパルは、まだ腹部の一点をさすっている。

「巣の中で女王バチだけが卵を産むようになると、そのほかのメスのスズメバチには各自の産卵管の付け根にある卵嚢が不要になる。その代わりに、いらなくなった卵嚢をもっと有意義な目的のために転用した。すなわち、危害を与えるためだ」

グレイは理解したようだ。「そうした嚢の中に、卵ではなく毒液を満たした」

「まさにその通りだ。ミツバチやスズメバチのオスを怖がる必要がない理由もそこにある。もともと卵を産まないのだから、針を持っていないわけだ」

コワルスキが大きく肩をすくめた。「だからと言って、スズメバチのスカートの中をのぞいて男の子か女の子かを確認するつもりはないぜ。体に止まったやつは全部叩きつぶしてやる」

グレイがケンに向かって手を振った。「話を進めてくれ。単独性のスズメバチの話に戻るが、巣に女王バチがいないわけだから、メスのハンターたちのすべてが、その針――産卵管で卵を注入し続けるということなんだな」

「そうだ。さっきも言ったように、針には二つの目的がある。一つは卵を産むためだが、もう一つは宿主を大人しくさせる毒液を注入するためだ。そうした毒液が痛みを与えることはめったにない。時には宿主をうっとりとさせるような幸福感をもたらすこともある。チョウや蛾の幼虫の中にはすっかり魅惑されてしまい、自ら進んでハチの巣穴まで引きずられ、生きたまま埋められるものもいるくらいだ。しかし、毒の効き目は種によって異なる。宿主を麻痺させるものもある。あるいは、体内の幼虫を守るために宿主が戦うように仕向けるという、驚くべき神経的な効果をもたらす場合もある。だが、こうした毒液による様々な戦術は、どれも同じ目的を持っている」

「その目的というのは？」セイチャンが訊ねた。

「宿主を生かしておくことだ」そのことが何を意味するか、ほかの人たちが理解したのを見て取ったものの、ケンは言葉で説明を補足した。「卵からかえった幼虫には、食事の準備がすっかりできていることになるのさ」

テーブルのまわりに座る全員が一様に不快な表情を浮かべた。

〈今のうちに真実を伝えておく方がいい〉

ケンの頭の中に、切開したゴールデンランスヘッドの体内から次々とあふれ出る白い幼虫の姿がよみがえった。

「それで、ハワイ諸島に襲来した種は？」グレイが質問した。「群れを成してやってきたことを考えると、俺たちが相手にするのは社会性のスズメバチということになると思うんだが」

「いいや」ケンはゆっくりと首を横に振った。「この種はどちらにも当てはまる」

「しかし、待ってくれ。そんなことがありうるのか？」

「さっきも言ったように、これははるか昔の種で、おそらくはスズメバチがそうした二つの陣営に分かれる以前から存在していたと考えられる。彼らは進化の道筋における両方の特徴を兼ね備えているんだ」ケンは言葉を切り、ほかの人たちがその意味を理解してから話を続けた。「しかも、昨夜もたらしたあれだけの被害にもかかわらず、君たちはこの種が引き起こす最悪の事態をまだ目にしたわけではない」

グレイが居住まいを正した。「どういう意味だ？」

「この種の群れを作っての行動には一つのゴールが、一つの目的がある」

「その目的とは？」

「場所を探してレックを形成することだ」

コワルスキが眉をひそめた。「レックっていうのは何だ？」

「交尾のための縄張りだ」ケンはテーブルのまわりの人たちを見回した。「それを作らせてはならない」

グレイも眉をひそめた。「なぜだ?」

ケンは事態の深刻さと恐ろしさを全員にはっきりと伝えることにした。「なぜなら、ひとたびそうなってしまえば、ここはこの世の地獄と化すからだ」

交尾者

ちっぽけな雄バチはほとんど目が見えず、耳も聞こえない。それぞれが十数個の個眼で構成されているだけの、小さな点でしかない黒い二つの複眼を凝らして視覚的な手がかりを探すが、世界は濃淡のある灰色で表現されたぼやけた映像としてとらえることしかできない。対象物の近くに行くとようやく、細かい形まで見ることができる。

その代わりに、彼の頭部で顕著なのはそれぞれが自らの体よりも長さのある二本の触角で、毛状にふくらんだその先端部分には繊細な感覚器が備わっていた。空中を飛びながらその知覚のための道具を振ることで、彼は周囲の世界をにおいの段階的変化によって識別する。

彼は甘い蜜に誘われて花びらに止まった。頭を花の中に突っ込み、触角でにおいの源を探る。ほかの階級の仲間とは違って頑丈な大顎を持たないため、長い舌を伸ばし、花びらの中心に埋もれていた濃厚な香りをなめる。

十分に味わい、満足感を覚える。群れは密生した暗い森の中に到達していた――けれども、彼の弱い聴覚では、仲間たちの羽音はほとんど聞こえない。蜜を吸い尽くすと、彼は花びらの先端に移動し、身繕いをして脚の花粉を取り除き、はばたいて羽をきれいにした。

準備を整えておかなければならない。

その時、彼は感じた——最初はかすかに、やがて疑いようもなくはっきりと。

フェロモン。彼の繊細な感覚器はそれを検知するために進化してきた。触角に導かれ、何も見えない頭をその方向に動かす。拒むことができず、彼はその方角に飛び立つ。頭部にある神経節の小さなこぶを、化学物質が刺激する。彼は速度を上げた。激しく羽を震わせる。体内にため込んだ蜜を使い果たしてしまいかねない勢いだ。

それでもかまわない。

ひたすらフェロモンの道筋をたどっていく。ホルモンとにおいの複雑なスープが彼を圧倒し、くすんだ世界を満たし、遠くに不鮮明なイメージを結ぶ。

それを求めて、彼は自分と同じような雄バチと競走する。ぶつかり合ったり、跳ね飛ばされたり、争ったりしながら、その源に向かっていく。各自が一番乗りを目指している。腹部の糖分と同じように、漂う香りが彼のエネルギーになる。胸部の筋肉が焼けつくように熱い。

前方で香りがぼんやりとした形を成す。

十分な近さにまで達すると、小さな複眼が対象物をとらえる――すると、形が実体を伴う。

彼より百倍も大きな体を持つ彼女が空中に浮かんでいた。受容のフェロモンを放出しながら、羽を動かして進化の要求というもやをまき散らしながら。彼はほかの雄バチとともにその臭気の中に突入し、彼女を目指す。あらゆる方角からやってくる雄バチが、彼女の体に止まり、彼女の体をよじ登る。

彼もほかの雄バチの間に着地し、いちばん後ろの脚――逆棘を持つ二本の把握器でしがみついた。ほかの雄バチが激しくぶつかり、羽がもぎ取られる。それでも、彼は把握器を節のある彼女の腹部に深く挿し込み、しっかりとつかまった。

一方、彼女も激しく抵抗する。体を振り、身をよじらせる。脚を蹴り出し、引っかく。ついに雄バチたちの重さに羽が耐え切れなくなり、彼女はきりもみ状態で葉の茂った枝の間を抜け、地表に積もったやわらかい葉の上に落下した。

彼とほかの雄バチは場所を求めて争う。彼女の体側からは依然としてフェロモンが放出されていて、腹部に沿って連なる無数の小さな穴から蒸気のように立ち昇っている。彼はその香りに陶然となって引き寄せられ、いちばん手近な穴に移動する。

そこにたどり着くと、ホルモンによって彼の腹部が収縮し、交尾器が突き出る。彼はそれを穴に突き刺し、彼女が無数に持つ輸卵管に挿入する。交尾の体勢に入ると、全身に力を込める。すべてを彼女の体内に放出し、彼は抜け殻同然になる。

彼女に提供できるものが何もなくなると、彼は力強い把握器を彼女の体に押し当て、自らを引き抜いた。そのはずみで彼の体から引きちぎられた交尾器は、彼女の輸卵管の栓としての役割を果たすことになる。

力尽き、羽を失った彼は、地面に転がり落ちる。

ほかの雄バチも同じように、彼女の大きな体から離れる。

空っぽになったものの、彼の務めはまだ終わっていない。

かすかな視界のもやと暗がりの中から、影が彼に近づくにつれて、小さな複眼にも鮮明に映し出される。彼は間近に迫るものを認識した。

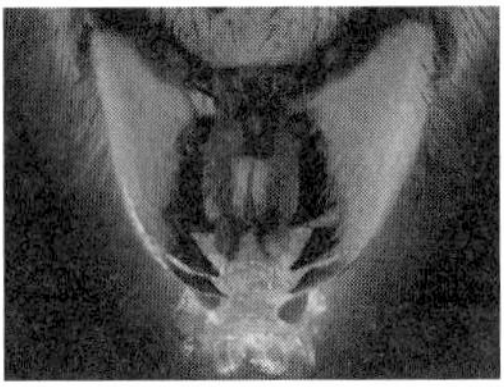

大顎。
彼にはまだ、彼女のためにすることがある。
彼女は腹を空かせている。

12

五月七日　ハワイ・アリューシャン標準時午前十一時四十九分
マウイ島ハナ

グレイはダイニングテーブルに身を乗り出した。マツイ教授が「オドクロ」と記されたフォルダーから何枚かの写真を取り出し、古びた木の艶のある表面に広げる様子をじっと見つめる。それぞれの写真には異なるスズメバチの姿があった。小さなハチもいれば、かなりの大きさのハチもいる。

グレイは自分が何を目にしているのか、理解に苦しんだ。

「これらはすべて、同じスズメバチの種の別形態だ」ケンが写真を整理しながら説明した。「成虫の間にこれほどまでの差異があるとは、実に興味深い。体の構造がその機能を示している。それぞれが群れの中で特定の役割を担っているんだ」

すでにケンからは、どのようないきさつでこれらのスズメバチを研究することになったのかについての説明を受けている。教授はブラジルの島で見つけたヘビの体内から採取した幼虫を、京都の研究所で育てた。被験体が脱皮を繰り返しながら「齢」と呼ばれる発育段階を経て、やがて蛹（さなぎ）から写真にあるような成虫となって誕生するのを観察したのだという。

ケンが一枚の写真を手元に引き寄せた。そこに写っているのは長い触角をもつ小さなスズメバチで、全身が微小な毛で覆われている。「例えばこの小さな斥候だ。体の構造は感覚器官でデータを収集し、それを群れの間で共有する目的のためだけにできているように思える。推測するに、彼らは群れの中の偵察係で、地形の評価と判断を行なっているのだろう」

グレイは写真を凝視した。「セイチャンと俺が砂浜から逃げる時、このスズメバチが大量に海に浮かんで死んでいるのを見たように思う」

「本当かい？」ケンが顎を手でさすった。「おそらく群れが上陸した時点で彼らは目的を果たし、死んだのだろう。実に面白い」

〈君にとってはそうかもしれないが〉

それでも、教授が驚く様子から、今回の敵についてはほとんど何もわかっていないに等しいということを思い知らされた。この種を研究する時間が二カ月しかなかったことを考えると、ケンがかなりのことを調べてくれたのは事実だが、多くはいまだに不明のままだ。教授の調査が自然界ではなく研究所の中で行なわれたのだから、それも当然だろう。ただし、例のブラジルの島の凄惨な状況を思うと、研究所内での調査に限定したのは賢明な判断だったと言えるかもしれない。

ケンが別の写真を指し示した。ボードに留められた比較的大きなスズメバチが写っている。大きさの目安として体の横に小さな定規が置いてあった。黒と深紅の縞模様をした見るからに頑丈そうな体は、長さが七・五センチほどある。

「君はこいつに遭遇しているはずだ」ケンが言った。

グレイは顔をしかめながらうなずいた。

「繁殖力のないこのメスの針には、様々な毒素を含んだ毒液が備わっている。残念ながら、そのすべての成分を十分に調べるだけの時間はなかった。だが、この働きバチの目的が何かは言うまでもない」

グレイにはその答えが推測できた。「兵士として、群れのために邪魔者を排除すること」

「そして、レックが形成されたらそれを守ることだ」

グレイは眉をひそめた。「それについてはさっきも警告があった。群れが交尾のための縄張りを探しているということだったが」

「ああ。君たちには危険についてきちんと理解してもらわなければならない」ケンは何枚もの写真の中から何かを探している。「最初の二枚の写真は先ほど私が述べたことのうち、この種が典型的な社会性のスズメバチのように振る舞うということを表している。彼らは群れとしての習性を示し、それぞれが異なる役割を果たす。捜索者となるべくして生まれるハチもいれば、縄張りの防御者として生まれるハチもいる。しかし、そのほかにも私が『収穫者』や『庭師』と命名したタイプもいる。いずれも群れの中の役割分化において典型的な務めだ」

ようやく探し物を見つけたらしく、ケンが二枚の新しい写真をグレイの方に滑らせた。

「しかし、この二枚は違う。一匹の女王バチが巣を支配しているのとは異なり、この群れの繁殖は単独性のスズメバチの集団によって行なわれていることを示している。満足のいくレックが見つかると、繁殖が始まる」

グレイは二枚の写真を見比べた。一方は非常に小さなスズメバチの拡大写真で、一般的なアリとほとんど変わらない大きさだ。

「それがオスだ」ケンが説明した。「もう一枚の写真にあるはるかに体の大きなメスと交尾する」

コワルスキが口笛を鳴らした。「そのちびのオスと比べると、空母みたいな大きさに見えるな」

まさにぴったりのたとえだった。この繁殖するメスは針で攻撃してきた昨夜のスズメバチよりもはるかに大きく、体長は十二センチを優に超えている。

〈ありがたいことに、俺たちは誰もこいつに刺されずにすんだ〉

ケンの次の言葉でグレイはその思いをより強くした。

「彼女はまさに卵の製造工場とでも言うべき存在だ」ケンが説明した。「今までにこのようなものは見たことがない。自らの体に十分な数の貯精嚢（ちょせいのう）を集めるために、このメスは何百匹ものオスと同時に交尾を行なう。交尾が終わると、空っぽになったオスを食べてしまうんだ」

「メスがオスを食べちまうのか？」コワルスキが不快そうに首を左右に振った。「終わった後でマリアがしつこく甘えてきても、これからは文句を言わないようにしないといけないな」

パルも同意見のようだ。「まったくだな、兄弟。その通りだ」

マツイ教授は二人の反応を無視した。彼の表情に浮かんでいるのは嫌悪感ではなく、科学者としての好奇心だ。「この種は使える資源を無駄にしないのさ」教授はメスの体の後部を指差した。「この針を見てくれ。一センチ以上の長さがある。彼女の腹部の中では受精卵がベルトコンベアーのようなもので運ばれていると考えるといい。宿主を見つけると、彼女は針で相手の体じゅうを突き刺し、何千もの卵を産みつける。それにこの太い後脚だ。かなりの力がある。我々が指をパチンと鳴らすように、この足をぶつけて音を発する。群れがいっせいにそれを行なうと、カタカタという薄気味悪い音が鳴り響く。しかもそいつはかなり大きな音で、セミの鳴き声と同じくらいの音量に達する」

「なぜそんなことをするわけ？」セイチャンが訊ねた。

「たぶん……ソナーのように機能しているのだと思う」

セイチャンは痛々しい目をさらに細めた。「ソナー？」

「一般的なスズメバチでもそうした技術を備えている。ソナーを使って宿主候補の中に幼虫が存在しているかどうかを確かめる。狙った相手がすでにほかのメスによって寄生された後なのかどうかを調べるためだ」

「つまり」グレイは口を開いた。「家の中に誰かがいるかどうか確かめるために、ノックするようなものだな」

ケンが息をのみ、ほんの一瞬、はるか遠くを見つめるような視線になった。「ぞっとするようなノックの音だ。しかも、それは終わりの始まりを告げる」

「なぜなの？」セイチャンが問いただした。

「なぜなら、私はまだ君たちに最も悪い知らせを伝えていないからだ。この先史時代の生き物について、君たちの方から最も明白な疑問がまだ出てきていない」

セイチャンは眉をひそめた。「その疑問というのは？」

予想がついたグレイは、疑問を声に出した。「この種が太古の生き物ならば、いったいどこからやってきたのか？　なぜこのスズメバチは今もなお生きているのか？」

幸か不幸か、ケンはその答えを知っていた。「なぜなら、彼らは死なないからだ」

午前十一時五十八分

〈しかも、危うくそのことを見逃すところだった……〉

この種のライフサイクルに関する最後の一点にたまたま気づいたからよかったものの、そうでなかったらもう我々の運命は決まってしまっていたはずだ。このスズメバチのコロニー化がもたらす真の脅威について誰一人として知らないまま、その段階を迎えることになっていただろう。ケンにはこの地の関係者に危険の程度を理解してもらう必要があった。その手始めになるのが、ＤＡＲＰＡと関係のあるこの寄せ集めのチームだ。

心の中の不安を抑えようと、ケンは立ち上がってテーブルの片側を歩き始めた。「ジュラ紀に初めて登場して以来、スズメバチがいかにして効率的な進化を遂げてきたか、生き延びるためにいかにして賢い戦術を発達させ、環境の中に独自の地位を築いてきたかについては、君たちにもすでに注意を促した。卵を産みつけるのに一つの宿主しか選ばない種もいれば、見境なく手近な生き物を選ぶ種もいる。今のスズメバチの中には交尾を行なうことなく繁殖できる種も少なくない。事実、これまでのところオスの存在が認められていないスズメバチの種もいるほどだ」

「私はそれでもかまわないけど」セイチャンがつぶやいた。

「問題のこの種はどうなんだ」グレイが訊ねた。

「オドクロは仲間の数を増やすために複数の戦術を採用する。現在知られているスズメバチの一部のように、一つの卵から多数の幼虫がかえる。幼虫の段階では分化多能性——つまり、どの形態の成虫にもなれる可能性を持っている」ケンはテーブル上に広がる何枚もの写真を指し示した。「どのような環境的な合図やストレッサーが幼虫を特定の形態に導くのかについては、まだ理解できていない。しかし、これは群れを急速に拡大させるには極めて有効な手法だ。卵から成虫になるまでに約二週間しかかからない。それにこの種は絶え間なく繁殖を行なうと見られる。私の推測では群れの規模は加速度的にふくれ上がり、その妨げになる要素があるとすれば、餌の量と卵を産みつけるのに適した宿主の数くらいだろう」

ケンはそれが意味するところを強調しようと試みた。「通常なら、女王バチが一匹しかいないため、コロニーのサイズには限度がある。環境が厳しくなると——冬の寒い時期などには、コロニーは死滅する。生き残るのは女王バチだけだ。寒い間は地中などで冬眠するが、春の訪れとともに再び姿を現す女王バチはたくさんの卵を抱えていて、新たなコロニーを形成する準備ができた状態にある」

グレイが険しい表情を見せた。「だが、この種の場合は事情が異なる」

ケンはうなずいた。「女王バチを持たないオドクロは、ただひたすら増え続ける」

「しかし、さっき君は期限が三日だという話をしていた。なぜだ？　このスズメバチが成虫になるのに二週間かかるのだとしたら、なぜ三日しか時間がないんだ？」

コワルスキが鼻を鳴らした。「それにこいつらは死なないとか言っていたよな？　俺はずいぶんたくさん踏んづけてやったぜ。どう見ても完全にくたばっていたけどな」

ケンはうなずいた。「君たち二人の質問に対する答えは同じだ。群れが確実に生き延びるための別の方法と関係している。すべてがメスというスズメバチの種と同じように、オドクロは単為生殖でも数を増やすことができる。幼虫の段階からそれを行なっていて、具体的には発育の第三段階に当たる三齢になった時から始まる」

「それが三日目くらいに起きるということなんだな？」グレイが確認した。

「しかも、私は危うくそのことを見逃すところだった。ともかく、きちんと説明させてほしい。卵は産みつけられた直後に孵化して、一齢の幼虫が大量に生まれる。飢えた幼虫はひっきりなしに食べ続け、一日以内に脱皮して二齢になる。同じ工程が繰り返され、再び脱皮すると三齢になる。この時点で、幼虫は不思議な行動に出る。まだ体の小さな三齢は宿主の骨に穴を開け、骨髄に巣を作るんだ」

コワルスキがぶるっと体を震わせた。「そこから先の話はあまり聞きたくないぞ」

「理解してもらわないといけないのは、すべてのスズメバチは幼虫を隠すために宿主の体を巧妙に利用しているという点だ。時には宿主が動き回るのに任せ、宿主の側も手遅れになるまで卵を産みつけられたことに気づかない場合もある」

「幼虫が骨の中に潜り込んだら、その後はどうなるんだ?」グレイが訊ねた。

「最初は幼虫が栄養分のある骨髄を餌にしているだけなのだろうと思ったが、組織を顕微鏡で調べたところ、奇妙なかけらが残されていることに気づいた。ただの糞粒(ふんりゅう)――幼虫の排泄(はいせつ)物だと片付けようとしたのだが、それにしては形が規則的だし、数も多すぎた。見せてあげよう」

ケンはそのような粒の一つを撮影した電子顕微鏡写真を探し出し、全員に回した。

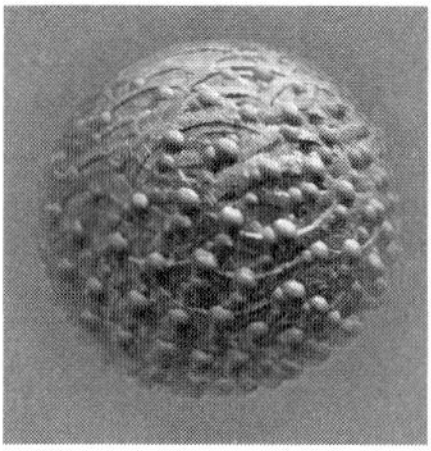

「何かのイカれた卵みたいだな」パルが感想を述べた。「表面にぶつぶつがいっぱい付いている」

グレイも目を細めて写真を見ている。「これは何だ？」

「基本的にはパルの意見が正解だ。これは干からびたシスト——休眠状態に入った生物体が作る被嚢で、大きさは米粒の十分の一くらいしかない。その中には表面に見える水疱のようなものがいっぱい詰まっている。千を軽く超える数だ。一つ一つの水疱の中には三齢の遺伝クローンの小型版がいるのだが、ごく小さなこぶ状の鉤爪が付いているのが違いだ」

ケンは水疱をスキャンした電子顕微鏡写真を見せた。

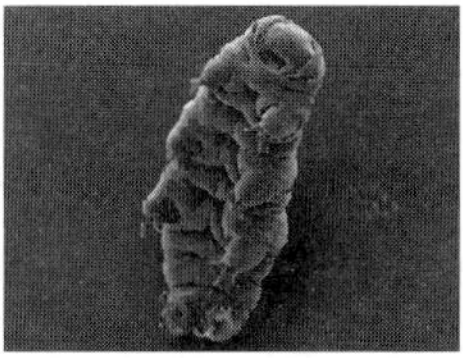

「スズメバチが時にはほかの昆虫の戦術を取り入れるという話をしたのを覚えているかな？」ケンは写真を指先で叩いた。「これがその一例だ」

「理解できないんだが」グレイが反応した。「何の戦術を借用しているんだ？」

「緩歩動物を知っているかい？」

テーブルのまわりの全員が一様に首を横に振る。

「この写真にあるのとてもよく似ている。そのずんぐりとした見た目から『クマムシ』とも呼ばれているが、非常に小さな生き物で、せいぜい〇・〇五ミリくらいしかない」

「そのクマムシとやらがこのスズメバチとどう関係しているんだ？」グレイが訊ねた。

「緩歩動物はスズメバチよりもはるかに昔、その二倍近くも前のカンブリア紀に現れた。しかし、彼らは類いまれな生命力を持っているので、今日では地球上のあらゆる環境下に存在している。環境条件が厳しくなると、緩歩動物は『クリプトビオシス』として知られる、あたかも死んでいるかのような休眠状態に入る。『樽』と呼ばれる乾燥したボールのような形に丸まるんだ。この仮死状態にあるクマムシは、絶対零度に近い低温にも百五十度の高温にも耐えられる。とてつもない高圧や真空状態はもちろん、大量の放射線を浴びても生き延びる。事実上、不死身の存在だと言える」

ケンは写真の中のシストを指差した。「一九四八年のこと、百二十年間もクリプトビオシスの状態にあった樽が生き返ったことを、科学者たちが明らかにした。もっと最近の研究では、永遠とまではいかないにしても、その何倍もの長さでも生き続けられるという可能性が指摘されている」

　グレイがシストの写真を手に取った。「君はこれらのスズメバチが緩歩動物からその生存戦術を借用していると信じているんだな？」

「当然じゃないか」ケンは肩をすくめた。「緩歩動物もこうしたトリックをほかの種から取り入れているのだから。彼らのゲノムの十八パーセント近くは先史時代の植物や菌類に由来している。その中には、『生命の暗黒物質』と見なされているものも含まれている」

「生命の暗黒物質？」

　ケンはうなずいた。「生と死の狭間に存在する細菌類を指す用語だ。つい最近になって特定されたばかりで、『ラザロ微生物』と呼ばれる。例えば、ナトロノバクテリウムは結晶の中に一億年も閉じ込められていた後によみがえった。あるいは、ヴィルギバチルスのコロニーは、岩層内部で二億五千万年間も休眠していた後に復活した。それらはほんの一例にすぎない。まだ発見されていないものが数多くあるはずだ」

「君はこのスズメバチがそのような古代の生存戦術の一部を取り入れたと信じている」グレイがケンの顔を見た。「なぜだ？　どんな目的のために？」

「進化上の安全策なのだと思う。彼らはこうした不死身の遺伝子の足跡を死んだ宿主の骨の内部に保護された状態で残す。やがてその骨が塵（ちり）になれば、シストははるか広範囲にまで拡散し、うまくいけばそうとは気づかれないまま動物たちによって吸い込まれたり摂取されたりする。適した宿主の体内に入り込んだら、水疱から孵化して宿主を食べながら、四齢、五齢と残りのライフサイクルを続け、やがて成虫として外の世界に現れれば、群れが再び誕生することになる」

東藍子が初めて言葉を発した。「灰の中からよみがえる不死鳥のようなもの」

ケンは彼女の物思いにふけるような口調が引っかかった。今の話に重要な意味があると言わんばかりの発言だ。だが、目で問いかけても特に反応がないので、ケンは説明を続けた。

「三日目までには、この島々の群れは環境にしっかりと定着し、文字通りの意味で骨の髄にまで浸透して深く根を張るため、駆除することは不可能になる。しかも、話はそれで終わらない」

「どういう意味だ？」グレイが質問した。

「このスズメバチは宿主を生かしておくという話を忘れてはならない。つまり、幼虫を体内に宿した鳥は空を飛んで拡散する。小動物は地面に穴を掘って移動する。ほかの島に渡る動物もいるだろう」

「しかも、人間はもっと広範囲に移動する」グレイが険しい口調で補足した。

「この地に防火帯を築かなければ」藍子が警告した。「世界中に燃え広がってしまう」

「そうなれば、環境に甚大な被害が及ぶ」ケンはこれから起こりうることの説明を試みた。「このスズメバチの研究に携わった短い時間の中で、寄生する宿主に関して何らかの嗜好があるのかどうかを調べてみた」

セイチャンが身を乗り出した。「あったの？」

「いいや」ケンはたくさんの卵を抱えたメスのスズメバチの写真を手に取った。「この針が進化したのはジュラ紀だ。針は一センチ以上の長さがあるだけでなく、硬化した組織でできていて、鋼にほぼ等しい強度を持つ。かたい皮に突き刺すためのもので、装甲板のような恐竜の皮膚でさえも貫くことができたはずだ。先史時代の動物に比べたら、ここの生き物は楽な獲物だ。さらに厄介なのは、我々にはこの古代の種に対する自然防御機能が備わっていない」

「俺たちは無防備だということなんだな」コワルスキがつぶやいた。

ゆっくりとうなずくグレイは、これまでの情報をすべて理解しているように見える。「確かに、外来種によってもたらされる被害例は枚挙に暇がない。エヴァーグレーズ国立公園のビルマニシキヘビ、ヨーロッパからオーストラリアに持ち込まれたウサギ、アメリカ各地の湖に見られるコイ」

「だが、それらはある大陸から別の大陸に移った種にすぎない。ここで話をしているのは、我々には想像も及ばないような長い期間、この地球上でその姿を見ることのなかった生き物だ」ケンは今回の脅威の本当の恐ろしさをうまく伝えることのできない自分にもどかしさを覚えた。「私はケイマーダ・グランデ島に残されたものをこの目で見た。このスズメバチは、地面を歩き、あるいは地面を這い、あるいは空を飛ぶすべての生き物を攻撃する。その地の環境が滅んでしまおうとも一向に気にしない」

「なぜなら、生き延びるための予備の計画を持っているから」グレイがシストの写真を脇に押しのけた。「俺たちはそうなる前に食い止めなければならないということだ」

ケンはため息をついた。

グレイが立ち上がった。

〈言うだけなら簡単なんだが……〉

ケンは窓の方に顔を向けた。「俺たちは何をすればいいのか教えてくれ」

書棚に歩み寄ったグレイが、島の地形図を手に戻ってきた。「どこから探し始めればいい

真昼の明るい日差しが庭いっぱいに降り注いでいる。「まず、群れが定着した場所を突き止める必要がある」

「短時間の研究から判断する限り、オドクロは社会性のスズメバチとは違って巣を作らないようだ。この点では単独性のスズメバチの性質を持っていると思われる。そうだとすれば、地面の下に拠点を築くための穴を探すはずだ」

いかについて、何か考えは？」

パルが地図に顔を近づけた。「貿易風はこの向きに吹いている」ハナからたどった彼の

指先が、ハレアカラ山の山腹に広がる森にぶつかる。ゆっくりと深呼吸をしながら地図を見つめた後、パルは地図上のある一点を指差した。

大柄なハワイ系の男性は大きな笑みを浮かべながらほかの仲間の顔を見た。「このちっちゃくて厄介なやつらがどこにいるか、わかったと思う」

13

五月七日　東部夏時間午後六時一分
ワシントンDC

　ペインターはスミソニアン・キャッスルの二階にある八角形の広間を横切っていた。いくつもの扉が様々な部屋に通じているが、ペインターが目指す両開きの扉の先にはかの有名な理事室がある。半ば開いた扉の奥から話し声が漏れてくる。

「この呼び出しが何のためなのか、確かめさせてもらおうじゃないか」ペインターはキャットにささやいた。

　ペインターはずっと声を落としていた。人に聞かれないようにするためではなく、この古い建物の歴史に対する敬意からだ。この場所が醸し出す教会のような雰囲気が、広々とした空間、併設された礼拝堂、長い回廊と相まって、時の流れの重みをひしひしと感じさせる。キャッスルの正面に銅像の立つ初代会長のジョセフ・ヘンリーが、ここの通路を歩く姿が目に浮かぶようだ。この建物は何かに取りつかれているとの噂すらある。妻のメアリー・トッドに霊媒はいんちきだと証明したいというリンカーン大統領の要請により、かつてヘンリー自身の立ち会いのもと、理事室で降霊会が行なわれたこともあったという。

そんな情景を想像するうちに、ペインターの顔には笑みが浮かんでいた。この場所への愛着で胸がいっぱいになる。ペインターはキャットとともに秘密のエレベーターを使い、地下にあるシグマの司令部からキャッスルの建物内に移動した。三十分前に閉館になったため、下層階に残っているのは数人のガイドと清掃スタッフくらいだ。ペインターはこの場所をほぼ独り占めできる閉館後の時間が好きだった。時には深夜に建物内を歩き回り、その静けさを利用して考えをまとめることもある。問題をよりはっきりと見つめることができるし、頭の中も整理できるからだ。同時に、ここは科学に対しての、および歴史が伝える教訓に対しての敬意をまざまざと示している場所でもある。そのことがペインターにシグマの務めの大切さを改めて教えてくれる。

理事室の入口に近づくと、キャットが電話の画面から顔を上げた。「ドクター・ベネットからマツイ教授の研究ノートが届いたというメールがありました。ただちに内容の確認を始めるとのことです」

ペインターはうなずいた。この面会に臨む前、短い時間ながらグレイと話をして、ハワイ諸島で解き放たれたものに関する大まかな説明を受けたばかりだ。国立動物園の昆虫学者が今回の脅威の謎にさらなる光を当ててくれるように祈るしかない。

グレイから聞かされた期限を考えると、なおさらその思いが強まる。

〈三日〉

そんな限られた時間の中で一秒たりとも無駄にしたくないとの気持ちから、ペインターはこの呼び出しにいらだっていた。その一方で、この面会に対して好奇心をそそられていることも否定できない。今回の件に関して議会図書館の館長がどんな情報を提供してくれるというのだろうか？　そのことがキャッスルの建造と、それよりも信じがたいのは電話を発明したアレクサンダー・グラハム・ベルと、どのようなつながりがあるというのだろうか？

〈突き止める方法は一つしかない〉

ペインターはノックしてから、半開きになっていた扉を押し開けた。先に入るようキャットを促し、その後に続く。

日輪を模したスミソニアンの記号を中央にあしらった大きな円形のテーブルが、室内の大半を占めている。その周囲にはナショナルモールやＤＣの市街地を見渡せる窓があり、ベルベットのカーテンがかかっている。この部屋には四半期ごとに、理事会を構成する十八人の理事が一堂に会する。

しかし、今日の出席者は二人しかいない。

　キャッスルの学芸員のサイモン・ライトが大きな机を回り込み、ペインターたちを出迎えた。年齢は五十代半ばだが、もっと若い頃から髪は真っ白になっていた。白髪を肩に届くくらいまで伸ばして後ろになでつけているので、かつて一世を風靡（ふうび）したロックスターのように見える。

「クロウ司令官、わざわざ来てくれたことに感謝する。それとブライアント大尉、君に会うのはいつでも大歓迎だ。娘さんたちは元気にしているかな？」

　キャットはサイモンと握手し、温かい心遣いに対して笑みを浮かべた。三人はもう十年以上の付き合いになる。「モンクに任せてキャンプに送り出しました」

「子供も夫も留守なのかね？　だったら、君にとってせっかくのくつろぎの時間を台なしにしてしまったことに、お詫（わ）びを申し上げないといけないな」

「このような状況ですから、仕方ありませんよ」

　サイモンは室内にいるもう一人の人物、議会図書館館長のエレナ・デルガドを紹介した。サイモンがよりかしこまった口調になる。エレナは四カ月前に任命されたばかりで、この地位に就いた最初のヒスパニック系の女性だ。そのため、三人ともまだ彼女とあまり面識がない。

　だが、ペインターは彼女の経歴に一目置いていた。エレナはカリフォルニアの移民の両親の間に、四人姉妹の末っ子として生まれた。学業においても運動においても優れ、その両方でスタンフォード大学からの奨学金を獲得した。大学ではアメリカ史の博士号を取得する一方、ミュンヘンオリンピックに出場して水泳で金メダルと銀メダルを一つずつ手にした。その後は歴史への興味から図書館の書庫に入り浸るようになり、メリーランド大学で図書館学の博士号を取得するまでに至った。

ペインターは対面できたことを喜びながら彼女の手を握った。その手がしっかりと握り返してくる。六十四歳という年齢にもかかわらず、エレナはオリンピック選手当時の体型を維持していた。老いを示すものといったら、小さな十字架が二つ付いた細いシルバーのチェーンで首に掛けた老眼鏡くらいだ。

「あなた方の時間が貴重なのは承知しています」いきなりそう言うと、エレナはテーブルに着くよう二人を促した。「でも、これは重要なことなのです」

彼女の前のテーブル上には二冊の本が置かれていた。一冊は分厚い革綴(と)じの書物だが、何者かが燃やそうとしたかのように、表紙にはひびが入ったり黒ずんだりしているところがある。もう一冊はそれよりも新しそうで、伸縮性の太いバンドで留めてあるが、糸で縫って綴じてあるようなので、少なくとも数十年前のものらしい。

エレナがあたかも守ろうとするかのように、片方の本に手のひらをそっと置いた。「これらは議会図書館の館長が代々受け継いできた特別コレクションのうちの二冊です。この私的な書庫の存在を知る人はほとんどいません。これまでの歴史の中で、各地の博物館や図書館の棚から本が消えてしまう事例は少なくなかったので、我が国にとって大切な蔵書を保護することが定められたのです。グーテンベルク聖書のような、必ずしも計り知れない価値のあるものばかりとは限りませんが、それでも安全を期するだけの重要性を持つ本が集められました」

サイモンがうなずいた。「エレナの言う通りだ。学芸員の立場から言わせてもらうと、スミソニアンの収集物のかなりの数がいつの間にかなくなってしまっているのは事実なのだ。合計すると、我々が所有する遺物や書物の約一割が消えた計算になる。しかも、些細な品ばかりとは限らない。その中には百万ドル、あるいはそれよりも価値があろうかという第一級の収集物が三十点以上も含まれている」

キャットが驚いた表情を浮かべた。「盗まれたのですか？」

サイモンは肩をすくめた。「一部はそうだな。貸し出されたきり、戻ってこなかったものもある。だが、そのほとんどは単なる分類ミスが原因で、ストランドの保管施設のどこかに人知れず眠っているに違いない」

ペインターは話に出てきた場所のことを知っていた。メリーランド州ストランドにある博物館支援センターには、一つがアメリカンフットボールのフィールドに匹敵する大きさの建物が五つあり、スミソニアンの収集物の四割に相当する五千万点以上が保管されている。

「そうだとしても」エレナが再び説明を始めた。「ご想像はついているかもしれませんが、人によっては見落としてしまいかねないような、そうした本を保管する必要性が生じました。一見したところは厳重に保管する価値などなさそうでも、失われてしまう危険を冒すわけにはいかない大切な本があるのです。アメリカ版のヴァチカン機密公文書館とでも考えていただければ」

ペインターはテーブルの上の本を指し示した。「つまり、この二冊はそのコレクションのものなのですね？」

エレナの顔に自然な笑みが浮かんだ。館長は比較的新しい本を自分の手元に引き寄せた。「実を言うと、この本の著者は私たちの書庫を創設した人物でもあるのです。議会図書館第九代館長のアーチボルド・マクリーシュで、第二次世界大戦中にその任にありました。戦時中に彼は国家にとって貴重な品の保管という任務を委託され、我が国の歴史において極めて重要な品々を国内の各地に分散して隠したのです。館長を辞任して国務次官補に就任した後も、このプロジェクトを継続する必要性を感じ、特別な秘密のコレクションという形でスミソニアンのために功績を残してくれました」

「その手始めが彼自身の本だったのですか？」ペインターは訊ねた。

「それ以外にもたくさんの書物がありましたよ」エレナが訂正した。「でも、彼がそうしたのはこの二冊の本を人々の目から隠すためだったのではないかと思うのです」

二冊の本を手に取って調べたいという思いを我慢するかのように、キャットが左右の手を組んだ。「その本が今起きていることとどう関係しているのですか？」

「すべてに関係している……あるいは、何の関係もないのかも。よくわからないのです。でも、サイモンにこの二冊の本にまつわる話を伝えたら、あなた方にも知らせるべきだということだったので」ペインターとキャットに向けるエレナの目つきからは、少なからぬ疑念がうかがえる。「お二人はDARPAの方だと理解しているのですが」

サイモンはシグマについて明かしていないようだが、彼は嘘をつくのが上手ではない。館長がこの顔合わせの裏には何かがあると勘繰っているのは明らかだ。

ペインターは差し当たってその問題には踏み込まないことにした。「本にまつわる話というのは？」

「最初に、私が個人的な興味からたまたまこの二冊に出会ったということをお伝えしておくべきでしょう。私の博士論文は南北戦争がテーマで、その中心はリンカーンの側近たちが果たした役割についてでした。そうした側近たちの中にはスミソニアン協会の初代会長のジョセフ・ヘンリーもいました。当時、スミソニアンのコレクションはこの建物の中だけに収められていたのです」

リンカーンとヘンリーが親しい間柄だったことをよく知るペインターは、まさにこの部屋で行なわれた降霊会についての話を再び思い出した。

エレナがようやく椅子に腰を下ろした。「話はジョセフ・ヘンリーと、南北戦争中にあわやキャッスルが全焼するところだった火災から始まります」

　エレナはジェームズ・スミソンに関する不思議な話を語り始めた。建国から間もない国に彼が寄贈した遺産をもとに、その名前を冠した協会が創設されることになる。彼女の話のほとんどはテーブル上のマクリーシュの日誌の中に詳しく記されていた。ジョセフ・ヘンリーがジェノヴァにあるスミソンの墓に埋められた「悪魔の王冠」と呼ばれる遺物の存在を知るに至った経緯について。その数十年後、スミソンの遺体の保存と、危険で武器にもなりうると噂されたその遺物の確保のため、アレクサンダー・グラハム・ベルが秘密の任務を帯びて派遣されたことについて。

「彼は何を見つけたのですか？」キャットが訊ねた。

「マクリーシュによると、ベルは内部に爬虫類の、おそらくは小型の恐竜のものと思われる骨が保存されている琥珀の塊を発見しました。スミソンと同じように、発明家も謎めいたメモを残していて、それは危険であると同時に、おそらく奇跡でもあると注意を促しています」

　ペインターは眉をひそめた。「奇跡というのはどういうことです？」

「ベルは遺物が死後の世界についての秘密を握っていると主張しました。でも、どのようにしてそんな突拍子もない結論に到達したのかについては、具体的に語っていません」

ペインターはキャットの方を一瞥した。ハワイを襲った古代のスズメバチがもたらす脅威に関して、およびスズメバチが「クリプトビオシス」と呼ばれる一種の仮死状態に入ることや、何世紀もたった後に群れを復活させるための方法として宿主の骨の中に休眠中のシストを植え付けることに関しては、彼女もグレイから説明を受けている。

エレナはペインターとキャットの間の無言のやり取りに気づいたようだ。「お二人には何か思い当たる節があるのですか?」

「あるかもしれませんが、話を続けてください。遺物はどうなったのですか?」

「おそらくスミソンの例にならってのことだと思いますが、ベルは遺物を再び埋めることが最善の策だと考えました。ただし、アメリカ国内に」

「どこに?」キャットが訊ねた。

「キャッスルの建物と、ナショナルモールを挟んだ向かい側に位置する国立自然史博物館をつなぐ古い業務用トンネルの脇の隠し部屋です」

事態が深刻の度合いを増しつつある中で、ペインターは驚きを禁じえなかった。

〈すべては我々の庭先で始まったのか〉

「第二次世界大戦中、マクリーシュは我が国の宝とも言うべき品々を保護する防空壕を建造するための調査を進めていました」

「そして、ベルの部屋を発見した」

「あいにく、発見の秘密が守られることはありませんでした。後になってマクリーシュは、計画の調査に携わっていた技師の一人が情報を漏らしたのではないかと疑っています。知らせを耳にした当時の我が国の敵が、埋められた遺物に関するベルの警告に興味をひかれたのです」

話に引き込まれた様子で、キャットが身を乗り出した。「何が起きたのですか？」

「トンネル内で銃撃戦になりました。琥珀は日本人のスパイに盗まれてしまったのです」二人のことを意味深に見つめるエレナの視線からは、彼女もまた今回のハワイへの攻撃が真珠湾攻撃の再来なのではないかと考えているようにも見受けられる。「マクリーシュは襲撃者の一人の体に彫られていた記号も書き残しました。同じ記号がその一世紀近く前のキャッスルの火災に関与した人物とも何らかの形でつながっている、そう彼は主張していて、まるで同じグループが過去にもこの遺物の証拠を消そうとしたかのような書き方をしているのです」

「どんな記号ですか？」ペインターは訊ねた。

「お見せしましょう」エレナは本のページをめくりながら老眼鏡をかけた。「どことなくフリーメイソンの記号に似ています」

「フリーメイソン？」ペインターは息をのんだ。姿勢を正したキャットの表情にも不安の色が濃くなる。「ひょっとして、その記号の中心には三日月と星が一つずつあるのでは？」

エレナが眼鏡を下げ、二人を見ながら眉間に深いしわを寄せた。「ええ、ありました。どうして知っているのですか？」

キャットが両目を閉じ、小さく舌打ちをした。

ペインターも同じ気持ちだった。

〈グレイとセイチャンが狙われたのも当然だ〉

館長の視線が二人の間を行き来した。「そろそろあなた方の話を聞かせていただきたいものですね」

午後六時三十三分

エレナは説明を待った。いつもの頑なな思いが心の中で強まるのを感じる。これまでの人生、自分を否定されることばかりだった。父親からは早く結婚して家庭を持ち、子供を産むように強く言われた。同僚の教授たちからは、彼女の学会での地位は女性を優遇する措置のおかげだと陰口を叩かれた。

一人で娘を育て上げ、乳癌を経験したこの年齢になると、もう大人しく引き下がるつもりはないし、これ以上の隠し事を受け入れるつもりもない。

〈ここではいったい何が起こっているの？〉

学芸員のサイモン・ライトから、キャッスルの理事室でＤＡＲＰＡの二人と会うように言われた時から、エレナは疑いを抱いていた。

〈どうしてここで？〉

エレナは若い女性を見つめた。キャット・ブライアント大尉はきちんと整えられたベッドのように身なりがぱりっとしているし、軍隊を思わせるような張り詰めた雰囲気がある。エレナは彼女に自分と似た一面があるような気がした。上司に対して向けた「この女性には正直に明かすべきです」と言わんばかりの険しい眼差しを見て、なおさらその思いが強まる。

しかし、クロウ司令官も頑なな性格という面ではエレナと同じらしく、背中には力みが見られ、顎の筋肉がこわばっている。最初に目にした時、エレナは相手の整った容貌に一瞬はっとした。射抜くような青い瞳に、豊かな黒髪――ただし、片方の耳の後ろのあたりのひと房だけが雪のように真っ白で、エレナはなぜかそのことに目を奪われた。この男性にはアメリカ先住民の血が流れているのだろう。

それでも、彼がエレナの前に立ちはだかっていることに変わりはない。

このままでは膠着状態が続くばかりだと察したのか、キャットが妥協案を提示した。

「私たちの側の話をする前に、あなたの話を最後まで聞かせていただけませんか？」その手がテーブル上の日誌を指し示す。「アーチボルド・マクリーシュの話がスミソンの遺物の盗難で終わっているわけではないのでしょうから。かなり厚みのある本のように見えます」

エレナは躊躇したものの、声に出してため息をついた。それがいちばんいい進め方なのかもしれない。

〈今のところは〉

「マクリーシュの話に関してはあなたの言う通りです」エレナは切り出した。「アーチボルドが小部屋を発見したのは一九四四年十一月のことなのですが……その翌月、彼は辞任しています。第二次世界大戦の真っ最中に。ドイツ軍はすでに劣勢に立たされていましたが、太平洋ではまだ日本が大きな脅威だった時期です。日本が盗んだ遺物で何かをしでかすかもしれないと恐れたマクリーシュは、その真相を突き止めるための捜索に乗り出しました」

「例えば、その遺物はどこからやってきたのか?」キャットが推測した。「なぜスミソンはそれを恐れていたのか?」

「その通りです。マクリーシュはスミソンの足跡をたどろうとしたのですが、それは困難な道のりになりました」エレナは焼け焦げた本を指差した。「燃えたスミソンの日誌からは遺物の由来がわかりませんでしたし、そのほかの個人的な書簡の大部分も例の火災で失われてしまっていましたから。それでも、マクリーシュは強い決意を持って作業に取りかかりました。当時まだ戦争が続いていたヨーロッパに赴き、スミソンの過去について知る人を探しました。友人、同僚、親族。彼の墓地からどうにかして逆にたどっていこうと試みたのです」

「彼は何を見つけたのですか?」ペインターが訊ねた。

「さらなる謎です。詳しくは中身を読んでもらう方がいいのですが、その旅路はバルト海に望むエストニアの都市タリンで終わりを迎えています」

敗北を認めたかのように、キャットの表情が曇った。「つまり、マクリーシュは遺物の起源を発見できなかったのですね?」

「ええ。でも、彼はある老人から話を聞き出すことができました。その人の祖父は地質学者で、若い頃にタリンの酒場でスミソンと一緒にお酒を飲んだことがあったそうです。かなり酔っていたスミソンが機嫌よく話をしていて、その内容が空想の産物としか思えないものだったのでよく覚えていた祖父が、孫に何度も話して聞かせたのだとか」

ペインターの眉間にしわが寄った。「どんな内容だったのですか?」

「豊かな琥珀の鉱脈をたまたま掘り当ててしまった坑夫たちにまつわる、ぞっとするような話です」その発見が持つ重要な意味を思い、エレナは焼け焦げたスミソンの日誌に手を触れた。「掘り進めていくうちに、鉱山の中で何かが解き放たれました。恐ろしい病気が人を刺す昆虫――巨大なスズメバチによってもたらされたのです。実際の言葉を引用すると、スズメバチは『岩の中の骨から生まれてきた』ということなのです。スズメバチが外に出るのを防ぐ唯一の方法は、作業者たちが中にいる状態のままそこを焼き払い、その後で埋めてしまうことでした」

上司に向けるキャットの視線から、今の話が耳を疑うような内容ではなかったことがうかがえる。

ペインターが椅子の背もたれに寄りかかった。「マクリーシュの捜索はそのタリンで終わったということでした。彼は今の話が他愛もない言い伝えにすぎないと考え、それ以上の追及をあきらめたのでは？」

「それも理由の一部かもしれませんが……それよりも、彼がその話を一九四五年八月六日に聞かされたということが大きかったのだと思います」

一瞬、ペインターの顔に困惑の表情が浮かぶ。

キャットが説明した。「広島に原子爆弾が投下された日です」

エレナはうなずいた。「その日以降、マクリーシュは日本による漠然とした脅威に不安を感じなくなりました。それ以上の捜索を続けたところで、もはや無意味だと判断したのでしょう」

ペインターが首を左右に振った。「だが、その判断は間違っていたようだな」

「そこに今回のハワイへの攻撃が関係してくるのです」エレナは言った。「スミソンの発見とハワイでのテロリストによる攻撃を結びつける何らかのつながりが存在するのだとしたら、誰かがマクリーシュの作業を引き継ぎ、あの遺物の由来を突き止める必要があるように思います」

「あなたの言う通りです」キャットが上司の方を見た。「この古代の種がもたらす危険に関してのマツイ教授の見解が正しければ、その起源を知ることが重要になると考えられます」

「なぜだ？」

「このスズメバチは過去に一度、絶滅しているからです」ペインターの浮かべた当惑の表情に気づいたのか、キャットが説明を始めた。「どうしてこのスズメバチは現代に生息していないのですか？　どうして今日の世界に君臨していないのですか？　過去に猛威を振るうことがなかったのは、何のおかげなのでしょうか？　何かがこの攻撃的な種をクリプトビオシスに——隠れなければならない状況に追い込んだのです」

エレナはまったく話についていけなかったが、ここは余計な言葉を挟むべきではないと察した。

ペインターがテーブル上の二冊の書物に視線を落とした。「ということは、過去にやつらを食い止めた何かの正体を発見できれば……」

「今回もそれを使って食い止めることができるかもしれません」

二人が共通の認識に達したのを見て、エレナは自分が攻勢に転じる時だと判断した。「あなた方がそうした作業を進めるつもりならば――エストニアのタリンで手がかりを探すつもりならば、ここにあるマクリーシュの日誌に関してすべてを知っておく必要があります」手のひらで元議会図書館館長の日誌を押さえる。「この日誌が行くところには私もついていきます」

ペインターが立ち上がった。申し出を却下しようとしているのは明らかだ。「このような歴史ある書物を危険にさらす必要はありません。コピーを取ればすむ話ですから」

エレナはテーブル上の二冊の本を手に取った。「捜索を成功させたいのならそれではだめです」男性をにらみつける。「おそらく日誌のページに記されている以上のことが必要になるはずです。この二人の書き手について、特にスミソンについて、あらゆることに精通している人間がいなければ困ることでしょう」

「言い換えれば、それがあなたということなのですか？」ペインターが半信半疑の口調で訊ねた。

キャットがペインターの腕に触れた。「いいですか、私たちには三日しか残されていないんですよ」

そんな期限については何一つ知らないものの、エレナはこの問題に関するキャットの支持をありがたく思った。

行き詰まりを打ち破ったのは学芸員のサイモン・ライトだった。彼はペインターに向かって片方の眉を吊り上げた。「どうやら新任の議会図書館館長にキャッスルをくまなく案内してさしあげるのがよさそうだな」

午後七時五分

十五分後、キャットは秘密のエレベーターの扉が閉まらないように手で押さえていた。キャッスルの真下に位置する地下施設に足を踏み入れたエレナ・デルガドの顔に浮かぶ驚嘆の表情を見ると、喜びがこみ上げてくる。

「こんな場所が存在するなんて夢にも思っていなかった……」エレナは目を丸くしてつぶやいている。「チョコレート工場に入ったチャーリーのような気分ね」

先頭に立って案内するペインターが笑みを浮かべて振り返った。意志の強い館長と打ち解けつつあるようだ。「それなら、私はウィリー・ウォンカということになりますね」

エレナが頬を赤らめた。「ごめんなさい。二人の孫娘と一緒に過ごす時間が長すぎるのね。あの映画の内容が頭にこびりついてしまったに違いないわ」

そんな頭がどうかしてしまいそうな状況は、キャットも身をもって経験していた。子供向けの映画の音楽がいつまでも繰り返しテレビから響いてくると、聞き流しているつもりでもいつの間にか頭に入ってしまう。

「私のオフィスに案内しますよ」ペインターが申し出た。「キャットは旅行の準備をしないといけないので」

「こうして話している間にも、ジェイソンがジェット機を手配しています」キャットは返事をした。「一時間以内に離陸できると思います」

振り返ったエレナは、まだこの状況を十分に把握できていない様子だ。「そんなに早くに？」

キャットはうなずいた。

〈シグマの世界にようこそ〉

通信室の入口に差しかかったところで、キャットは足を止めた。「二、三分後には私もそちらに行きます。ジェイソンと情報を共有できているかどうか、出発前に確認しておきたいので」

二人と別れたキャットは、自分の右腕とも言うべき存在のジェイソン・カーターの姿を認めた。やや赤みがかった金髪で、いつも額の上の毛が跳ねているジェイソンは、二人の技師と頭を寄せ合って話をしている。

「どう?」キャットは訊ねた。

ジェイソンにはそれ以上の言葉は不要で、キャットの方を見ることなく答えが返ってきた。「ちょうどドクター・ベネットとの話が終わったところです。あなたたち二人と一緒に行くことに同意してくれました。マツイ教授の資料を荷物にまとめて空港で落ち合うには四十分もあれば大丈夫だということでした」

「それならいいわ」

捜索を成功させたいと思うならば、総力を結集して事に当たる必要がある——その中には手近にいる昆虫学者を同行させることも含まれる。過去にこのスズメバチの拡散を阻止した何かに関する手がかりがあるとすれば、その発見にはドクター・ベネットの専門知識が不可欠になるだろう。

「グレイから新しい知らせはあったの?」キャットは訊ねた。

「いいえ、まだです。最後の連絡はほかの人たちとともに群れの手がかりを追っている途中だというものでした」まだ前を向いたまま、ジェイソンは肘でスターバックスの容器を指し示した。「バニララテ、ダブルショットです」

キャットはカップに近づき、両手で包み込んだ。指に伝わるぬくもりがありがたい。「ダブルじゃ足りないわね」

ジェイソンが横目で見た。「冗談ですよね?」

キャットはその反応を無視して、頭の中のもやもやを追い払おうとカップに口をつけた。「セイチャンを襲って船で逃げた人物については？」

「姿をくらましました。現在の居場所は不明です。でも、太平洋全域の情報機関には警報を流してあります」

歯を食いしばるキャットの頭の中で、無数の情報が駆け巡った。何もかもが不確かな状況の中で、自らの持ち場を離れたくないという思いはある。ジェイソンには途方もない作業を託さなければならない。世界のまったく別の場所での二つの作戦を連携して進めなければならないばかりか、ペインターには常に最新情報を伝え、司令官が政治的な面から、ことによっては軍事的な面から必要な判断を下せるようにしておかなければならないのだ。

〈軍事的な判断を強いられることにはならないように祈るしかない〉

ジェイソンが振り返った。上司が何を考えているか、お見通しなのだ。「心配ないですよ、ボス。僕なら大丈夫ですから」

キャットはうなずいた。

もちろん、ジェイソンに任せておけば大丈夫だ。

そう思いつつも、キャットは最後の詰めを行ない、ジェイソンに必要なものがすべて揃っていることを確認した。これで十分だと判断すると、最後にもう一度だけ室内を見回してから、頼りになる若者に注意を戻す。

「さあ、あとはあなたの好きにしていいから」キャットはジェイソンを指差した。「ただし、何も壊さないこと」

「ええっ、あなたのマグカップを落として割ってしまったこと、まだ覚えているんですか？」

「あれはお気に入りだったの」そうつぶやくと、キャットは通信室を後にした。

キャットは通路を歩きながら熱いカップを左右の手のひらで挟んだ。何かを見落としているような気がして仕方がない。ペインターのオフィスの開いた扉の奥から話し声が聞こえてくる。

キャットはノックをせずに入った——そこで足が止まる。

〈ああ、見落としていたのはこれだ〉

がっしりした体格の男性がペインターの机に寄りかかり、エレナの言葉に対して大きな笑みを浮かべた。館長に義手を見せながら、DARPAの最新技術を披露している。手首から取り外した義手の指がくねくねと動いていた。

エレナが驚きを表した。「遠隔操作もできるのね」

「しかも、親指の下には小型カメラが内蔵されています」義手の持ち主が自慢げに説明した。「手のひらの下には少量のプラスチック爆薬と起爆装置も埋め込まれているんですよ。握手だけではどうにもならないような特殊な状況もありますからね」

「モンク？」夫が中にいることに唖然としながら、キャットはオフィス内に入った。「どうして……ここで何をしているの？」

モンクがまごついた様子で背筋を伸ばした。下は半ズボン、上はマツの木の絵と「キャンプ・ウッドストック」のロゴが入ったフード付きのパーカーという格好だ。

「手が足りないんじゃないかと思ってね」モンクは義手を見せ、ジョークで雰囲気を和ませようとした。キャットがなおもにらみつけていると、夫は義手をチタンでできた手首の接続部分にあわててはめた。「それにこうでもしないと君との充実した時間を過ごせないじゃないか」

「子供たちはどこにいるの？」

モンクは剃りあげた頭頂部を手のひらでさすった。「今頃はインストラクターのお兄さん、お姉さんたちもくたくたになっているんじゃないかな。つまり、大喜びではしゃいでいるということさ」

キャットはペインターの方を見た。司令官が手を回してこの段取りをつけたに違いない。

ペインターはそれを認めた。「ドクター・デルガドとドクター・ベネットのエストニアへの付き添い役を君一人に任せるべきではないと思ったものでね」

モンクがにやりと笑った。「費用を全部持ってもらえるヨーロッパへの休暇旅行だと考えればいいいさ」

キャットはあきれて目を見開いた。
世界の運命がかかっている休暇だなんて。

14

五月七日　ハワイ・アリューシャン標準時午後一時五分
マウイ島ハナ

助手席に座るパルが前方を指差した。「次を左に曲がってくれ」

「どこを左に曲がるって？」グレイはハンドルに身を乗り出しながら、シダとテツボクが作り出す壁に目を凝らした。レンタルしたジープの車体の両側を枝がこすり続けている。

一行はゆっくりと車を走らせながら、ぬかるみの中のでこぼこしたタイヤ跡をたどっていた。ハナ森林保護区の中のまともな地図もないような地域を抜ける道らしきものはこれしかない。舗装された幹線道路を離れ、ハセガワ・ゼネラルストアの近くで脇道のミル・プレイスに入ったのは一時間前のことだ。そこから先はさまよう牛たちをよけたり、タロイモ畑を迂回したりしながら進まなければならなかった。

グレイはそうした畑を突っ切りたいと思ったものの、パルは首を横に振り、そんなことをするのはポイーノだと——縁起が悪いと言い張った。「タロイモは天空を司る男神と大地を司る女神との間の第一子の体から生まれた。命を与えてくれる存在だ」

運試しをしたくはなかったので、グレイは言われた通りに回り道をした。

「あとどのくらいかかるんだ?」コワルスキが不機嫌そうに訊ねた。後部座席で大きな体を二つ折りにしている。もう一人の乗客のマツイ教授は、その隣で窮屈そうに座っていた。

東藍子は新たに判明した事実に関してキャットと連携を取るためコテージに残った。この脅威は第二次世界大戦中のある出来事とつながっていて、その裏にはギルドが関わっている可能性があるという。

グレイの視線がバックミラーに向けられた。バイクに乗るセイチャンが後に続いている。この先に控える険しい地形には、そうした軽快な乗り物が必要になるだろうとの判断からだ。今回の一連の件にギルドが関与しているかもしれないと知らされ、セイチャンはいつになく無口になった。もっとも、このところのセイチャンは前にも増して口数が少なくなっていた。何かを思い悩んでいるのは明らかだったものの、長い付き合いになるグレイは彼女がその何かに向き合うために必要な時間を与えてやることにしていた。

コンパスで確認してから、パルはコワルスキの質問に答えた。「あと二・五キロ……いや、三キロくらいかもな、兄弟。ただし、先週の雨で道路が流されてしまっていなければの話だ」

コワルスキがうめき声を返したが、グレイも同じ思いだった。

パルがダッシュボードの上に手を伸ばした。「あそこに曲がり角がある」

グレイはぎりぎりのところで道を見つけた。急ハンドルを切り、ＳＵＶを無理やりスキッドさせながら森の切れ目に進入する。その先にはこれまで以上に細い道が続いていた。

後方に目をやると、セイチャンも同じ箇所で曲がったところだった。体がハンドルにくっつくような低い姿勢を取り、巧みなハンドルさばきでバイクを操っている。

先に進むにつれて、「ハプウ」として知られる木生シダの巨大な葉が左右の窓をこするようになった。あたかも先史時代の洗車場を通り抜けているかのようだ。ある意味、それに近いのかもしれない。森には手つかずの自然が残っていて、樹齢数千年はありそうな巨木が何本もある。

これ以上は立ち入るなと警告するかのように、レース状の大きな葉がフロントガラスにぶつかった。

それに気づいたパルがにやりと笑った。「森はあんたたちハオレのことが好きじゃないのさ。俺がこれからあんたたちを連れていく場所は、地元の人間（カマアイナ）しか知らない」

グレイは男性の話を素直に受け取ることにした。ハワイの島々では観光が大きな収入源になっている一方で、地元に暮らす人々は自分たちだけしか立ち入れない場所を確保し、その保護に努めている。マウナ・ケアの山頂に数百万ドル規模の新たな望遠鏡を建設しようという計画が、現地の神聖な歴史を汚すとの抗議によって予定通り進んでいないのもその一例だ。

ハワイ諸島の全域でそうした規制のための線引きがなされている。

グレイにはハワイの人々の懸念が理解できた。ここで三カ月を過ごしていると、島と人々の間に存在する強い絆に気づかされる。その歴史がすべての岩や動物や植物に刻み込まれているのだ。

そんなグレイの思いを読み取ったかのように、パルが木生シダの森をじっと見つめた。

「俺たちは金色のプル――ハプウの茎を覆う毛を、枕やマットレスの詰め物として使う。葉や茎を食べることもできる」グレイの方を見たパルは顔をしかめた。「でも、おいしくない。かなりまずいな」

パルがこのあたりの動植物についてずっとしゃべり続けているのは、単に不安を隠そうとするためではなく、何が危険にさらされているのかを伝えようとしているからではないか、グレイはそんな気がしていた。この島々に降りかかった災厄を阻止できなければ、何もかもが失われてしまうかもしれない――島だけではなく、それにまつわる歴史までもが。

そのような事態にさせてはいけないとの思いとともに、グレイは森のさらに奥深くへと車を走らせた。ハレアカラ山のごつごつした山腹を登るにつれて、木々の高さも増していく。森の切れ目があるたびに、背後の海岸線を垣間見ることができる。この高さからはハナの町の混乱はうかがえず、喧騒は距離と前方にそびえる山の威容によってかき消されてしまっている。

標高が高くなるにしたがって林冠の下に漂うもやが濃くなり、水滴をぬぐうために時折ワイパーを動かさなければならないほど、空気が湿気を含むようになった。周囲の森もどこか薄気味悪い雰囲気を帯び始めた。

後部座席のマツイ教授が口を開いた。畏怖の念を覚えているのか、押し殺した声だ。「あれはコアの木かい？」

教授が指差す先にはかなりの樹高のある広葉樹が固まっていて、枝の先端に黄色の花を付けている。

パルが笑みを浮かべた。「ああ、そうだよ。かつてハレアカラ山は一面がコアの森に覆われていた。今では一部しか残っていない。ここみたいに」三人の方に顔を向ける。「この場所のことをハオレに教えない理由の一つさ」

ケンが身を乗り出した。「だが、我々が向かっているところ――君が説明してくれた古い溶岩洞が集まっているようなところは、まさにオドクロが必要としている場所だ。レックを形成するにはうってつけだよ」その目が窓の外に向く。「中央に深い穴が一本あり、木々の陰になっていて、十分な水源が備わっているようなところがやつらの好みだ。それにこのあたりには蜜の豊富な花もあるじゃないか」

「言うまでもないことだが、宿主の候補も多い」グレイは付け加えた。まわりの熱帯雨林には鳥や哺乳類やほかの昆虫などが数多く生息している。

ケンは無言でうなずき、座席に深く座り直した。

グレイは目的地を頭に思い描こうとした。セイチャンとともにハナの北の外れに位置するカエレク洞窟を訪れたのは三週間前のことだ。観光客に人気の洞窟はアクセスの容易な大きな溶岩洞で、鍾乳石やチョコレート色の岩層が彩りを添えていた。天井部分が崩落して青空がのぞいている箇所は「天窓」と呼ばれ、そこから差し込む光が長大な地下トンネルの内部の照明代わりになっていた。洞窟は観光客でにぎわっていて、訪れた人たちはハレアカラ山が過去に噴火し、地表を流れる「アア」と地下を流れる「パホイホイ」という二種類の玄武岩質の溶岩流によってマウイ島ができたことを学ぶ。

そのほかにも数多くの溶岩洞がハレアカラの山腹一帯に虫食い穴のように通じているが、その大半は深い森に隠れていて、地元の人たちしかその存在を知らない。パルが案内してくれているのは絡み合うように延びる複数の溶岩洞がはるか昔に崩れ落ちた場所で、地面に開いた穴の下には横穴や縦穴が迷路のように張り巡らされているらしい。昨夜の貿易風に乗ってスズメバチの群れが内陸に移動したとすれば、そこが飛行経路の真下に当たる。

ここまでジープを運転しながら、グレイはスズメバチが見えないかと目を配っていたが、これまでのところまったく気配はなかった。群れ全体が忽然(こつぜん)と消えてしまったかのようだ。海に流されたのかもしれない。

〈そんなうまい具合に事が運んでくれれば……〉

パルが前方を指差した。「行き止まりだ。ここから先は歩かなければならない」

言われるまでもなかった。二本の轍(わだち)は左右に大きく広がったバンヤンの手前で途切れている。樹高は約二十メートル、幅は五十メートル近くある。何百本もの垂れ下がった気根が地面にまで達していて、葉陰の下に木製のカーテンを形成していた。

「嫌な予感がするぞ」コワルスキがつぶやいた。

グレイも同じ思いを抱いた。

古いフォルクスワーゲンのバンが一台、木の傍らに停まっている。

「すでにここまで登ってきた人がいる」グレイはつぶやいた。

パルが顔をしかめた。「あれはエメット・ロイドのキャンピングカーだ。彼はマカワオでツアー会社を経営していて、客に泊りがけの島内観光を提供している。あの馬鹿野郎め、こんなところまで客を連れてくるなんて」

グレイはもやに包まれた森の中にかすむバンヤンの先を見つめた。

〈しかも、こんな時に〉

午後一時三十一分

エメットは三人の客に向かって声を張り上げた。「そんなに急がないで！」

両側にそびえる竹をつかんでバランスを取りながら、滑りやすい火山岩の斜面を下っているところだ。ハレアカラ山のもっと標高の高い山腹のキャンプを引き払った後、速いペースで下山を続けている。昨夜は一晩中、ヘリコプターが何機も山頂の上空を飛行していた。携帯電話の電波が届かないために状況がつかめなかったものの、異変があったのは間違いない。何が起きたのかはわからないが、あれはただの捜索救難活動ではなかった。

〈しかし、車を停めた場所までもうそれほど距離はない〉

せいぜいあと一・五キロか二キロくらいだろう。

エメットはこの小さな竹林を目印代わりに用いていた。南東部にはもっと広範囲に生育している竹林があるが、ハレアカラ山のあのあたりには日帰りの観光客が大勢訪れる。そうした場所はバンの側面に記されているツアー会社のモットーにふさわしくない。

〈日常から離れたいなら……人の行き交う道を離れよ〉

エメットは泥で滑りやすくなった通り道を半ば滑るように下った。両足でバランスを取りながら進むと、サーファーとして鳴らした若い頃を思い出す。サーフィンのチャンピオンに輝いたこともあったが、はるか昔の話のように思える。だが、五十二歳になった今もサーフィンへの情熱は失せておらず、マウイ島での生計を立てるために観光客たち——自然を間近で体験したいと希望する客たちを連れてキャンプに出かけ、ハレアカラ山周辺の森の奥深くまで足を踏み入れる。

夜を三日間共に過ごした今回の客は三人で、夫婦とその息子の十一歳になるベンジャミンだ。

「スピードを落とせ、ベンジー！」ヤギのように身軽に走る息子に追いつこうと息を切らしながら、ポール・シモンズが注意した。

シモンズ夫妻はカリフォルニア州サンラファエルでハイテク関係の会社を経営している。二人とも日頃からジムで体をいじめ抜いているらしい。夫はクロスフィットに夢中だ。妻のレイチェルは毎日ヨガを欠かさない。エメットは彼女がヨガを行なう姿をこっそりのぞき見た。一日目の夜、月明かりに照らされた池のほとりでのことで、流れ落ちる小さな滝が水面にさざ波を立てていた。すらりとした体が新たなポーズを取るたびに、ポニーテールにまとめた鳶色の髪が揺れる。仰向けの姿勢になり、両手と両脚で体を支えながら背中をそらすと、彼女の胸が真上につんと……

その光景を思い出し、エメットは笑みを浮かべた。

〈この仕事の役得としては悪くなかったな〉

エメットはようやく両親に追いついたが、息子のベンジーはそのさらに前方で元気いっぱいの走りを見せている。竹林の中の小道のカーブを曲がると、その姿が見えなくなった。

エメットの不安が高まった。このあたりの地形を甘く見ていると痛い目に遭うことを知っているからだ。苔に覆われた穴やシダに隠れた急斜面があちこちに点在している。

エメットは前を指差した。「おい、子供から目を離さないでおいてくれよ」

不意にポールが甲高い声をあげ、首を手のひらではたいた。

振り返った妻の顔には、不安よりも疲労が色濃く浮かんでいる。「やめてよ、ポール。いったい何なの？」

ポールが手で顔の前の何かを払った――次の瞬間、両肩をよじったかと思うと、あえぐようなうめき声が苦痛の悲鳴に変わる。夫は地面に膝から崩れ落ち、両手で首を挟みつけた。

レイチェルが夫の腕をつかんだ。「ポール！」

エメットは後ずさりして、周囲を見回した。果てしなく続く緑色の丈夫な幹と、傘のごとく垂れ下がる葉の間を縫うように濃いもやが漂っているこの竹林には、いつもならどこか不思議な魅力がある。けれども、今は不気味な世界に一変してしまっていて、自分たちは異国の地に足を踏み入れた招かれざる侵入者になったような気がする。

そんな恐怖をいっそう高めているのがブーンという低い音だった。さっきまでは自分の激しい息遣いのせいで気がつかなかったが、こうして固唾をのんでいる今は、はっきりと聞こえる。

〈何の音だ？〉

レイチェルが夫の体を支えて立たせる横で、エメットは体を三百六十度回転させた。どこに目を向けても、何らかの見えない力がうごめいているかのように、もやの一部が動いている。薄気味悪い低音に全身の毛が逆立つような感覚に襲われる。今までに聞いたことのない音だ。その時、エメットはもやの間を移動する小さな黒い塊に気づいた。あらゆる方角から三人の方に近づいてくる。

「走れ！」エメットは警告した。

脅威の正体は不明だが、自分たちが危険にさらされていることはわかる。

レイチェルの注意は体を震わせる夫に向けられていた。夫は立っているのもやっとな状態だ。「な、何なの？」

エメットは夫婦を押しのけ、斜面を下った。何かが腕にぶつかり、シャツの長い袖の上に止まる。目に映った光景にエメットは唖然とした。羽を震わせているのは巨大なスズメバチだ。エメットはとっさに腕を竹の幹に叩きつけ、ハチを払い落とした。

〈冗談だろ……〉

「待って！」レイチェルが逃げるエメットに向かって叫んだ。「助けて！」

再びポールが悲鳴をあげた――その直後、レイチェルの泣き叫ぶ声も。

そうは見えないかもしれないが、エメットは夫婦を見捨てているわけではなかった。二人とも大人だし、下りる道を知っている。二人だけで何とかこの事態に対応してもらわなければならない。

エメットはもう一つの責任に向かって走っていた。

〈ベンジー〉

エメットは小道のカーブを勢いよく曲がりながら、危うく低い断崖から転げ落ちそうになった。サーフィンに明け暮れていた日々にしみついた筋肉の記憶を頼りにバランスを取り戻し、小道を駆け下り続ける。

〈あの子はどこに行っちまったんだ?〉

エメットは口に両手を当てた。「ベンジー!」

その時、彼は男の子を発見した――小道の先にではなく、左手の木々の間にいる。道を見失ってしまったのか、それとも何かに引き寄せられたのか。

〈どっちにしても……〉

「こっちに戻ってこい」エメットは叫んだ。

ベンジーは怯えた様子で、その場から動こうとしない。両親の悲鳴が聞こえたに違いない。エメットを見つめるその瞳からは、ほとんど知らない目の前の男性を信用していいものか、ためらっている様子がうかがえる。

「さあ、坊や！　この山を下りなければいけないんだ！」エメットはパニックが声に出そうになるのを懸命にこらえた。「君のママとパパはすぐ後ろにいる。だから道まで戻ってきてくれないかな」

ベンジーは周囲をきょろきょろと見回している。ようやく緊張が緩んだらしく、小走りに道の方へと戻り始めた。

〈いいぞ、坊や〉

だが、三歩目を踏み出したところで、男の子の姿が地面にのみ込まれて消えた。

エメットの口から驚きの叫び声が漏れると同時に、一オクターブ高い子供の悲鳴が聞こえた。

エメットはあわててその場所に向かった。長く伸びた竹をかき分けながら進むと、その幹が左右に揺れる。それに合わせて、周囲に乾いた音が鳴り響いた。

たくさんの骨がカタカタと鳴っているような音が。

産卵者

雄バチをたっぷりむさぼり食った後、彼女はひんやりとした暗闇で待った。交尾後はエネルギーを蓄えるために動きを止め、中身の詰まった腹部がその存在のすべてになった。頭部の触角は丸め、四枚の羽も背中にぴたりとくっつけている。

満たされた彼女の感覚は鈍くなっていた。

大きな目は一点をじっと見つめている。

この隠れ場所を発見した群れが、フェロモンの流れによってここまで導いてくれた。自分と同じ仲間たちとともに、彼女もこの心休まる暗がりに落ち着いた。体の準備を整える間、脚が岩の壁から滴る水を感じ取る。彼女は適度に水分を補給した。

今、彼女にとって必要なことはそれだけ。

目の奥の神経節が明度の変化に――明るい状態からまったくの暗闇への変化に反応した。体内でホルモンがあふれ、ここが安全だと知らせてくれる。彼女はその情報に従い、輸卵管をかすかに収縮させて何千もの卵子を受精させた。細胞が繰り返し分割し、一つ一つの卵が今にもはじけそうになる。

その作業が終わると、腹部が欲求で細かく震える。

刺針の先端部分に一滴の毒液が生成される。

その時、縄張りの遠い外れから警報が伝わってきた。

〈脅威……そして、可能性〉

レックが形成された今、群れの端にいる兵士たちは動くものなら何でも攻撃するという生まれ持った欲求をこらえていた。彼らの持つ攻撃性は、群れの必要性の前に抑えつけられている。兵士たちはほかの生き物が縄張りに侵入するのを認める。なぜなら、群れの必要性を満たしてくれるから。獲物が近づくに任せ、さらに引き寄せるために、痛みによって前に進ませるだけのために攻撃する。

彼女は触角を伸ばし、音とにおいで罠を監視した。

腹部を丸めたり伸ばしたりを繰り返しながら、卵をほぐし、とがった産卵管の方に送り込む。それでも、彼女は待ち続けた。壁一面で、ほかの仲間たちも同じ行動を取る。羽を震わせ、欲求を示す仲間もいる。太い硬化した脚をぶつけ合う仲間もいる。音が響き渡って空間内を伝わる。音の反響が通路に形を与える。

その時、新たな音調が彼女の注意を引いた。

群れの羽音の調べの変化に耳を傾ける。すべての脚の筋肉に力が込められる。彼女は壁に止まったまま身構えた。本能に導かれて二本の後ろ足を蹴り出し、カタカタという合唱に加わる。

ようやく触角が二つのにおいをとらえた。制圧のフェロモンと、呼気に含まれる二酸化炭素。

それで十分だ。

羽を震わせて重い体を持ち上げると、彼女は飛び立った。激しい息遣いの方向を目指す。周囲では仲間たちが飛び立ち、あるいは脚をぶつけ合っている。こだまする音のおかげで、真っ暗な中でも障害物を容易に検知できる。

目には何も映っていないものの、頭部の両側にあるうつろな眼窩を覆う膜がぴんと張り詰め、あらゆる振動を感じ取る。彼女はフェロモンの連なりをたどった。キチン質の尖針がスライドし、すでに毒液を含んだ刺針の用意ができる。

卵はもう少しの間、待たなければならない。

彼女は飛びながら脚を打ちつけ、前方に向けて甲高い音を立て続けに放った。跳ね返ってきた音が頭の中を満たし、暗闇に形を与える。しかし、彼女は激しい息遣いの間にそれ以上の何かを感じ始めた。

振動。それに抗(あらが)うことはできない。

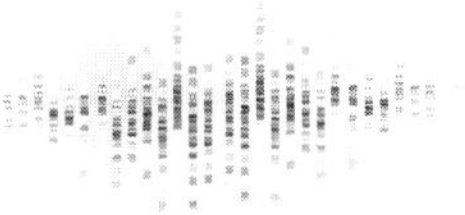

　振動がこだまし、彼女をより強く引き寄せる。そこに一番乗りしなければならない。前方に差し込む光が大きくなるが、彼女は明るさを無視して空気中の振動に全神経を集中させた。

　よりはっきりと伝わってくる。

　早いリズムの鼓動になる。

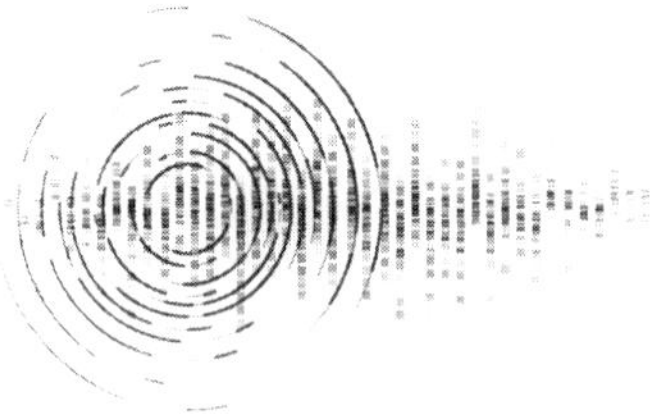

彼女は頭を下げ、触角を伸ばし、それに向かって突き進んだ。次第に明るくなるトンネル内では鋭い音がさらに激しさを増す。それにこたえて彼女もかたい脚を打ち鳴らし、自らの声を大合唱に添える。

前方にもがく影が現れた。

パニックに陥った鼓動が彼女を引き寄せる。

群れの生み出す反響音は獲物の肉を貫通していた。骨の囲いの下で脈打つ筋肉の塊が見える。彼女は獲物が吐き出す二酸化炭素の雲をたどり、その中を急降下した。

彼女はやわらかい皮膚に着地した。遺伝コードの中にある太古の記憶よりもはるかに軟弱な皮膚だ。かつてはもっと大きな獲物を、装甲で守られているかのような頑丈な皮膚が大音響の鼓動で打ち震えていた獲物を、追い求めたこともあった。

彼女はそのやわらかい部分に刺針をいとも簡単に突き刺した。腹部の先端の筋肉が痙攣し、毒液をしっかりと送り込む。獲物は反応しなかった。毒は痛みを与えるためのものではない――相手を支配下に置くためのものだ。

毒液がなくなると、彼女は飛び立ったものの、その近くにとどまり、ターゲットの上を飛び続けた。獲物にフェロモンのネットをかぶせ、自分のものだと宣言する。卵を抱えた仲間たちはほかの宿主を探して明るい世界に出ていく。

彼女はその場にとどまった。

じっと待ちながら、触角を揺らす。

なおも脚を打ち鳴らし、獲物を評価し、その肉がすでにほかの仲間の攻撃によって損なわれていないことを確認する。彼女は腹部に何千もの卵を抱えている。それぞれの卵からはたくさんの幼虫が生まれる。彼らの飢えは彼女の飢えでもある。彼らはたくさんの肉と血と骨を必要としている。

それを確実に得るため、彼女は毒の効き目が十分に行き渡るのを待った。

彼女の毒液ははるかに大型の獲物を対象にしたものだったため、長くはかからなかった。

聞き入るうちに、早鐘を打っていた鼓動がゆっくりになり、さらにゆっくりになり、かろうじて聞き取れる程度になる。


真下にある骨の囲いの中で、筋肉の塊が小刻みに震え、不安定に痙攣する。

時間だ。

彼女は吐き出される二酸化炭素の中を再び降下し、やわらかい皮膚に着地した。腹部を折り曲げる。卵が配置に就く。針を一刺しするたびに、たくさんの子孫が送り込まれる。

しかも、獲物は制圧されている——何度でも、繰り返し刺すことができる。

すぐにやめるつもりはない。

肉はたくさんある。

15

五月七日　ハワイ・アリューシャン標準時午後一時四十九分
マウイ島ハナ

〈ここがその場所だということに疑いの余地はない〉

五分前、バンヤンの横にジープを止めたグレイの耳に、木々に覆われた山腹の上の方からかすかな叫び声が届いた。最悪の事態を恐れたグレイは、装備の用意をほかの三人に任せて、セイチャンとともにすぐにバイクで出発した。

ヤマハのオフロードバイクのハンドルにくっつきそうな姿勢で体を折り曲げ、ごつごつしたタイヤとサスペンションの性能の限界に挑みながら、狭い小道に沿って不安定な斜面を登っていく。

後ろに乗るセイチャンは片腕をグレイの腰に巻き付けていた。もう片方の腕は肩に掛けた大きなバックパックを押さえていて、その中には耐火毛布と救急箱が入っているほか、アナフィラキシーショックに有効なエピペンも用意されている。

グレイは何とか間に合うようにキャンパーたちのもとまでたどり着きたいと願っていたが、不吉なことにバイクが登山道の入口に到達するよりも早く、悲鳴は聞こえなくなっていた。

ふっとかき消されたかのように。

グレイは歯を食いしばり、バイクの四気筒のエンジンからもっとスピードを引き出そうとした。ガタガタと揺れながらも巧みなハンドル操作で岩がちの小道をたどり、岩から岩へと飛び移るように移動したり、時には後輪だけでバランスを取ったりした。モーターが不満のうなり声をあげ、泥が後方に飛び散る。

グレイは前方の通路に目を凝らした。

パルからは古い溶岩洞がある場所について、大まかな説明を受けている。

〈登山道をたどればいい。森が竹林に変わったら注意しろ〉

ハワイ系の男性はこの先に控える地形の不安定な状態についても警告していた。迷路のように張り巡らされた地下の古いトンネルが数カ所で崩落していて、斜面のあちこちには亀裂や割れ目が隠れているという。表玄関に当たる最大の穴——パルが「プカ」と呼ぶ場所は、湧き水がたまってできた小さな池の近くにあるらしい。

仲間とはそこで合流する予定になっている。

徒歩でバイクの後を追うパルとコワルスキは、点火装置とタイマーを取り付けたプロパンガスのタンクを二個ずつ抱えている。これらの装備についてはパルが消防署を通じて手配してくれた。

ただし、今回の作戦を立案したのはマツイ教授だった。地表に開いた複数の天窓からタンクをトンネル内に投下する計画になっている。群れがその地下に潜んでいるとすれば、チームが掲げる目標は二つある。群れに最大限のダメージを与えること、および生き残りをそこから追い払うこと。スズメバチの動揺を誘うことで、ケンはレックの形成を遅らせることができるのではないかと期待していた。

差し当たって、それは悪くない計画だった。

少しでも時間を稼ぐことができる。

〈ただし、すでに手遅れでなければ、の話だが〉

それを確かめる方法は一つしかないため、グレイはバイクで懸命に山腹を登り続けた。

さらに一分が経過してヘアピンカーブを曲がると、何の前触れもなく森の様相が一変した。広葉樹とシダが姿を消し、青々とした竹が果てしなく広がっている。しっかりとした幹が前方のあらゆる方角を埋め尽くしていた。明るいエメラルド色の葉の間には、濃いもやがかかっている。

突然の変化にグレイは呆気(あっけ)にとられた。

注意が散漫になったせいで、グレイは右手の森からふらつきながら現れた人影に気づくのが遅れた。小道をふさぐように倒れた男性の肩が、道の反対側の竹にぶつかる。男性は地面にうずくまった。

グレイは急ブレーキをかけた。

衝突を回避するため、ハンドルを切って登山道から離れ、丈の高いシダの茂みの中に突っ込む。バイクが転倒し、乗っていた二人は投げ出された。グレイは地面を転がったが、教授の勧めで着用していた養蜂家用の防護服が衝撃を吸収してくれた。グレイとセイチャンはバイクでここに向かう前に、防護服を着込んでおいたのだった。

グレイは素早く立ち上がり、顔面を覆うフードの位置を調節した。

セイチャンも緑の茂みの中に転がったバックパックを回収する。

二人は道に倒れた男性のもとに向かった。

先に駆け寄ったグレイは片膝を突いた。五十代半ばと思しき男性で、頭部ははげ上がり、口ひげを生やしている。おそらくツアーガイドのエメット・ロイドだろう。男性が頭を動かした。口元からはよだれが垂れている。

グレイは男性の頰をつかんだ。「ミスター・ロイド、ほかの人たちはどこだ？」

声は聞こえたようだが、目の焦点が定まっていない。瞳孔が開いている。

〈毒素の影響、あるいは脳震盪〉

セイチャンがすぐ隣にやってきた。すでに救急箱を開き、エピペンを手にしている。セイチャンは注射針を男性の首筋に突き刺し、エピネフリンを体内に注入した。

マツイ教授はこのスズメバチの毒液中に見つかった毒素を研究していた。彼の専門は毒性学だ。産卵する大型のメスの針に含まれる毒素について、教授はこう警告していた。

〈強力な神経毒〉

エピネフリンは治療薬ではないものの、ケンによれば毒をいくらかは中和するはずだという話だった。

「ミスター・ロイド」グレイは再び呼びかけた。

瞳がかすかに反応を見せたものの、まだ意識が朦朧としていて混乱状態にある。

「グレイ」セイチャンが声をかけた。

その口調が気になり、グレイは彼女の方を見た。セイチャンは立ち上がり、もやに包まれた森の奥を指差している。もやを通して濃い色の煙の柱が——何十本もの柱が、地面を覆うシダの間から立ち昇っているのが見える。ブーンという低い音が森の地面の近くを伝って聞こえてくる。

〈群れだ〉

スズメバチが地下の巣窟を離れて地上に姿を現したのだ。おそらくバイクの騒々しい接近音に引き寄せられたのだろう。グレイは互いにつながって迷路のように張り巡らされている地下の溶岩洞を思い浮かべた。

右手の方角に目を向ける。

白っぽいもやの中にさらなる濃い色の影が見える。

ぐずぐずしている時間はない。

グレイはエメットに向き直り、頰を平手打ちした。

さらに二発。

ようやく男性の唇がいらだちを表すかのように歪んだ。

「ほかの人たちはどこだ？」グレイは問いただした。

しばらく間があった後、震える腕が持ち上がり、小道の先を指し示した。歪んだままの唇から不明瞭な単語が漏れる。「上に……」

「人数は？」

男性は質問に答えるだけで全身の力を振り絞らなければならないようだ。「二人……」

ようやく言葉が出る。「夫と、妻……」

「二人を捜索している時間はない」セイチャンが厳しい口調で告げた。

彼女の言う通りだが、どうして二人を見捨てることができるだろうか？

後方から何かを踏みしめる新たな音が割り込んできた。グレイとセイチャンは揃って振り返った。養蜂家の防護服に身を包んだパルが小走りに斜面を登ってくる。両手にプロパンガスのタンクを一つずつ抱えているが、まるで枕を持っているかのように軽々と運んでいる。表に出ている疲れは日に焼けた肌に光る汗くらいだ。

このような状況にあるにもかかわらず、パルは大きな笑顔を浮かべていた。「ここにいたのか、兄弟」

その後ろをコワルスキがあえぎながら追っていた。息も絶え絶えで、今にもひっくり返ってしまいそうだ。コワルスキはタンクを地面に下ろすと、両膝に手をついて体を支えた。それに続いてその口から悪態がとめどなくあふれ出た。「冗談じゃねえよまったく、ふざけやがって、くそったれめが……」

グレイは周囲の割れ目や穴から渦を巻きながら出てくる群れの方を指差した。「その爆弾を仕掛ける作業に取りかかってくれ。タイマーの設定は五分。これ以上やつらを逃がすわけにはいかない」

グレイたちの計画の成否は、群れの大半が地下に残っている間に実行できるかどうかにかかっていた。教授の説明によると、スズメバチはプロパンガスの甘ったるいにおいに引き寄せられる習性を持っていて、種火の近くに巣を作ることもしばしばあるという。一般にガスは無臭だが、漏れている場合に住民に危険が伝わるように、ガス会社はガスに香りをつける。

栓を開いてからタンクを地下の迷路内に落とし、重いガスが溶岩洞内に充満してから点火装置で爆発させるという計画だった。ガスが噴出するタンクを素早く地下に投げ込めば、香りが群れを近くに誘う――あとは爆発に巻き込まれる程度の距離にまで近づいてくれることを期待するしかない。

コワルスキがうめき声とともに二個のタンクを抱え上げた。「さっさと片付けようぜ」

パルはためらいを見せた。「キャンパーはどこにいるんだ？」

グレイは小道の先を指差した。「上にいる。夫婦だ」

「この道ならよく知っている」パルはコワルスキを見てうなずいた。「こいつらをトンネルに投げ入れてから二人を探しにいくよ」

グレイはこれから発生するはずの火の海を思い浮かべた。「五分しかないぞ」大男たちに念を押す。「二人を発見できてもできなくても、タイマーがゼロになる前にこの斜面を後にしなければならない」

コワルスキたちが立ち去ると、グレイはエメットの体に腕を回した。腰を折り曲げ、自力では立てない男性を肩に担ぎ上げる。グレイが体を起こすと、コワルスキが目の前のスズメバチを手で払いながら、巨体を揺すって煙のような柱の一本に近づいていくところだった。その手前までたどり着くと、ここからは見えない裂け目に向かってタンクを放り投げる。

パルもそれにならってタンクを投げ入れた後、二人はそれぞれもう一つの爆弾を投下する場所を探して斜面の先に向かった。

グレイも重い荷物をしっかりと抱え上げ、道を下り始めた。

セイチャンがバイクの方に向かう。

グレイが三歩も進まないうちに、エメットがもがき、弱々しく手足を動かした。「だめだ、待ってくれ……」

立ち止まったグレイが振り返ると、男性の頬が自分の頬のすぐ隣にある。「どうかしたのか？」

「もう一人……男の子……ベンジー……」突き出した腕は自分が這い出てきた森の奥を指し示している。「穴に落ちた」

その言葉を聞いたセイチャンが、いらだったかのようなため息を漏らした。「私が探しにいく」

迷うグレイをセイチャンがにらみつけた。

「そっちは先に行って」腕時計を指先で叩く。「わかっているから」

斜面を下りながら、グレイは自分の腕時計を確認した。

〈残りは五分……カウントダウンは始まっている〉

午後二時七分

セイチャンは深い下草をかき分けながら進んだ。まるで沼地を歩いているかのようだ。シダが巻き付き、棘がナイロンブレンドの丈夫な素材を引き裂こうと試み、泥がゴムの靴底をとらえて離さない。

もどかしさのあまり、セイチャンは体の自由の妨げになる防護服を脱ぎ捨ててしまいたいという衝動に駆られたが、ここは沼地ではないし、空中で羽音を立てているのは蚊ではない。セイチャンはフードの前のスズメバチを払い、腕や胸に止まったもっと大型の仲間をはたき落とした。防護服に全幅の信頼を寄せることはできない。この昆虫に関するマツイ教授の説明を思い出す。先史時代にこのスズメバチが獲物にしていたのは、今の自分よりもはるかに防御が堅固な生き物たちだったという。

それに少し周囲を見回すだけで、十分な注意が必要な理由を思い知らされる。多くの小鳥が地面に散乱していて、一部はまだ翼が小刻みに痙攣している。右手の茂みから角が突き出していて、その下ではシカが同じ運命に見舞われていた。左手に転がっているのは苔の生えた岩かと思ったものの、湾曲した黄色い二本の牙が見えることからイノシシだとわかる。

どうやらスズメバチは忙しく働いているようだ。

危険を十分に認識しながら、セイチャンはマグライトの懐中電灯をバックパックのポケットから取り出し、スイッチを入れた。状況が許す限りの速さで、煙の柱から次の柱に急ぐ。

〈どこにいるの、坊や？〉

腕時計の確認も怠らない。

〈残り三分〉

タンクが爆発する時までこの場にいたいとは思わない。それでも、意識の混濁した子供が炎に包まれたトンネル内に閉じ込められている姿を想像すると、胸の奥からうめき声が湧き上がる。セイチャンは男の子の身を危険にさらした両親を責めた――もっとも、こんな状況を予想できたとも思えない。

〈たとえそうだとしても……〉

セイチャンは次の裂け目に近づき、その周囲でうなりをあげる雲の塊の中に踏み込んだ。茂みの隙間に懐中電灯を突っ込む。光がかなりの大きさがある穴を照らし出した。セイチャンは懐中電灯の光を天窓からトンネル内に向けた。底までの深さは四メートルくらいだろうか。

見えるのはスズメバチばかりで、あらゆる表面を覆い尽くしてうごめいている。

セイチャンは穴から離れようとした――しかし、懐中電灯の光が穴の向かい側の縁を照らした時、泥の中に小さな足跡があることに気づいた。スニーカーの跡かもしれない。裂け目の端は崩れ落ちてまだ間もないようにも見える。

小声で毒づきながら、セイチャンはトンネルの調査を再開した。今いる位置から見えるのは入口の真下に当たるところだけだ。怯えてパニックに陥った男の子は、洞窟のさらに奥まで潜り込んでしまったかもしれない。ほんの数メートル移動しただけでも、ここから直接は見ることができなくなってしまう。

〈確認する方法は一つしかない〉

飛び下りるだけなら話は簡単だが、地上に戻るための方法も必要になる。バックパックの中にはロープが入っているものの、ほどいたり固定したりしている時間はない。

セイチャンは腰に手を伸ばした。昨夜はコテージで無防備なところを襲われたので、今回は万全の準備を整えてきた。防護服の下の手首と足首の鞘にはダガーナイフと投げナイフを隠してある。だが、これからの作業のことを考え、セイチャンは腰に留めていた大きな中華包丁を手に取った。

幹の太さが自分の手首ほどはあろうかという竹を選ぶ。研いだばかりの包丁を一振りして竹を真っ二つに切断する。セイチャンは傾いた竹をつかみ、肩に担いで裂け目まで運ぶと、穴の底に投げ入れた。

〈あと二分〉

セイチャンは緑色のポールをつかんで飛びつき、水滴の付着した表面を伝って穴の中に滑り下りた。両足がスズメバチの絨毯(じゅうたん)を踏みしめる。侵入者に驚いた群れの激しい反応を無視する。大量のスズメバチがいっせいに壁から飛び立ち、トンネルの奥深くからも迫ってくる。

襲いかかるスズメバチを前にして、セイチャンはうずくまった。

懐中電灯の光でトンネルの奥を照らす。

最初は片側を、続いてその反対側を。

渦巻く塊の間から、白い肌と小さな赤いスニーカーが見えた。

〈ベンジー〉

セイチャンはゴム手袋をはめた手を伸ばし、足首をつかむと、ひょろっとした男の子の体を自分の方に引き寄せた。まだ生きているかどうかを確認している余裕はない。セイチャンは男の子を抱き上げ、その小さな体を肩に担いだ。

膝を曲げてジャンプし、両手で竹をつかむと同時に両脚を巻き付ける。ゴムの靴底でしっかりと幹を押さえながら、セイチャンは体を引き上げた。そのまま順調に事が運ぶかと思われたものの、切断したばかりの竹の先端が凹凸のある湿った床の上で滑り、大きくずれた。

それに合わせてセイチャンの体も傾き、洞窟の壁面に叩きつけられた。竹にしがみついたままどうにか手は離さなかったものの、洞窟の底の側の先端部分がいつまでも動き続けているので固唾をのむ——ようやく隙間にはまったのか、竹の動きが止まった。

セイチャンは念のため、もう少しだけその体勢のまま待った。頭の中ではカウントダウンが続いている。

〈あと一分もない〉

セイチャンは再び竹をよじ登り始めた。

地上までの残りは一メートル少しだ。

その時、脇腹に火がついたかのような痛みが走り、一気に広がっていく。

驚きのあまり、セイチャンはポールを滑り落ちてしまった。両足が穴の底に届く前に指で竹を強く握り締め、落下を食い止める。ぐったりとした男の子を担いだまま、脇腹に視線を向ける。防護服に三角形の裂け目ができていた。

〈壁にぶつかった時、とがった岩に当たったに違いない〉

一匹のスズメバチ——体の大きな兵士役のハチが、仕事を終えて裂け目から這い出し、飛び去った。

苦痛が全身を駆け巡り、涙がにじむ。

セイチャンはどうにか首を上に向けた。

〈あんなにも遠い……〉

脱出の望みがあるとすれば、男の子をここに残し、一人でできるだけ急いでよじ登ることだ。

けれども、男の子の心臓の鼓動が首に伝わってくる。見捨てないでと訴えているかのように。

〈許して……〉

午後二時十一分

グレイはバンヤンの木陰から森に覆われたハレアカラ山の山腹を見上げていた。腕時計を確認する必要はない。喉から飛び出すのではないかと思うほどの大きな音で、心臓が秒を刻んでいる。

すぐそばにはまだ意識の朦朧としたエメットが幹に寄りかかった姿勢で座っていて、その隣にケンがひざまずいている。教授はツアーガイドの首筋に二本の指を当て、脈を測っているところだ。

前方の森の中から大きな音が聞こえてきた。

グレイが首を伸ばすと、登山道を無視して一目散に駆け下りてくる二人の大男の姿が見えた。

コワルスキとパルだ。

二人とも肩に誰かを担いでいる。

「見つけたぜ」コワルスキが立ち止まり、かすれた声で伝えた。雄牛のような荒い息遣いだ。

教授が二人に向かって手を振った。「こっちに連れてきてくれ！」

コワルスキはその言葉を無視した。あるいは、体力の限界に達したのかもしれない。大男は女性――行方不明だった妻を葉に覆われた地面に下ろすと、仰向けにひっくり返った。「あんたがこっちに来てくれ」

パルも運んでいた男性を女性の隣に寝かせた。

グレイは二人に歩み寄ったが、視線は森の方に向けたままだ。「セイチャンはどこだ？」

コワルスキが上半身を起こした。「どういう意味だ？」

グレイは思い出した。セイチャンが男の子の捜索に向かったのは、二人が出発した後のことだった。

グレイの視線の先をたどるパルの眉間のしわが深くなった。「下りてくる時には誰も見かけなかった。だけど、俺たちは急いでいた……とても急いでいたから」

グレイは森に向かって足を踏み出した。

〈だったら、いったいどこに――？〉

爆発の大音響がグレイの心の中の問いかけをかき消した。

午後二時十二分

セイチャンは露で湿ったシダの上を転がり、吹きつける灼熱の高温に備えて全身を濡らした。二メートルほど後方で、青みがかったオレンジ色の炎の渦が空に向かって噴き上がる。

セイチャンは低い姿勢のまま、周囲で荒れ狂う業火に唖然とした。渦を巻く炎の柱があちこちで上がっている。地下の大火災がこの下に張り巡らされたトンネル内を一気に伝わり、数多くの天窓や裂け目から地上に噴出しているのだろう。

セイチャンは這って炎から逃れた。耳はほとんど聞こえないし、網膜は焼けつくように熱い。爆発の余韻で体の下の地面が震動していた。火山岩の斜面の地下には洞窟や通路が縦横に走っている。閉じ込められた空間内で発生した爆発による衝撃波で、地下の構造がいちだんと不安定になったに違いない。

逃げるセイチャンの周囲で新たな亀裂が開き、煙が噴き出し、まだ燃え続ける炎が顔をのぞかせる。木々が倒れ、竹の幹が大きく左右に揺れる。

セイチャンは必死に小道を目指した。いつの間にか顔面を覆うフードがなくなっていたが、煙と熱が群れを追い払ってくれたようだ。セイチャンは身を挺（てい）して男の子を守りながら、どうにか小道までたどり着いた。

この子を見捨てることはまったく選択肢になかった。

ここまで来たならなおさらだ。

さっきは生き延びられるかどうかわからなかったため、心の中で謝罪の言葉を述べた。〈許して……〉だが、それはグレイに向けたもので、この男の子のためにすべてを、二人で共に過ごす生活までも危険にさらすという選択を下したことに対しての思いだった。けれども、心の奥ではそれよりもはるかに多くを危険にさらしているのだと承知していた。セイチャンは罪悪感を覚えた。そんなことをする権利は――

地面が再び大きく震動し、まだ安全からはほど遠いことを思い知らされる。

セイチャンは男の子を腕でしっかりと抱え、引きずるようにして歩き続けた。前方に金属の輝きと黒いタイヤが見える。

バイクだ。

セイチャンは男の子を小道に置き、バイクを起こして木に立てかけた――再び男の子を抱きかかえる。セイチャンはバイクにまたがり、ベンジーを膝の上に寝かせ、後方に傾いたままの男の子の頭を肩に載せた。小さな体を包み込みながら、両腕をハンドルに伸ばす。

〈頑張って、ベンジー……あともう少しだけ〉

三回目でようやくエンジンがかかった。シリンダーが点火し、体の下から低いモーター音が聞こえると、セイチャンは安堵のあまり涙がこぼれそうになった。だが、バイクを発進させるよりも早く、山が激しく揺れたため、バランスを崩しかける。右手の方向を見たセイチャンの目の前で、山の斜面が崩落し、煙を噴き上げる巨大な陥没穴が出現した。

見る見るうちに亀裂が大きくなり、バイクの方に近づいてくる。

セイチャンは男の子に覆いかぶさるような姿勢になり、エンジンを吹かしてその場から走り去った。

陥没穴からは逃れたものの、周囲の世界がかすむと同時に、不自然なまでに明るく見える。セイチャンは頭を振ったが、かえって視界がぐらぐらと揺れただけだった。目の前の風景から色が失われていく。小道や森が万華鏡をのぞいているかのような断片的な映像に変化し、焦点が合ったりぼやけたりを繰り返す。

もはや斜面を登っているのか、それとも下っているのか、判別できなくなる。

動いているのかすらもわからない。

まわりの世界がすべての意味を失っても、セイチャンは男の子を離さなかった。

〈許して……〉

今度は男の子に向けた謝罪の言葉だった。

助けてあげることができなかった。

午後二時二十四分

爆発音がまだ完全に消えないうちに、グレイはコワルスキとパルとともに山腹を登り始めた。進むにつれて上から流れてきた濃い煙がより標高の低い森の中に充満するため、前がますます見えにくくなる。足もとの地面の揺れはやまず、あたかも山が真っ二つに割れようとしているかのように、雷鳴を思わせる轟音とともに火山岩に亀裂が走る。

焦りから心臓の鼓動が大きくなり、耳の中に響き渡る。

その時、前方の斜面の上から聞き覚えのあるエンジン音がとどろいた。

グレイは小道の途中で立ち止まった。

煙幕の中から一台のバイクが飛び出してきた。三人の方に真っ直ぐ向かってくる。最初グレイは、セイチャンがいつもの決死の覚悟で、ハンドルに体がくっつくような姿勢を取っているのかと思った。だが、バイクにまたがる彼女の体が斜めに傾いていることに気づく。膝の上に載せた男の子を片手で支え、もう片方の手で力なくハンドルのグリップに指を回している状態だ。

どうにか意識はあるらしいものの、本能とバイクのジャイロ効果のおかげでかろうじて直立した姿勢を保っているだけのようだ。

距離が縮まっても、コワルスキが呼びかけて手を振っても、セイチャンは三人の存在に気づかない。バイクは高速で走り続けていて、下り斜面ということもあって加速している。

セイチャンの幸運――および意識が、いつまでも持つとは思えなかった。そればかりか、グレイたちは危険な急カーブが連続する道をたどって険しい斜面を登り終えたところだった。

バイクの進行方向には断崖が待ち構えている。

「道から離れろ！」グレイは叫んだ。

コワルスキとパルがあわてて脇に寄る。

グレイも二人の後を追ったが、道からはあまり離れずにいた。左右の膝を曲げ、筋肉に力を込める。チャンスは一度きりしかない。

グレイはバイクが高速で目の前を通過するのに合わせて、車体に向かってダイブした。セイチャンに肩から突っ込み、片腕を彼女と男の子の体に巻き付ける。二人の体が座席から飛ばされる。三人はもつれ合ったまま小道の向かい側にあるシダの茂みの中に突っ込んだ。運転手を失ったバイクは小道を走り続ける。信じられないことに、まだ直立したままだ――次の瞬間、バイクが断崖から飛び出した。そのまま飛び続けるかに見えたが、やがて車体が傾き、眼下の森の中に落ちていった。

グレイはすぐにセイチャンと男の子の容体を調べた。

二人とも怪我はないようだが、意識を失っている。

コワルスキとパルが近づいてきた。どちらも心配そうな表情を浮かべている。

グレイは山腹の下の方を指し示した。「ジープまで連れていくのに手を貸してくれ」

パルが男の子を引き受け、コワルスキとグレイが二人でセイチャンを持ち上げた。数分後、三人はバンヤンの巨木まで戻った。

ケンが駆け寄ってきた。「よかった、無事だったんだな」

〈無事なのだろうか？〉

グレイはセイチャンを地面に下ろした。「教授、どうしてこんな状態になったんだ？」

グレイは寝かされているほかの人たちも指差した。

ケンは先に救出された人たちをちらりと見てから、セイチャンに視線を戻した。「メスのスズメバチの針に含まれる神経毒が原因なのは間違いない。時間がたてば回復するはずなんだが」

グレイは教授が言いにくそうにしていることに気づいた。「ほかに何かあるのか？」

「君たちが探しにいっている間に……虫眼鏡でミスター・ロイドの体を調べた。彼の皮膚には刺された跡が無数にある。だが、兵士役のスズメバチによる痛みを伴う刺し傷の周囲に典型的な赤い腫れが見られない」

グレイは理解した。教授から聞いた説明によれば、産卵するメスはたくさんの卵を産みつけるために宿主を何カ所も刺す傾向があるということだった。「彼は寄生されたと考えているんだな？」

「おそらく、ほかの人たちも」

グレイはセイチャンの方を見た。

ケンはグレイが何を考えているのか気づいたに違いない。「ほかの人たちは意識を失って身動きのできない状態のまま、かなり長い時間にわたって上にいた。メスのスズメバチは宿主が大人しくなるのを待ってから卵を産みつける」

〈つまり、まだ希望はある〉

グレイはセイチャンの隣にひざまずこうとした——その時、巨大なスズメバチが一匹、防護服の裂け目から這い出てきた。裂け目の端で動きを止め、激しく羽を震わせている。

グレイはこのハチを教授の写真で見た記憶があった。

産卵するメスだ。

コワルスキに蹴飛ばされ、踏みつぶされたメスは、光沢のあるどろっとした塊と化した。

グレイはケンを見た。その顔に浮かぶ絶望の色が、まだ投げかけていない質問の答えを教えてくれている。
もはや希望は失われた。

16

五月七日　ハワイ・アリューシャン標準時午後三時三十八分
マウイ島ハナ

無事にコテージまで戻ったケンは、不安でたまらず両腕を組み、ポーチに立っていた。海風がこれから訪れるであろう夕立の気配と、庭の草花の香りを運んでくる。のどかな情景はハレアカラ山の山腹に漂う黒煙とは別世界のように思える。

震動はやみ、湿度の高い森のおかげで炎も治まったが、この島にとっての真の脅威はまだ消えていない。危険の程度を知りたいという思いが強い一方で、その前に対応しなければならない事柄がある。

一台の救急車が砂利を敷き詰めた私道で方向転換し、幹線道路の方に向かった。運ばれていったのはシモンズ一家とツアーガイドだ。必死の思いで山腹を下りる途中、パルが救急隊員をここに派遣するよう無線で要請してくれた。ジープがコテージに到着する頃には、神経毒の効き目も薄れ始めていた。しかし、患者にはさらなる治療が必要とされている。

パルは消防署長と連絡を取り、患者たちが地元の医療センターの隔離病棟に収容されるよう手配した。彼らの寄生の程度についての判断は、今後の検査と経過観察を待たなければならない。

男の子の怯えた顔と涙を思い出し、組んだ両腕に思わず力が入る。両親と子供は呆然とした様子ながらも、しっかりと抱き合っていた。ケンは彼らに対して、体調に関する本当の話を伝えていない。

今はまだ、そこまでする必要はない。

そう思いつつも、ケンは真実を明かしていないのが思いやりの気持ちからなのではなく、自分の臆病さのせいだと認識していた――それと、少なからぬ罪悪感のせいだと。

〈この脅威についてもっと早く注意を喚起していたなら……〉

背後の網戸が開いた。

グレイが中から頭を突き出した。「セイチャンが質問に答えられるくらいまで回復した。君の準備がよければだが」

「ああ……わかった」

ケンは扉に戻った。中に入ると、グレイが上腕部をしっかりと握り締め、「みんなで一緒に闘おう」と言うかのように力づけてくれる。ケンはそんな心遣いをありがたいと思ったものの、その「みんな」の中で特別な脅威にさらされているのは一人だけだということもわかっていた。

セイチャンはダイニングテーブルのところに座っていた。顔色は青ざめていて、目もとこかうつろだ。左右の手のひらでコーヒーの入ったマグカップを包み込んでいる。さっき彼女にはすべてを正直に伝えた。向こうからの要求によるもので、毒素がもたらす朦朧とした意識と戦いながらも、すでに最悪の事態を覚悟していたようだ。

ケンはセイチャンに対して、ほかの人たちと一緒に救急車に乗るよう勧めた。健康面を案じると同時に、彼女がもたらしかねない危険を考慮したためでもある。

〈三日のうちに〉

だが、セイチャンは拒んだ。

グレイがすぐ隣の椅子に座り、彼女に寄り添った。「さっきの話をケンにもしてやってくれ」

セイチャンは湯気を上げるマグカップの中身をじっと見つめた。「男の子を探しにいったら、動物たちがそこらじゅうに横たわっているのを見た。シカ、イノシシ、たくさんの鳥」

「生きていたのか？　それとも死んでいたのか？」ケンは訊ねた。

「全部を確認できたわけじゃない。でも、まだ動いている動物もいた」

「それはまずいな。だが、驚くようなことでもない」ケンは今の情報を頭に入れながら、おもむろに腰掛けた。「前にも言ったように、オドクロは見境なく宿主を選ぶ。好みにうるさいわけではない。君の説明から推測する限りでは、山腹の動物相のかなりの部分がすでに汚染されてしまったとの前提で考えるべきだろう」

「俺たちはどうしたらいいんだ？」グレイが訊ねた。

　ケンは眉をひそめた。「大至急、現地にチームを派遣する必要がある。死体が残っていれば焼き払うべきだが、それでどこまでの効果が期待できるのかはわからない。刺された動物たちのほとんどは、今頃はすでに神経毒の効き目が薄れ、移動してしまっていることだろう。そればかりか、生き残った群れがいずれは新しい隠れ場所を見つけ、再び同じ工程を繰り返すことになる」

「つまり、何が言いたいんだ？」グレイが問いただした。

　その答えは東藍子から帰ってきた。日本の情報機関の調査官はテーブルを挟んだ向かい側に背筋を伸ばして立っていて、その表情からは心の内が読み取れない。「手遅れだということ。スズメバチがすでに卵を産みつけたのだから、カウントダウンは始まっている。三日後には、この島々を防火帯にするしか手の打ちようがなくなる。あの生き物をハワイの外に拡散させるわけにはいかない」

ケンは一面の炎に包まれたブラジルの島を思い出した。

グレイの表情がこわばった。あきらめる意思のないことがはっきりとうかがえる。「教授、環境から幼虫を根絶する方法はないのか？　もっと時間を稼ぐために利用できる弱点のようなものは？」

ケンはグレイの手が隣に座る女性の太腿に添えられていることに気づいた。今の質問は個人的な心配から出たものでもあるのだろう。

「繰り返しになるが、この種を調べることができたのは短い時間だけだった。一般的な薬は試してみた。広範囲の体内寄生虫に有効なイベルメクチンなどだ」ケンは首を横に振った。「だが、効果はなかった。私が試した薬はどれも効かなかったんだ」

セイチャンが鋭い視線を向けた。「これから何が起きるの？」

ケンは目をそらした。オブラートに包んだ言い方をしようかとも考えたものの、この女性はどれほど残酷であろうともありのままを聞きたがっているはずだと思い直す。

「君が意識を失っている間に皮膚を調べさせてもらった」ケンは客観的に伝えようとしたものの、声が上ずった。「刺し傷が……百以上あった。産みつけられた卵の数は数千を優に上回ることだろう」

ケンは謝罪しなければいけないように感じ、セイチャンの方を見た。

「続けて」セイチャンは促した。

「卵は産みつけられてから数分以内に孵化しているはずだ。一つの卵から多くの一齢の幼虫が生まれる。体の奥に潜り込んでいくが、顕微鏡を使わなければ見えないような大きさだ。おそらく今日の間はほとんど自覚症状がないだろう」

「明日は？」

「脱皮して二齢になる。その頃になると幼虫は米粒ほどの大きさにまで成長している。やつらが本当の危害を加え始めるのはそれからだ。せめてもの救いは重要な器官を避けるらしいことで、中枢神経系や心臓に影響が及ぶことはない。ただし、どんな方法でそうしているのかについては、よくわかっていない」ケンはセイチャンと視線を合わせた。「それでも、痛みを伴うはずだ――ただし、三日目ほどのつらさではない」

「骨に穴を開け始める時ね」セイチャンは平然と言った。

ケンは京都の研究所で宿主として使用した実験用のラットのことを思い返した。この段階に入ると、ラットは苦痛にのたうち回り、自分の体に嚙みつくようになった。苦痛の原因を取り出そうとするかのように、自らの腹を嚙み切ってしまったラットもいた。オピオイドでも苦痛の緩和にはほとんど役に立たなかった。結局、ケンは被験体に麻酔をかけ、眠らせた状態でその先の身の毛もよだつような段階を観察したのだった。

「そこから先はひどくなる一方だ」ケンは伝えた。

「それで、最後は？」セイチャンが訊ねた。

ケンは首を横に振った。そこまでありのままを伝えることはできない。ケンは両目を閉じたが、幼虫に屈したラットの姿を頭から消し去ることはできなかった。四齢と五齢は宿主を徹底的に痛めつけ、食い荒らした後、ようやく死に至らしめる。その後、抜け殻となった死体は蛹を保護する役割を果たす。数日のうちに成虫が蛹からかえり、死んだ宿主を食べながら外に出て飛び去っていく。

ケンはそんな恐ろしい誕生の瞬間を目撃してしまった。決して忘れることのできない光景だ。あたかもまだ生きているかのように、ラットの死体の内部がうごめいていた。その次に目にしたことを思い返し、ケンは座ったまま体を震わせた。

グレイが動揺に気づいたに違いない。「そこに至る前に食い止める必要がある」

ケンは息をのんだ。「さっきも言ったように、何を試しても効果がなかった。仮にもっと時間があったとしても、何らかの成果が得られたかどうかは自信がない。寄生虫が宿主内に定着してしまったら、薬が役に立たないという例は珍しくないんだ」論点を明確にするために、ケンは質問を投げかけた。「ラセンウジバエについて知っている人はいるかい？」

パルが眉間にしわを寄せた。「ラセンウジバエ？」

「クロバエの一種で、傷口に卵を産みつける。孵化した幼虫は傷口から体内に入り込み、組織を食べ始める。適切な治療を施さないと死に至ることもある」

「どんな治療が必要なんだ？」グレイが訊ねた。

「外科的な処置だ。幼虫を体内から取り出すしかない。薬はまったく効かないんだ」

グレイがセイチャンの方を見た。「それなら、外科的な……」

ケンは希望の光を吹き消した。「ラセンウジバエの幼虫は浅いところまでしか入り込まない。しかし、このスズメバチの幼虫は深く、しかも広く潜り込み、メスの届かないところにまで達してしまう」

相手の顔に絶望の色が浮かぶ。

まるでこの瞬間を待っていたかのように、藍子が歩み寄って椅子の背もたれから身を乗り出した。「マツイ教授も認めているように、オドクロを調べる時間は二カ月しかなかった。でも、ワシントンからの情報——第二次世界大戦中に盗まれた遺物の話が本当だとしたら、何者かがこの災いのもとを七十年間にわたって保有していたことになる。そこから疑問が生まれるんだけど、どうして今になってこのスズメバチを外の世界に放ったの？」

誰も答えなかった。

「なぜなら、何かが変わったから」藍子が続けた。「そいつらはこの怪物の生態を制御するための方法を突き止めたに違いない。あるいは、治療薬を開発できたのかも」

藍子がセイチャンに視線を向けた。

ケンは顔をしかめた。「しかし、君の推測が正しいとして、そもそもどこから探し始めればいいんだ？」

　藍子が小さな笑みを浮かべた。「考えがあるの」

「何だって？」グレイが聞き返した。

「最初に断っておくけれど、私がこれから言おうとしていることは仮定の話にすぎないから、間違っている可能性も十分にありうる」

　コワルスキが鼻で笑った。「簡単に言えば、根拠がないってことだろ」

　藍子はその反応を無視した。「この件についてはあなたたちが出かけている間に、ブライアント大尉と話をしたの」

「キャットと話をしたのか？」グレイが訊ねた。

　藍子はうなずいた。「知恵を出し合ったといったところね。群れをばらまくために使用されたセスナの航続距離はわかっている。また、今回の件の裏には日本が絡んでいるようにも思う。そこでセスナの編隊の航続距離内にある島のどれかを借りている、または島のどれかと金銭的なつながりのある日本企業のリストを作成してみた」

「それで？」グレイがその先を促した。

「びっくりするような数の候補地があった。アジアはポリネシア各地への投資が盛んで、中国と日本が激しく競い合っている。でも、かなり怪しそうなところが一カ所見つかった。ある製薬会社が島を一つ購入していたの。正確には環礁だけれど」

藍子はポケットから地図を取り出し、テーブルの上に広げた。「北西ハワイ諸島」と記されている地図だ。小さな島々が太平洋上に長さ千五百キロ以上の弧を描いて点々と連なっており、ミッドウェー島からそのさらに先にまで延びている。

藍子が説明した。「その環礁は小さくてこの地図には載っていないけれど、レイサン島の近くに位置している」

藍子は地図上の一点を指差した。

パルが地図に顔を近づけた。「このあたりの島なら知っている。兄と何度か船で出かけたことがある。とてもきれいで、とても静かだ。訪れる人もほとんどいない」

藍子はその説明に同意した。「大部分が無人島だから」

グレイもハワイ系の男性の隣に並び、地図を観察した。「しかし、どうしてこの島が怪しいんだ？」

「まず、問題の製薬会社はマツイ教授の研究に資金を提供していた田中製薬のライバル企業だということ」

藍子から視線を向けられたケンだったが、ケイマーダ・グランデ島への悪夢のような調査旅行に裏の目的があった可能性は改めて指摘されるまでもなかった。自分は知らず知らずのうちに産業スパイの世界の手駒として利用されていたのだ。

藍子は説明を続けた。「もう一つ、問題の環礁はかつてアメリカ沿岸警備隊のロラン局があったところ。残されているのは整備されていない飛行場と遺棄された建物くらいね」

「それを新しく造り直せば」グレイが認めた。「作戦の拠点として格好の場所になる」

「だが、君が話をしている日本企業というのは？」ケンは訊ねた。

「数年前から私たちが注視していたところ。ただし、今回の件とは無関係と思われる問題で、だけれど。ブラックマーケットでの取引や、財務上の不正行為の類い」藍子がいらだちもあらわに首を左右に振った。「でも、立件することはできなかった。日本の法律は企業側が有利になるようにできているから」

ケンもまさにその通りだと思った。「それで、その企業の名前は？」

藍子が片方の眉を吊り上げた。「フェニックス研究所」

ケンは椅子の背もたれに体を預けた。その名前なら知っている。ただし、今ならばさらなる意味と重要性を帯びていることがわかる。

「どうしたんだ？」グレイが訊ねた。

「フェニックス」ケンは説明した。「つまり、不死鳥のことだ」

藍子がうなずいた。「自らの灰の中からよみがえる不死の生き物」

コワルスキがまたしても鼻を鳴らした。「どこからその名前のヒントを得たのか、わかるような気がするぞ。そうだろ？」

藍子は肩をすくめた。「でも、さっきも言ったように、これまでの話は状況証拠にすぎず、単なる偶然の一致だという可能性もある。これだけの理由でフェニックス研究所が所有する施設に強制捜査を行なうわけにはいかない」

「もっと証拠を手に入れなければならない」グレイが言った。

藍子が地図を凝視した。「もしかすると、太平洋の真ん中にある小島でそれを見つけることができるかも」

「それなら、そこに向かうまでだ」グレイが決断を下した。ケンはこの男性の頭の中で回っているギアが見えるような気がした。

「俺も君たちと一緒に行く」パルが話に割り込んできた。「このあたりの島ならよく知っている。ミッドウェー島にはいとこが住んでいて、ボートを貸してくれるかもしれない。いい隠れ蓑（みの）になる」

グレイがゆっくりとうなずき、この申し出を受け入れた。

セイチャンが立ち上がった。「私も行く」

グレイの眼差しが険しくなった。「それよりも――」

「行くから」

これから起きるはずのことをじかに目にしているケンは説得を試みた。「本来なら君は隔離されるべきだ。医療センターでなくてもいいが、少なくともこのコテージ内で」

セイチャンの射抜くような視線がケンの方に動いた。「今の私には感染のおそれがあるの、ドクター？」

ケンはひるんだ。「いや、その心配はない」

「それなら、三日あるわけね」

セイチャンはポーチに通じる扉を突き飛ばすように開きながら、憤然と部屋を出ていった。

その背後で網戸がひとりでに閉まると、コワルスキが左右の手のひらを見せた。「一応伝えておくけどさ、俺は彼女が一緒に行くことに文句はないぜ」

午後四時四十四分

グレイは様子をうかがいながらポーチに出た。落ち着きなく歩いていたセイチャンの動きが止まるまで待っていたのだ。彼女がポーチのいちばん上の段に腰を下ろすまでに、たっぷり三十分かかった。

それでも、グレイはセイチャンの周囲に不穏な空気が漂っているのを感じ取った。

「いいかな」グレイは声をかけた。

セイチャンは呼びかけを無視して、背中を向けたままだ。

〈よくなさそうだな〉

グレイは驚かさないようにゆっくり近づいた。隣に並ぶと、手に持っていたものを差し出す。仲直りのしるしのようなものだ。

「新鮮なマグロを細かく切っておいた」グレイは庭の方を見つめた。「一時間以内に出発の予定だから、最後にもう一度、あの野良ネコに餌をあげたいんじゃないかと思って」

セイチャンは大きくため息をつき、皿を受け取った。

グレイは隣に腰を下ろしたが、念のために数センチだけ間を空けて座った。

セイチャンがつぶやいた。「野良ネコに餌をやるのはよくないって言っていたくせに」

「一匹のネコが島の生態系に与える脅威を心配している場合じゃなくなったからな」

「確かにそうね」

セイチャンはまだ顔を見ようとしない。

「セイチャン……」

「私を置き去りにすることはできない」

「ああ、そうだ。しかし……」

「やられるとしても、大人しくやられるつもりはない」

「わかっている。治療薬を見つけ出す」グレイは手のひらを上に向けて手を差し出した。

「一緒に」

セイチャンが肩を落とし、そこから緊張がいくらか抜けると同時に、手を伸ばした。指を絡めてくる。グレイが握り返すと、彼女の手の筋肉が小さく震えているのを感じる。

「大丈夫だから」グレイは約束した。

「心配しているのは私のことじゃない」セイチャンがようやくグレイの方に顔を向けた。頬が涙で濡れている。「もっと早く、あんたに知らせておくべきだった」

グレイは不安を覚えながら眉根を寄せた。この一カ月近く、彼女が何かを気に病んでいる様子なのはわかっていた。「何かあったのか?」

グレイのことを見つめるセイチャンの瞳には、はっきりと恐怖が浮かんでいた。

「妊娠したの」


（下巻に続く）

シグマフォース シリーズ 12
スミソニアンの王冠　上
The Demon Crown
２０１９年３月２７日　初版第一刷発行

著……………………………………………… ジェームズ・ロリンズ
訳……………………………………………………………………桑田 健
編集協力………………………………… 株式会社オフィス宮崎
ブックデザイン………………………橋元浩明（sowhat.Inc.）
本文組版………………………………………………………… ＩＤＲ

発行人………………………………………………………… 後藤明信
発行所…………………………………………… 株式会社竹書房
〒102-0072　東京都千代田区飯田橋２－７－３
電話　03-3264-1576（代表）
03-3234-6208（編集）
http://www.takeshobo.co.jp
印刷・製本……………………………… 凸版印刷株式会社

ISBN978-4-8019-1810-8　C0197
Printed in JAPAN